당신의 4분 33초

* 이 도서의 국립중앙도서관 출판예정도서목록(CIP)은 서지정보유통지원시스템
홈페이지(http://seoji.nl.go.kr)와 국가자료공동목록시스템(http://www.nl.go.kr/kolisnet)에서
이용하실 수 있습니다. (CIP제어번호: CIP2020023601)

당신의 4분 33초

이서수 장편소설

제6회
황산벌청년문학상
수상작

은행나무

| 차례 |

당신의 4분 33초 ··· 007

제6회 황산벌청년문학상 심사평 ··· 283
작가의 말 ··· 289

참고자료 ··· 291

0

—마침내 이기동은 당면한 삶의 모든 문제에서 벗어나기 위해 존 케이지가 되기로 결심했다.

—존 케이지의 스승 아놀드 쇤베르크는 존 케이지와 함께 보낸 2년간의 시간을 회상하며 이렇게 말했다.
"그는 뛰어난 작곡가이기보다는 뛰어난 발명가입니다."
이 말은 훗날 진위가 분명치 않은 것으로 밝혀졌다.

1

　　─이기동은 열 살이 되던 해에 체르니100을 시작했지만 체
르니30으로 올라가진 못했다. 피아노 학원 원장은 곡 하나를 두
달 동안 가르쳤는데 결국 그의 인내심이 먼저 바닥나버렸다. 원
장은 밀린 학원비를 언제 낼 수 있는지 집요하게 물었다. 늘 세
달 치가 밀려 있었다. 그는 마땅한 변명이 떠오르지 않아 어머니
가 중병에 걸린 것처럼 연기했고, 원장은 속아주는 척하며 레슨
진도를 제자리에 묶어놓았다.

　　─1992년 여름, 존 케이지는 죽었다.

　　─1992년 여름, 이기동의 방에 중고 업라이트 피아노가 놓
였다. 그는 매일 저녁 피아노를 쳤다. 어느 날 앞 동 빌라에 사는

아주머니가 그를 손짓으로 부르며 말했다.

"실력이 많이 늘었더라."

다음날, 빌라 정문 앞에서 고양이가 죽은 채로 발견되었다. 입가에 피가 묻은 것 외에 특별한 외상은 없었다. 검은 고양이였기 때문에 동네 아이들이 모두 모였다. 어른들은 고양이 사체에 손도 대려 하지 않았다.

그는 고양이가 부활하기를 기다렸지만 고양이는 여전히 그 자리에 누워만 있었다. 꼬박 하루 동안 방치되어 있던 고양이 사체를 삽으로 들어올린 사람은 앞 동 아주머니였다.

아주머니는 쓰레기봉투에 고양이를 넣고 입구를 묶었다. 빤히 쳐다보고 서 있던 그에게 아주머니가 물었다.

"아는 고양이니?"

"아니요."

그는 계단에 쪼그리고 앉아서 저녁마다 나타나는 쓰레기수거차를 기다렸다. 이윽고 요란한 소리와 함께 수거차가 모습을 드러냈다. 그는 아주머니가 쓰레기봉투를 압축기 안으로 던져 넣는 것을 지켜보았다. 죽은 고양이는 다른 쓰레기들과 뒤섞여 압축된 후 절단되었다.

그날 이후 그는 앞 동 아주머니를 피했다.

피아노도 더 이상 치지 않았다.

―존 케이지는 열두 살 때 피아노를 처음 배웠다.

—이기동은 초등학생 시절 내내 방문 영어 학습지를 구독했다. 숙제를 하지 않았을 때마다 그는 집 밖으로 도망쳤다. 하루는 2층 계단에서 3층으로 올라가는 모습이 발각되었다. 학습지 선생님은 큰 소리로 그의 이름을 불렀고 그는 못 들은 척 옥상으로 뛰어올라갔다. 그녀는 옥상까지 따라 올라왔다.

"선생님이 부르는 소리 못 들었어?"

"……들었어요."

"어서 내려와. 오늘은 숙제 검사 안 할 테니까."

그는 웃으며 계단을 내려갔다.

그날 그녀는 숙제 검사를 더욱 꼼꼼하게 했다. 그는 수치심을 느꼈다.

　—요통에 시달렸던 그의 어머니는 한의원에 가서 자주 침을 맞고 왔다. 효과는 전혀 없었다. 병원엔 가지 않았는데 진료비가 많이 나올 거라고 예상했기 때문이었다. 그러면서도 그에게 한의사나 의사가 되어야 한다고, 그 밖의 다른 직업은 전혀 쓸모가 없는 것처럼 말했다. 장래희망을 기입하는 칸에 그는 '의사'라고 적었고, 학부모 의견을 기입하는 칸에 그의 어머니는 '동감'이라고 크게 적었다.

　—이기동의 아버지는 아내에게 가출 사유서를 제출한 뒤 사라졌다. 사직서를 내는 회사원처럼 이제 그만 이 가정에 나오고 싶지 않소,라고 말하는 어투였다고 한다.

—그의 담임은 아버지의 직급이 무언지 물었다. 가정환경조사서의 기입란이 비어 있다고 했다. 그는 얼결에 과장이라고 답해버렸다.

어머니는 가정환경조사서를 온통 거짓으로 작성했다. 월셋집은 자가로 바뀌었고 연락두절 상태인 아버지의 직장은 외삼촌이 다니는 제과회사로 바뀌었다.

어머니는 아버지가 두고 간 구두를 현관에 꺼내놓았다. 집 안에 남자가 있는 것처럼 보여야 한다고 말했다.

—이모들은 이기동의 집에 자주 찾아왔다. 형편이 좋았던 이모들은 그들이 집을 구할 때 목돈을 빌려주었다. 그는 이모들이 사 온 과자를 먹으며 어머니와 이모들의 대화를 엿들었다. 그가 천진한 표정을 짓고 있으면 아무도 그의 이해력을 높이 평가하지 않았다. 이모들은 주로 그의 아버지를 흉봤다. 그때마다 그의 어머니는 입을 꼭 다물고 있다가 이모부들을 흉보는 분위기로 전환되어서야 비로소 수다를 떨기 시작했다. 이모들은 빌려간 돈은 언제 갚을 생각이냐고 자주 물었다. 어머니는 그를 가리키며 이렇게 대꾸했다.

"내가 못 갚으면 쟤가 갚을 거야. 우리 아들 못 믿어? 장래희망이 의사라고."

"너 공부 잘하니?"

둘째 이모가 뜻밖이라는 표정으로 물었고 그는 얼굴을 붉히며 고개를 숙였다.

학창 시절 내내 그의 시험 점수는 평균 60점대였다.

─열세 살 때 그는 안방에서 끈질기게 울리는 집 전화를 무심코 받았다가 아버지의 목소리를 들었다. 아버지인 줄 몰랐지만 상대가 그의 아버지라고 주장했다. 아버지는 다급한 목소리로 그에게 부탁할 것이 있다고 말했다.

"엄마가 자는 침대 매트리스를 뒤집어봐."

그는 그렇게 했다.

"위쪽에 붙어 있는 통장 보여? 도장도 보이지?"

"보여요."

그는 아버지의 갑작스러운 등장에 놀라고 당황했다. 심장이 쿵쿵거리며 뛰었다.

"그걸 나한테 좀 가져다줄래? 아직 거기 살지?"

"거기가 어딘데요?"

"럭키슈퍼 근처 아니니?"

"아닌데요. 이사했어요. 지금은 빌라에 살아요."

"빌라에 산다고? 엄마가 돈을 많이 벌었니?"

"이모들이 빌려줬어요."

"그랬구나. 통장과 도장을 들고 오늘 저녁 7시에 럭키슈퍼 앞으로 올 수 있지? 꼭 와야 한다."

"왜요? 이건 엄마가 모은 돈인데요."

"아니야. 아빠가 두고 간 돈이야. 꼭 들고 와. 혹시 용돈 모아놓은 거 있으면 그것도 들고 나와."

"안 가면요?"

"안 오면…… 네 동생이 생길지도 모른다."

그는 너무나 놀란 나머지 전화를 끊어버렸다. 다시 벨소리가 울렸지만 받지 않았다. 그는 어머니에게 이 일을 숨겼다.

─존 케이지의 아버지는 아들이 태어난 해에 잠수함을 발명했다. 잠수 최고 기록을 보유하고 있던 그 잠수함은 기포가 수면까지 올라오는 바람에 세계대전에 투입되진 못했다. 전쟁의 참상을 목격한 존 케이지의 아버지는 더 이상 무기를 발명하지 않겠다고 선언했다. 그 뒤론 아이들을 웃게 해줄 장난감 발명에만 집중했다. 존 케이지는 창고 구석에 앉아 아버지를 관찰했다. 그의 아버지는 생각이 막힐 때에만 고개를 들었고 그제야 아들의 존재를 눈치챘다.

─중학생 시절 이기동은 두 번이나 전학을 했다. 입학식은 남자중학교에서 했으나 그곳은 고작 한 달만 다녔고 여름과 가을은 남녀공학중학교에서 보냈다. 첫 번째로 전학한 그곳에서 그는 같은 반 여학생을 지독히 짝사랑했다.

성적순으로 자리가 재배정되었을 때 그는 그 여학생의 뒷자리에 앉게 되었다. 여학생은 자리를 옮기면서 울먹였다. 그를 제외한 주위 학생들 모두가 고개를 들지 못했다.

여학생은 한 번도 그에게 말을 걸지 않았다. 그는 여학생이 머리를 빗을 때마다 그의 책상으로 떨어지는 머리카락을 물끄러미 쳐다보았다.

"정말로 할 거야?"

그는 엎드려 자는 척하면서 여학생과 친구의 대화를 엿들었다. 둘은 목소리를 낮추어 말했고 핵심 단어를 생략했다. 그는 여전히 자는 척하면서 온 신경을 청각에 집중했다. 친구가 다시 물었다.

"하려고?"

여학생은 아무런 대답이 없었다. 그는 여학생이 성경모임에서 만난 남고생과 사귀고 있다는 사실을 이미 알고 있었다. 둘은 어른이 없는 장소에선 서로의 손을 잡았다가 놓았다. 그때마다 그의 시선은 그들의 손과 얼굴로 향했다.

"어떻게 할 건데? 응?"

친구는 대답을 재촉했지만 여학생은 한참 동안 말이 없었다. 그는 도대체 여학생이 무얼 하려는 걸까 생각했다.

"안 되겠지?"

"안 되지, 당연히. 그런데 모르겠다. 어떤 애들은 벌써 그러기도 하니까."

그는 점점 얼굴이 달아올랐다. 그의 상상력은 그가 원하지 않는 방향으로 흘러갔다. 수업 시작을 알리는 종이 울리자 친구는 제자리로 돌아갔다. 그는 그제야 고개를 들었다. 이마에 빨갛고 동그란 자국이 나 있었다.

―이기동은 잠깐 동안 교회에 다닌 적이 있었다. 그가 짝사랑

하던 여학생이 피아노 반주를 맡고 있었기 때문이다. 그는 열성적으로 찬송가를 불렀다. 여학생은 신도석 맨 뒤에 앉아 있는 그를 발견하지 못했다. 학교에서도 그는 여학생의 뒤통수만 쳐다보았다. 그는 열심히 찬송가를 외웠다. 그렇게 하면 여학생과 대화를 해볼 수 있을 것 같았다.

그가 찬송가 88장을 외우는 동안 여학생은 같은 반 남학생과 교제를 시작했다.

그는 울면서 찬송가 88장을 불렀다.

"온 세상 날 버려도 주 예수 안 버려 끝까지 날 돌아보시니⋯⋯"

─존 케이지를 짝사랑하고 있던 여학생은 그에게 끝내 고백하지 못했다. 십대 여학생이 다가가기엔 지나치게 애늙은이처럼 보이는 남자였다. 게다가 존 케이지의 성적은 언제나 전체 수석이었고 그의 얼굴엔 대단한 자부심이 깃들어 있었다.

─남녀공학중학교의 담임은 폭탄을 맞은 듯한 파마머리를 하고 다니던 여선생이었다. 담당 과목은 영어였다. 눈매가 날카롭고 콧대가 뾰족했으며 광대가 불거져나온 얼굴이었다. 록밴드 보컬처럼 언제나 기운이 넘쳤다.

종례 시간에 담임은 종이 한 장을 들어올리며 말했다.

"해당 사항에 손 들어."

아이들은 책가방을 끌어안고 이어질 말을 기다렸다.

"급우나 선배로부터 금품을 갈취당한 적 있는 사람 손 들어."

15

아무도 손을 들지 않았다.

"반 아이들에게 따돌림이나 괴롭힘을 당한 적 있는 사람 손 들어."

아무도 손을 들지 않았다.

"같은 반 친구를 따돌리거나 괴롭히는 학생을 본 적 있는 사람 손 들어."

아무도 손을 들지 않았다. 침묵이 흘렀다.

"청소년 출입 금지 구역에 출입한 적 있는 사람 손 들어."

아무도 손을 들지 않았다. 두 명이 하품을 했다.

"청소년에게 판매가 금지된 물건을 파는 데를 알고 있는 사람 손 들어."

아무도 손을 들지 않았다. 남학생들은 다리를 떨었다.

"폭력집단 가입을 권유받은 적 있는 사람 손 들어."

아무도 손을 들지 않았다. 여학생들은 거울을 꺼내 얼굴을 들여다봤다.

"가스나 본드를 한 번이라도 흡입해본 적 있는 사람 손 들어."

아무도 손을 들지 않았다. 남학생들은 한숨을 내쉬면서 팔짱을 꼈다.

"옷차림이 상스럽고 태도가 불량한 청소년들의 아지트를 알고 있는 사람 손 들어."

아무도 손을 들지 않았다. 네 명의 학생들이 엎드려 자기 시작했다.

"칼이나 기타 날카로운 흉기를 소지하고 있는 사람 손 들어."

아무도 손을 들지 않았다. 담임은 한숨을 내쉬며 말했다.

"나머지는 대충 건너뛰고……. 자, 마지막 질문이다. 어서 하고 가자."

그 말에 모두가 허리를 쭉 펴고 앉았다.

"교내에서 성폭행당한 적 있는 사람 손 들어."

남녀학생들은 동시에 웃음을 터뜨렸다.

─남녀공학중학교에서 이기동은 이전 중학교의 교복을 입고 다녔다. 어머니와 교복전문점에 갔지만 맞는 사이즈가 없어서 한 달을 기다려야 했다. 그 기간 동안 그는 등교할 때마다 교문을 지키는 선도부와 지도교사에게 자주 걸렸다.

"너 이리 와. 교복이 이게 뭐야?"

"전학 왔는데요."

"전학 왔으면 다야?"

그는 어떻게 대답해야 할지 몰라 침묵했다. 지도교사는 들고 있던 기다란 막대기를 까닥거리며 들어가라는 손짓을 했다.

두 번째로 전학한 남자중학교에서도 그는 한 달 동안 이전 학교의 교복을 입고 다녔다. 이번에도 등교할 때마다 붙잡혔다.

"너 이리 와. 교복이 이게 뭐야?"

"전학 왔는데요."

"그래서."

"예?"

"이 학교 교복이 아니잖아."

"저도 아는데요."

"이러고 등교하면 어쩌자는 거냐? 너희 엄마는 뭐 하시니?"

"김밥 마시는데요."

"그럼 너라도 잘해야 되지 않겠냐?"

"예? 뭐를요?"

—이기동이 두 번째로 전학한 남자중학교의 담임은 국어를 담당했다. 그는 그나마 국어 점수가 가장 좋았기에 안심할 수 있었다. 늘 기본 80점은 받았다. 담임은 그와 어머니를 맞은편에 앉혀놓고 생활기록부를 들여다보며 말했다.

"사대문 안으로 들어왔으니 이제부터는 정말로 열심히 해야 된다. 알겠니?"

그는 '사대문 안으로 들어왔다'라는 표현이 낯설어 멍한 표정만 지었다. 그의 어머니가 말했다.

"열심히 할 거예요."

담임은 출석부를 펼치더니 안경 쓴 남학생의 사진을 가리키며 말했다.

"얘가 아이큐 160이 나왔습니다. 당연히 반에서 일등이죠. 노력해도 여기선 쉽지 않을 겁니다. 아이큐가 몇이지?"

그는 침묵했다. 그의 어머니 역시 침묵했다.

"이제부턴 정신 차리고 열심히 할 거예요."

그의 어머니가 어색하게 웃으며 말했다.

"그런데 왜 이렇게 전학을 많이 다녔어요?"

"제가…… 일 때문에요."

"직장을 자주 옮기셨어요?"

"예. 그렇게 됐어요."

그는 태연하게 거짓말을 하는 어머니를 돌아보지 않았다. 어머니는 의대에 갈 예정인 둘째 이모의 장남, 그의 사촌 때문에 처음 이사를 결심했었다. 사촌이 받는 과외수업에 그도 집어넣으려 했고, 사촌이 다니는 학원에 그도 등록시켰다. 그러나 둘째 이모와 돈 문제로 다투었고 홧김에 또다시 이사를 해버렸다.

"멀리서도 오셨네요. 사대문 안쪽으로 들어오려는 사람이 많긴 하지만 거기는 거의 시골이잖아요."

그는 발끈했지만 그의 어머니는 수줍게 웃기만 했다. 담임은 다리를 살짝 벌리며 말했다.

"그런데 실례지만 무슨 일을 하세요?"

"김밥집에서 일해요."

"아, 김밥집."

담임은 한참 동안 말이 없었다. 그는 어머니를 돌아보지 않았다. 어머니의 얼굴이 붉게 물들어 있을 것 같아서였다. 그러나 허리를 펴는 척하면서 슬쩍 쳐다보니, 어머니는 당당한 표정이었다.

―반에서 일등을 한다던 남자애는 키가 가장 작았으며, 키 순서에 의해 이기동의 자리는 일등의 옆자리로 배정되었다. 반 아이들은 그들을 두 명의 어릿광대로 취급했다. 그가 한 달 동안이

나 기다려서 교복을 받아야 했던 것도 표준 신장에 한참이나 못 미치는 그의 키 때문이었다. 그가 교복을 입고 김밥집에서 어머니를 기다리고 있으면 주방 아주머니들은 혀를 차며 그를 측은해하는 얼굴로 쳐다보았다. 그러고는 그의 책가방을 가리키며 부당하다는 듯이 말했다.

"애 좀 봐. 책가방에 깔리겠어."

—이기동의 짝은 지겹게 일등만 하는 학생이었다. 일등은 학교 앞에 위치한, 그 동네에서 가장 큰 교회에 다녔다. 일등과 짝이 된 사실을 안 그의 어머니는 김밥을 넉넉히 싸주면서 일등과 사이좋게 나누어 먹으라고 강요했다. 일등은 김밥을 좋아했다. 자신의 어머니는 김밥을 정말로 못 만다고 했다. 옆구리가 터져버리거나, 재료의 수분을 충분히 날려 보내지 않아 김이 파래처럼 질겨진다고 했다.

"말해봐. 너희 어머니가 나에게 원하시는 게 뭐니? 매일 내 몫의 김밥까지 싸서 너에게 들려 보내시는 이유가."

"뭐겠어?"

일등은 다 안다는 듯이 고개를 끄덕였다. 그는 일등의 추천으로 일등이 다니고 있던 교회 독서실에 입성했다. 상위권 성적을 유지하고 있는 학생들만 받아주는 곳으로, 수다를 떠는 학생은 한 명도 볼 수 없는 교회 부속 독서실이었다. 그는 일등의 옆자리에 앉아 문제집을 풀고 교과서를 읽었다. 50분 집중 후 10분 휴식이라는 시간표를 모두가 지켜야 했다.

자리에 앉은 지 50분이 지나자 스피커에서 종소리가 흘러나왔다. 그가 자리에서 일어나려 하자 일등이 그의 어깨를 눌렀다. 동시에 스피커에서 준엄한 목소리가 흘러나왔다.

모두가 두 손을 모으고 눈을 감은 뒤 통성기도를 시작했다. 옆자리에 앉은 학생은 흐느끼며 기도했다. 구석자리에 앉아 있던 학생에게선 방언이 터져나왔다. 문이 벌컥 열리며 목사님이 들어왔다. 그는 서둘러 눈을 감고 소리 없이 입술만 움직였다. 그러자 목사님이 그의 어깨에 손을 올렸다. 그가 올려다보자 목사님이 말했다.

"큰 소리로!"

—이기동은 배낭 하나에 중요한 물건을 모두 넣어서 등에 메고 어딘가로 떠나는 상상을 자주 했다. 일등은 심드렁한 어투로 말했다.

"언제 전쟁 날지 모르는 국가에 살아서 그런 거 아니야?"

"아니야. 너는 먼 곳으로 떠나고 싶다고 생각한 적 없어? 한 번이라도?"

일등은 길게 침묵하다가 말했다.

"병원."

"거긴 왜?"

"입원하고 싶어. 최대한 길게. 아무것도 안 하고 누워 있기만 하면 되잖아."

일등은 멍한 얼굴로 책상 한 귀퉁이를 쳐다보았다. 그는 더 묻지 못했다.

"골목에 숨어 있다가 망치로 내 머리 좀 내리쳐줄 수 있겠나?"

일등은 웃지도 않고 말했다.

"네가 일등을 못 했다고 너희 부모님이 너를 죽이지는 않으실 거야."

"당연히 그렇겠지. 하지만 그렇게 되면 내가 옥상에서 뛰어내릴걸."

그는 일등이 웃을 때마다 슬퍼하는 자신을 발견했다. 일등이 웃는 모습만큼 슬픈 광경도 없었다. 일등은 오로지 시험 점수가 발표되는 순간에만 웃었다.

─이기동의 집은 교실에서 5분 거리였다. 교문에선 3분 거리였다.

미로 같은 골목을 걸어 들어가야 대문이 나왔다. 대문 옆 화단엔 나팔꽃이 심어져 있었다. 그 집엔 그의 가족을 포함해 두 가구가 살았다. 대문과 후문이 있었고 그와 어머니는 후문으로만 다녔다. 대문을 이용하는 집주인은 사실 세입자였고, 원래 집주인 몰래 부엌과 화장실이 딸린 방 하나를 그들에게 세 주었다.

그 집에 출몰하는 바퀴벌레는 그의 손바닥만 했다. 그는 그 바퀴벌레가 쥐와 맞붙어 싸워도 승산이 있을 것이라 생각했다. 일등은 그 말을 믿지 않았다. 그가 바퀴벌레 이야기를 꺼냈던 건 일등이 그에게 앞으로 사람들은 신문을 보지 않을 것이며 컴퓨터로 기사를 보게 될 것이라고 말했기 때문이었다. 그는 일등의 말을 믿을 수 없었지만 자신도 뭔가 신기한 이야기를 해야 할 것 같아 바퀴벌레에 대해 말했던 것이다. 일등은 그의 손바닥을 자로 재어보더니 이렇게 큰 바퀴벌레는 없다고 단언했다. 그러나 곧바로 짚이는 데가 있었는지 심각한 표정으로 물어왔다.

"너희 집 지어진 지 얼마나 됐어?"

"한국전쟁 끝나고 지었을걸."

일등은 고심하는 표정이었으나 자신의 말을 취소하지는 않았다.

얼마 지나지 않아 그의 집은 하굣길에 들러서 물을 마시고 가는 집이 되었다. 반 친구들은 목이 마르다며 그의 집으로 찾아왔다. 그러면 그는 물을 주었다. 그들은 정말로 물만 마시고 갔다.

그의 어머니는 의아해하는 표정으로 물었다.

"왜 그렇게 목이 마르대?"

"몰라. 목이 마르대."

"그래……."

일등도 자주 그의 집에 들러서 물을 마시고 갔다. 시멘트를 바른 재래식 부엌에 서서 그들은 금이 간 벽면을 보며 물을 마셨다. 그들은 잔을 돌려주며 고마워,라고 말했다. 그는 그 말을 듣기 위해 친구들을 그냥 돌려보내지 않고 물을 주었다.

—IMF가 터지던 해에 그의 둘째 이모가 이혼했다. 그의 어머니는 둘째 이모부를 열렬히 비난했다. 이혼 전 둘째 이모는 그의 어머니에게 끊임없이 이혼을 권했었다.

둘째 이모는 그의 집을 방문하며 장남의 기말고사 성적표를 들고 왔다. 그와 동갑인 사촌의 성적은 반에서 이등이었다. 둘째 이모는 그 애를 의대에 보낼 거라고 말했다. 수학 점수와 과학 점수가 특히 뛰어났다. 그의 어머니는 치맛단 실밥을 잡아 뜯으며 아무 말도 하지 않았다. 그는 혹시 모를 상황에 대비해 오래전 아버지에게서 걸려온 전화를 폭로할 준비를 했다.

둘째 이모는 다행히 그의 성적표를 보자고 하지 않았다.

─의대에 가겠다던 그의 사촌은 고등학교에 입학하자마자 돌변했다. 친척의 장례식에 사촌은 천둥소리가 나는 오토바이를 타고 나타났다. 사촌이 그에게 다가와 은밀히 물었다.

"〈비트〉 봤냐?"

사촌의 영향 때문인지 이기동은 중학교 졸업식을 마치고 진지한 고민에 빠졌다. 계속 공부 못하는 범생이로 남을 것인가, 공부는 못하지만 오토바이는 탈 줄 아는 날라리가 될 것인가. 그는 고등학교 입학식을 앞두고도 결정을 내리지 못해 망설였고 결국 아무런 변화 없이 고등학생이 되었다. 그는 여전히 공부 못하는 범생이였다.

그 무렵 전염병이 돌기 시작했다. 그 병에 걸리면 십대 시절을 통째로 날린다는 말이 나돌았다. 그 병을 조심하라는 담임들의 경고에도 불구하고 감염자가 속출했다.

그는 어떤 게임이든지 간에 죽을 쒔다. 스타크래프트는 말할 것도 없었다.

—이기동의 고1 담임은 수학교사였다. 담임은 그를 칠판 앞
으로 불러내 문제풀이를 시켰다. 그는 분필을 집어들고 미리 외
워둔 풀이를 적어내려갔다. 그러자 담임은 의외라는 표정으로
그를 쳐다보더니 설명을 요구했다.

"그래프 모양이 왜 그렇게 되지?"

"수식을 풀면 이렇게 되는데요."

"그러니까 왜 그렇게 되냐고."

"수식을 풀었으니까요."

담임은 그를 노려보며 천천히 물었다.

"그러니까 수식을 풀면 그래프 모양이 왜 그렇게 되냐고. 연관
관계를 설명해."

　그는 그저 해답을 외우기만 한 것이어서 아무런 대꾸도 할 수
없었다. 무엇보다 담임의 질문을 이해할 수 없었다. 그는 한참
동안 침묵하다가 칠판지우개를 들어서 그가 적은 것들을 모조
리 지웠다.

"그걸 왜 지우냐?"

"틀린 것 같아서요."

"안 틀렸어. 설명만 하고 들어가라니까."

　그는 아무런 설명 없이 자신의 자리로 돌아가 앉았다.

"앞으로 안 나와?"

　그는 책상에 엎드려 얼굴을 가렸다.

　그 시절 내내 그는 담임과 사이가 좋지 않았다. 반 아이들은
그를 우습게 보았다.

—칠판에 떠올라 있는 여러 개의 그래프는 존 케이지의 눈에 서로 연계된 추상화처럼 보였다. 그는 각 그래프에서 x축과 y축을 버리고 곡선만을 취해 길게 연결해보았다. 그것은 구불거리다가 아래로 추락하는 형태였다. 방향성을 암시하는 것 외에 아무런 의미도 없어 보였다.

　수학교사가 그를 호명하자, 그는 칠판 앞으로 걸어가 해답지에 실린 방법보다 훨씬 간단한 해법으로 문제를 풀었다. 수학교사는 별다른 설명을 요구하지 않고 감탄 섞인 칭찬과 함께 그를 자리로 돌려보냈다.

　—대공황이 닥쳤을 때 존 케이지는 어딜 가나 노숙자들을 볼 수 있었다. 그는 그들에게 다가가 도움이 필요한지 물었다. 그러면 그들은 "저리 꺼져!"라고 말했다. 존 케이지는 조금도 위축되지 않았고, 그들에게 절대로 희망을 잃지 말라고 말했다. 대다수의 노숙자들이 그에게 쓰레기를 집어던졌다.

　존 케이지는 집으로 돌아가 묽은 수프뿐인 식탁 앞에 앉았다. 그의 아버지는 그날도 고용사무소에 다녀왔지만 일자리를 얻지 못했다. (더 이상 무기는 만들지 않겠다고 말하며 그의 아버지는 완고히 버텼다.) 식사 전에 아버지는 기도를 시작했고 기도를 끝마치기도 전에 어머니가 눈물을 터뜨렸다. 존 케이지는 희망을 잃지 말자고 말했다. 그의 아버지가 코웃음을 쳤다.

　그들은 말없이 식사를 마쳤다.

─이기동의 어머니는 아들이 의대에 갈 수 있을 거라고 굳게 믿었다. 시험 점수가 평균 70점이었음에도 불구하고.

　　어머니는 성적표에 사인할 때마다 한참 동안 망설였다. 오른손에 볼펜을 쥐고 성적표를 뚫어지게 쳐다보았다. 그때마다 그는 어머니의 심장에 총을 쏜 것 같은 기분이 들었다.

　　"희망을 잃지 마. 이건 아무것도 아니야. 더 잘할 수 있어."

　　그는 어른이 되어서도 희망을 믿고 하던 대로 열심히 했지만, 존 케이지와 그의 제자들은 다른 길을 택했다. 존 케이지의 제자인 백남준은 이런 말을 남겼다.

　　"게임에서 이길 수 없다면 규칙을 바꾸면 된다는 것을 배웠다."

　　그러나 그는 아직 존 케이지를 만나지 못했다. 그곳까지 가려면 한참이나 더 걸어야 한다.

2

　―어느 날 추레한 몰골의 아저씨가 그의 집 현관문을 열고 불쑥 들어왔다. 이기동은 잡상인인 줄 알고 소리를 내질렀으나 자세히 보니 그의 아버지였다. (그가 아버지를 그렇게 빨리 알아본 것은 기적에 가까웠다.)

　그의 어머니는 너무 놀란 나머지 안방으로 뛰어들어가 엉엉 울더니 옷장 속에서 우황청심환을 꺼내 다급히 씹어 먹었다. 아버지는 어머니를 가만히 바라보다가 이렇게 물었다.

　"밥 있나?"

　―존 케이지의 아버지가 아내에게 가장 많이 한 말은 다음과 같다.

　"오늘 저녁은 뭐지?"

그러면 그녀는 두툼한 허리에 두르고 있던 앞치마가 펄럭일 정도로 빠르게 돌아서며 대꾸했다.

"뭐겠어? 나한테 도대체 뭘 기대하는 거야?"

"여보, 난 단지 저녁 메뉴가 뭐냐고 물은 것뿐이야."

"왜 나만 보면 다들 똑같은 걸 묻는 거지? 젠장, 나도 다른 사람한테 오늘 저녁 메뉴가 뭐냐고 물었으면 소원이 없겠네."

—이기동의 아버지는 온종일 잠만 잤다. 잠자는 숲속의 공주처럼 잤다. 그는 티브이 앞에 모로 누워 잠든 아버지의 얼굴을 가만히 들여다보며 그와 닮은 점을 찾아내곤 했다. 그러다 아버지가 기습적으로 눈을 뜨면 벌떡 일어나 자기 방으로 뛰어들어 갔다.

—이기동은 고3이었고 자나 깨나 수능이 거슬렸지만 이젠 갑자기 나타난 아버지가 더 신경 쓰였다. 게다가 학교에선 급우들이 회색 티셔츠를 맞춰 입고 들썩이고 있었다. 그가 재학 중인 학교는 최악의 사학비리라는 오명이 따라다니던 사립고였다. 재단 이사장과 측근들이 돌아온다는 소식에 학생들은 삭발식을 거행했다.

"너도 밀래?"

그는 두피에 여드름이 많다는 이유로 거절했다.

—새벽까지 시끌벅적한 아래층 호프집의 단골손님들 중엔

이기동의 아버지도 있었다. 그가 야간자율학습을 마치고 집으로 돌아오면 야장 테이블에 앉아 있던 아버지가 그에게 손짓했다. 그가 맞은편 의자에 앉는 것과 동시에 아버지는 말 한마디 없이 강냉이 그릇을 밀었다. 그릇은 테이블을 가로질러 바닥으로 떨어지기 직전에 멈추었다. 그는 아버지가 알까기 하듯 그 상황을 즐긴다는 것을 깨달았다.

그는 아버지에 대해 더 많은 것을 알고 싶었다.

―그의 아버지는 취했을 때만 말이 많아졌다.

"부산, 대구, 강릉, 제주, 목포, 여수, 함양, 청주 등등 안 가본 곳이 없지. 거의 모든 지방도시에서 적어도 한 달씩은 머물렀다."

"무슨 돈으로 먹고사셨는데요?"

"날품팔이로 살았지. 농촌에서 일을 얻기도 하고 공사판에도 나가고. 오토바이를 구해서 그걸 타고 다녔다."

아버지는 지갑 안에서 사진 한 장을 꺼내더니 그에게 내밀었다. 지금보다 훨씬 더 젊은 아버지가 물방울무늬 셔츠를 입고 선글라스를 쓴 채로 오토바이 안장 위에 올라앉아 있었다. 그는 사진을 돌려주며 아무 말도 하지 않았다.

"오토바이는 탈 줄 아니?"

그는 고개를 저었다.

"그냥 타면 돼. 특별한 건 없어. 나를 따라다니려면 오토바이는 탈 줄 알아야 해."

"엄마는요?"

"내 뒤에 태우면 되지."

아버지는 웃으며 맥주를 더 주문했다.

그러나 다음날이면 아버지는 원래의 모습으로 돌아가 무표정한 얼굴로 가족을 대했다. 그는 아버지를 관찰하며 한 가지 사실을 깨달았다. 술 좋아하는 사람들이 술 마시며 하는 모든 희망적인 말들은 사실 이루어질 가망성이 거의 없는 것이며, 그걸 절실히 깨달은 사람만이 술을 마시고 그런 얘기들을 늘어놓는 거라고.

그는 술이 사람을 초라하게 만드는 것인지, 사람이 술을 초라하게 만드는 것인지 알 수 없었다. 하지만 희망이 사람을 초라하게 만든다는 것만은 그의 아버지를 보건대 어렴풋하게나마 알 수 있었다.

—그는 더듬거리며 아버지에게 물었다. 그의 아버지는 당황하는 기색도 없이 등을 긁으며 말했다.

"너희 엄마가 네가 의대에 못 가면 다 내 탓이라고 악을 쓰던데. 그래서 왔지."

"진짜로 그것 때문에 돌아오신 거예요?"

"수능 보는 날엔 출근 시간도 다 늦추고, 시험장 근처엔 헬기도 안 띄우는 게 보통 일이 아니더라. 그만큼 중요한 시험이라는 거겠지."

그는 침묵하다가 말했다.

"저 공부 못해요. 그리고 의대는 이과 애들이 가는 거예요. 저는 문과예요."

아버지는 그의 얼굴을 뚫어지게 쳐다보다가 물었다.

"지금 너희 엄마가 미쳤다는 소리냐?"

그는 차마 그게 의심된다는 말은 하지 못하고 슬그머니 자리를 피했다.

—존 케이지는 먼지로 뒤덮인 《몽테뉴 수상록》을 집어들었다. 대공황의 여파로 도서관 근처엔 노숙자들이 넘쳐났다. 존 케이지는 이제 그들에게 희망을 잃지 말라고 섣불리 말하지 않았다.

16세기에 쓰인 그 두꺼운 책을 읽은 사람은 주변에 아무도 없었다. 교사들조차 그 책을 다 읽지는 않았다. 철학교사는 몽테뉴의 사상을 요약한 책을 몇 권 추천해주었지만 그는 몽테뉴가 직접 쓴 글만 읽을 생각이었다. 그러나 그 책을 다 읽기 위해선 대단한 인내심을 발휘해야만 했다. 그는 보름 만에 고지에 도달했고, 원하는 것을 얻었다. 그것은 노트 반 페이지로 요약되었고 얼핏 보면 그리 중요해 보이지 않았다. (하지만 이것은 훗날 존 케이지의 음악 작업과 삶에 있어서 핵심적인 사상이 된다.)

'온갖 것들을 회의했던 몽테뉴도 변화와 다양성의 가치만큼은 의심하지 않았다. 그 자리에 멈추어 움직이지 않는 것은 살아 있는 생명체라 말할 수 없다. 멈춤은 곧 죽음이다.'

─고3들의 얼굴은 강제수용소에 징집된 노예들의 얼굴과 비슷했다.

고2 때 어떤 아이들은 고3이 되는 건 불가능한 일이라고 믿었다. 2000년이 오면 밀레니엄 버그보다도 더 강력하고 초자연적인 힘이 발휘될 예정인데 그것이 지구의 돌연한 종말을 이끌고 올 거라고 굳게 믿었다. 열성적인 신자들 중엔 이기동도 포함되어 있었다. 야간자율학습을 끝내고 집으로 돌아가는 길에 그는 밤하늘을 올려다보며 이제 저 하늘을 볼 수 있는 날도 얼마 남지 않았군, 하고 생각했다.

─1999년의 마지막 날, 이기동은 책상 앞에 앉아 두 손을 모으고 간절히 기도했다. 부모님에게도 작별 인사를 해두었다. (물론 그만 알 수 있는 작별 의식이었다.) 그러나 2000년은 1초 만에 가볍고 빠르고 안전하게 도착했다.

아무 일도 일어나지 않았다.

아무 일도.

─이기동은 날짜 기입란에 '19'라고 썼다가 지우고 다시 쓰길 반복했다. 그뿐만 아니라 모두가 '20'으로 시작하는 날짜에 적응하는 데 시간이 좀 걸렸다. 그는 2000년에 고3이나 하고 있는 자신의 처지가 한심하게 느껴졌다.

담임이 입시상담 일정을 게시했지만 그의 이름은 찾을 수 없었다. 반에서 15등 안에 드는 학생만 상담을 받을 수 있었다.

—존 케이지의 담임은 그에게 퍼모나 대학을 추천했다. 그는 상담을 마치고 가벼운 어투로 말했다.

"참고는 할게요."

—이기동은 도서관의 비좁은 서가를 거닐다가《수레바퀴 아래서》를 발견했다. 국어수업 시간에 그 소설을 두고 급우들과 논쟁을 한 적이 있었다. 그의 요지는 이랬다. 헤르만 하일러가 한스 기벤라트에게 입을 맞춘 것은 동성애적 행동이 아니라 우정에서 비롯된 것이라고. 반 아이들은 그를 우롱하는 말들을 쏟아냈다. 전에는 한 번도 그런 적이 없었지만 그때만큼은 자신의 의견을 굽히지 않았다.

그는 도서관 구석자리에 기대어 앉아서《수레바퀴 아래서》를 읽기 시작했다.

—《수레바퀴 아래서》를 읽은 대다수의 사람들은 이 소설을 '수레바퀴 아래에 깔리지 않으려고 몸부림쳤으나 결국엔 수레바퀴에 짓뭉개져버리고 만 한스 기벤라트의 이야기'라고 요약할 것이다. 그러나 존 케이지의 생각은 달랐다. 그는 헤르만 하일러에게 주목했다. 그토록 영민하고 천재적이었으며 방황을 일삼던 소년이 결국 어른이 되어선 세계가 강제하는 규율에 자신을 내맡기고 평범한 어른의 역할을 해나갔으리라는 결말에 그는 매우 큰 슬픔을 느꼈다.

―아무리 노력해도 그가 빠져나갈 수 없는 것이 있었다. 그것은 덫도 아니고 감옥도 아니고 죽음도 아니었다. 이기동은 창밖을 보면서 그것의 존재를 눈으로 더듬었다.

―존 케이지는 아무리 노력해도 인간이 빠져나갈 수 없는 무언가가 존재한다고 생각했다. 그것은 덫도 아니고 감옥도 아니고 죽음도 아니었다. 존 케이지는 창밖을 보면서 그것의 존재를 눈으로 더듬었다. 그 존재는 바로 그였다.

―'인간은 아무리 노력해도 자기 자신을 벗어날 수 없다.'
이기동은 조각도를 들고 책상에 문장을 새겨넣었다. 그의 짝은 껌 종이에서 은박지만 벗겨내 책상 전체에 붙이기 시작했다. 멀리서 보면 빛을 받아 눈부시게 반짝거렸다.
담임은 그들의 엉덩이를 각목으로 열 대씩 때린 뒤 원상태로 복구해놓으라고 말했다.
그는 학교가 텅 비기를 기다렸다가 옆 반에 잠입해 책상을 바꿔치기했다.

―옆 반에서 비명 소리가 들려왔다. 모두가 고개를 돌려 복도 쪽 창가를 쳐다보았다.
"아니야! 나는 아니야!"
옆 반의 누군가가 절규하는 소리가 들려왔다.

—수능이 100일 앞으로 다가왔을 때 이기동은 빠져 죽기에 적당한 바다나 강을 물색하기 시작했다.

　—그의 아버지는 집 근처 시장을 오가다가 빈 점포를 발견했고, 얼마 지나지 않아 그의 어머니는 김밥집 사장이 되었다. 아버지는 숯이 든 화로를 가져다놓고 김을 구워서 팔았다. 김과 김밥이라는 조합에 의아해하는 사람은 그뿐이었다. 가게는 제법 장사가 잘되었다. 어머니는 매일 웃고 다녔다. 모든 상황이, 그가 수능을 잘 보기만 한다면 가정의 행복에 정점을 찍을 수 있는 상태에 근접하고 있었다.

　그는 자주 체했다.

　—존 케이지는 대학을 그만두기로 결심했다. 결정적인 계기는 시험 성적이었다. 그는 시험을 앞두고 도서관에 갔다가 모두가 똑같은 참고서적만 읽는 모습에 경악했고, 아무도 읽지 않는 책을 고른 뒤 시험을 치렀다. 시험 결과는 A였다.

　교수들은 그를 이해하지 못했다. 자퇴하기 전 그를 상담했던 지도교수는 그가 오만하다고 생각했다.

　존 케이지는 일찍이 알았다. 자신이 남들과 다르다는 것을. 그것은 그가 자신을 제대로 돌보지 않을 경우 매우 불행한 인생을 살게 될 것이라는 의미였다.

　—이기동의 어머니는 아들이 침대 아래에 감추어둔 모의고

사 성적표를 진공청소기 흡입구에서 떼어냈다. 처참한 광경이 그녀의 눈앞에 펼쳐졌다.

"이 성적으로 갈 수 있는 대학이 있긴 하니?"

"있는데, 그런 데는 안 가는 게 낫지."

그는 담담하게 말하려 노력했다.

"그럼 앞으로 어떻게 할 건데?"

"일단 아르바이트를 구해보려고."

어머니는 그를 매섭게 노려보았다.

"재수해. 엄마가 돈 대줄 테니까."

"싫어."

"네가 싫어도 어쩔 수 없어. 엄마가 왜 악착같이 돈을 벌었는데. 대학 못 가면 다 끝이라고, 끝."

그는 더 이상 반박하지 않았다. 어머니의 눈빛이 그의 저항을 내리눌렀다. 아버지가 없었을 땐 그가 어머니의 전부였다. 그에게도 어머니가 전부였다, 한때는.

수능을 50일 남겨두고 그는 컴컴한 어둠 속으로 굴러떨어졌다. 희미하게라도 빛이 나는 조약돌조차 찾을 수 없었다.

―"얼굴이 왜 그러냐?"

복도에서 마주친 일등이 이기동에게 물었다. 그는 아무런 대답도 하지 않았다. 멍하니 내려다보고 있던 바닥을 대걸레로 닦았다. 바닥이 축축해지는 것을 보자 그의 바지가 축축해진 것처럼 기분이 좋지 않았다. 햇살이 눈부시게 밝은 날에도 기분이 좋

37

지 않았다. 빨랫줄에 널려 있는 바싹 마른 빨래들이 꼭 말라 죽어가고 있는 것처럼 보였다. 바람이 불면 운동장에 피어나는 모래 먼지와 흔들리는 나뭇가지도 그를 우울하게 만들었다. 모든 게 쇠락을 거쳐 무로 향하는 과정으로 보였다.

─유독 추운 겨울이었다. 존 케이지는 방 안에 틀어박혀 노트에 무언가를 적어내려갔다. 그는 언젠가 작가가 될 것이라 믿었지만 이제 그 꿈은 멀어져가고 있었다. 그의 머릿속으로 다른 세계가 틈입했다. 소설보다 좀 더 단단하고, 무너질 수 없는 형태를 띠고 있는. 가령, 건축 같은 것.
그에게는 자신을 세심하게 살펴 올바른 길을 제시해줘야 하는 의무가 있었다. 그는 고심했다.
완전무결함에 가까운 예술은 무엇인가?
거실에서 베토벤의 〈월광소나타〉가 울려퍼졌다.

─이기동은 문득 고개를 들었다. 고개를 들고 있는 학생은 그밖에 없었다. 감독관이 그를 쳐다보았다. 그가 답안지를 새로 요청할 것이라 생각했는지 한 손에 새 OMR카드를 들고 있었다. 그는 고개를 저었다. 감독관도 고개를 젓더니 OMR카드를 내려놓았다. 감독관은 눈짓으로 시계를 가리켰다.
10분 뒤 모든 게 끝난다. 그의 학창 시절이 마지막 10분을 남겨놓고 있었다. 종이 울리면 그때부턴 더 이상 십대가 아닌 것이다. 다 자란 성인인 것이다. 사형대에서 막 살아 돌아온.

그는 문제지를 보며 정신을 집중하려 했지만 머릿속에 자꾸만 음악 소리가 끼어들었다. 어릴 적 그가 가장 많이 연주했던 곡, 베토벤의 〈월광소나타〉였다.

종소리가 울리고 맨 뒤에 앉은 학생이 답안지를 걷기 시작했다. 감독관이 교실에서 나가자 소란이 먼지구름처럼 피어올랐다.

—이기동은 집으로 돌아가지 않았다. 고속버스터미널로 가서 강릉으로 가는 차편을 알아보았다. 도망치는 것은 예상보다 쉬웠다. 아무도 그를 잡으러 오지 않았다. 버스표를 끊고 버스에 오르면 되었다. 강릉에 도착하면 택시를 타고 가까운 바다에 가서, 그 시간에는 아무도 없을 테니까 느긋하게 옷과 신발을 벗어 두고 입수하면 모든 게 끝이었다.

그는 대합실 의자에 앉아 오가는 사람들을 쳐다보았다. 그러다 배가 고파져서 절반 넘게 남겼던 도시락을 꺼내 먹었다. 다 먹고 나자 졸음이 쏟아졌다. 그는 의자에 앉아서 졸기 시작했다.

어머니는 김밥 재료를 다듬고 있다가 그를 돌아보더니 태연하게 말했다.

"가서 씻고 어서 자. 수고했다."

어머니는 자정까지 무얼 하다가 돌아왔느냐고 묻지 않았다. 그는 샤워를 하면서 찔끔 눈물이 났으나 시험이 끝났다는 실감이 뒤늦게 밀려와 눈물이 쏙 들어갔다. 수건을 집어든 그의 얼굴은 활짝 웃고 있었다.

담임은 예상 점수를 적어 내라고 했다. 그는 190점이라고 적었다.

그는 대입 원서를 쓰지 않았고, 일등은 시험시간에 위경련을 일으키는 바람에 서울대에 가지 못했다.

―존 케이지는 유럽으로 떠났다.

고딕건축 성당을 본 그는 그토록 찾아 헤매던 것이 어쩌면 저것일지도 모른다고 생각했다. 뾰족하고, 복잡하고, 거대한, 마치 그 같은.

스승이 그에게 물었다.

"건축에 너의 모든 생을 투신해야 한다. 그럴 수 있겠니?"

존 케이지는 불안함에 다리를 떨면서 말했다.

"꼭 그래야만 합니까?"

"그렇게 해도 모자랄 판국이다. 결정을 내려라. 그렇게 할 수 있니?"

존 케이지는 아무런 대답도 하지 않았다.

그는 다음날 도망치듯 짐을 쌌다.

―노래방 사장은 이기동을 맞은편 자리에 앉혀두고 팔짱을 끼며 물었다.

"다음 달에 졸업이라고?"

"네."

"아르바이트 경험은 있나?"

"없습니다."

"시급은 얼마라고 알고 왔어?"

"2000원이라고 들었는데요."

"아니지."

사장은 팔짱을 풀더니 손사래를 쳤다.

"그건 몸 쓰는 일이나 그렇고 노래방은 카운터에 가만히 앉아 있기만 하는데 그렇게 줄 수는 없지."

"그럼 얼만데요?"

"1700원."

그는 아무런 대꾸도 하지 않았다.

"할 거야?"

"좀 더 생각해보고 오겠습니다."

"맘대로 해. 학생 아니라도 할 사람 많아."

음반 가게 사장은 그를 맞은편 자리에 앉혀두고 팔짱을 끼며 물었다.

"음악은 좋아해?"

"네. 좋아합니다."

"누굴 좋아하는데?"

"신승훈이요."

"아니, 가요 말고."

"저는 가요만 듣는데요."

"쳇 베이커나 빌리 홀리데이, 델로니어스 몽크는 들어본 적 없어?"

"……네."

"여긴 왜 지원했니?"

"시급이 2000원이라고 들어서요."

"누가 그래?"

"아닌가요?"

"그건 대학생들이나 그렇고 고등학생은 그렇게 줄 수 없지."

"다음 달에 졸업하는데요."

"그래도 아직 고등학생이잖아."

"그럼 얼만데요?"

"1600원. 카운터에 가만히 앉아 있기만 하면 되니까 그 이상
은 줄 수 없어."

"좀 더 생각해보고 올게요."

"안 와도 돼. 오늘 저녁에 음대생이 면접 보러 오기로 했어."

피자 가게 사장은 맞은편 자리에 앉으려는 그를 제지했다.

"아니, 앉을 필요는 없어. 그래, 얼마나 받으려고?"

"……1800원이요."

"알았어. 그만 가봐."

"벌써 면접 끝난 건가요?"

"우린 여학생을 구할 생각이야. 그러니까 가보라고."

"바깥 유리문에는 성별무관이라고 적혀 있던데요."

"방금 전에 생각이 바뀌었어. 다른 데 가서 구해봐."

커피숍 사장은 맞은편 자리를 가리켰다.

"집이 이 근처라고?"

"네. 10분 거리입니다."

"여기는 주말에 손님이 많아. 빠릿빠릿하게 움직여야 돼. 자신
있어?"

"열심히 하겠습니다."

"장점이 뭐야?"

"네?"

"장점을 말해봐."

그는 땀을 흘리기 시작했다. 실내는 난방이 지나쳤다. 한겨울
임에도 사장은 얇은 블라우스를 입고 있었다. 그는 자신의 장점
이 단 한 가지도 떠오르지 않았다. 사장은 손가락에 담배를 끼우
고 그를 지그시 쳐다보다가 말했다.

"장점 없어? 그럼 단점이라도 말해봐."

"단점이 없다는 게 단점일지도……."

그는 말끝을 흐리며 웃었지만 사장은 웃지 않았다.

"장점도 없고 단점도 없으면 그게 인간이야?"

"……죄송합니다."

"그렇게 말주변이 없어서 어떻게 서비스직을 하려고 그래? 아
직 어려서 모르나본데 서비스직은 사람을 대하는 일이야. 어떻
게든 상대의 마음을 읽고 말과 표정으로 연기해야 하는 거라고,
연기. 알아듣겠어?"

"네."

그는 작은 목소리로 답했다.

"알았으면 그만 가봐. 연락은 기다리지 말고. 무슨 뜻인지 알지?"

"네, 압니다."

그는 벌게진 얼굴로 밖으로 나왔다. 귀를 베어갈 듯한 바람이 불어왔다. 코트 단추를 턱밑까지 채웠다.

비디오 가게 사장은 예순을 훌쩍 넘긴 노인이었다. 이마에서 정수리까지 머리카락이 한 올도 없었다.

"대학은 어디로 가려고?"

"……잘 모르겠습니다. 아마 안 갈 것 같습니다."

"대학을 가야지, 왜 안 가?"

그는 아무런 대답도 못하고 금전등록기만 쳐다보았다.

"공부를 썩 잘하지는 못했나?"

"……네. 그렇게 잘은……."

"영화는 좋아해?"

"좋아합니다. 여기서도 자주 빌려 봤어요."

"가장 좋아하는 영화가 뭐야?"

"〈로미오와 줄리엣〉이요."

"디카프리오 나오는 거?"

"올리비아 핫세 나오는 거요."

사장은 빙긋이 웃었다. 딱딱하던 표정이 부드러워졌다.

"잘할 수 있겠어?"

"네, 열심히 하겠습니다."

"많이는 줄 수 없어. 2000원밖에 못 줘. 그래도 할 거야?"

"꼭 여기서 일하고 싶습니다. 영화를 정말 좋아하거든요."

그는 카페 사장이 해주었던 충고, 연기를 하라는 말을 벌써부터 실천하고 있었다.

"그래. 여기서 일하면 영화는 많이 볼 수 있지. 그러니까 시급이 많지 않더라도 괜찮을 테고 말이야. 그렇지?"

"네, 괜찮습니다."

"싫은 소리도 좀 할 줄 알아야 해. 아직 학생이라서 그런 건 못하나?"

"아닙니다. 잘합니다. 할 수 있습니다."

"연체하고 연락 안 받는 사람 있으면 집까지 찾아가야 하는데 그런 것도 할 수 있겠어? 가서 초인종 못 누르고 서 있고 그러면 안 돼."

"누를 수 있습니다. 약속한 건 당연히 지켜야한다고 생각합니다."

그는 한 번도 연체한 적이 없었다.

"그래, 그럼 한번 해봐."

─이기동의 어머니는 재수생 전문 입시 학원을 알아보기 시작했다. 그의 집에서 노량진은 버스로 25분 남짓 걸렸고 매일 다니기에 결코 먼 거리는 아니었다. 그는 어머니가 가져다준 팸플릿을 책상 위에 던져놓고 쳐다보지도 않았다. 개강은 3월이었

다. 그가 아르바이트 자리를 구했다고 말하자 어머니는 한참 동안 잔소리를 퍼부었다.

―비디오 가게 사장은 영화를 무척이나 좋아하는 사람이었는데 최신영화보다는 오래된 고전영화를 즐겨 봤다. 가게엔 〈칼리가리 박사의 밀실〉과 〈전함 포템킨〉도 있었고 프리츠 랑과 구로사와 아키라, 테오 앙겔로풀로스, 아키 카우리스마키의 영화가 있었다. 그러나 그것을 빌리는 이들은 아무도 없었다.

그는 사장의 추천으로 1940년에 제작된 〈분노의 포도〉를 봤다. 사장은 정말로 좋은 영화야,라고 말했다. 폭설이 내리던 날 저녁 그는 비디오 가게의 카운터 자리에 앉아 영화를 보았다. 다 보고 나자 자신의 인생이 무척 초라하게 느껴졌다.

―"종일 시내를 싸돌아다니면서 뭘 했니? 본다는 영화는 봤니?"

존 케이지는 어머니의 물음에 답했다.

"네, 봤어요. 착취에 대한 얘기였어요."

"오렌지농장 얘기로구나."

"정확히 말하면 이 세계에 대한 얘기예요. 어머니는 착취의 반대말이 뭐라고 생각하세요?"

"반대말은 모르지만 비슷한 상황은 하나 알지. 이 세상 모든 어머니들은 착취를 당하고 있어. 돈 한 푼 못 받고 말이야."

그는 아들의 접시에 으깬 감자 한 덩어리를 툭 떨어뜨리며 말했다. 존 케이지와 그의 아버지는 잠자코 그것을 먹기 시작했다. 아버지가 말했다.

"오늘따라 맛이 기가 막힌데? 시카고에서 아들이 온다고 특별히 신경 썼나보군."

존 케이지의 어머니는 코웃음을 쳤다. 포크를 든 채로 그릇만 노려보고 있던 그녀가 말했다.

"맙소사, 오늘이 무슨 날인지 아무도 모르다니."

그녀는 자리를 박차고 일어났다. 부자는 당황한 표정으로 서로의 얼굴을 쳐다보았다.

─이기동은 피자집에서 일등과 만났다. 일등의 생일이었다. 일등은 노량진에서 가장 유명한 입시전문학원에 등록했고, 그곳은 이기동의 어머니가 고른 학원이기도 했다. 일등은 'SKY반'이었고 이기동은 '일반반'이었다.

"점심 같이 먹으면 되겠네."

일등은 희미하게 고개를 끄덕이며 물었다.

"아르바이트는 계속할 거야?"

"어차피 5시부터니까 괜찮아."

"야자가 있잖아."

일등은 치아 사이에서 피망 조각을 빼내며 말했다.

"빠지면 안 될걸."

"학교도 아니고 그렇게 심하게는 관리 안 해."

"내가 듣기론 학교보다 더했으면 더했지 덜하지는 않다고 하던데?"

"그럴 리가."

그는 이제 성인이었다. 원하는 것을 (원)할 권리가 있다고 대단히 크게 착각했다.

일등은 피자를 다 먹고 여드름을 짜기 시작했다. 재수를 결심한 뒤부터 여드름만 보면 가만두지를 못했다. 온 얼굴이 흉터투성이였다. 그가 더럽다며 제지하자 다리를 심하게 떨었다. 그것도 제지하자 손톱을 물어뜯어서 탁자 위로 뱉어냈다. 그는 이제 그만 집으로 가자고 말했다.

"선물은 없냐?"

"선물까지 줘야 해?"

"그럼 더치페이로 하자."

그는 화장실에 가는 척하면서 그곳을 빠져나왔다. 핸드폰으로 전화를 걸자 일등은 진심으로 화를 냈다.

일등은 노래방에 가본 적이 없었다. 일등의 노래 솜씨는 못 들어줄 정도였다. 그렇다고 그가 더 나았다는 뜻은 아니다.

─그녀는 로맨스물을 좋아했고 언제나 몰티즈를 안고 나타났다. 비디오를 고르는 내내 몰티즈를 안고 있었는데 바닥에 내려놓으면 그 즉시 오줌을 갈겼기 때문이었다. 그는 몰티즈와 친해지기 위해 노력했지만 몰티즈는 그가 주는 간식을 보고도 이를 드러내며 으르렁거렸다. 그녀가 미안해하는 얼굴로 간식을 건네받아서 몰티즈에게 주면 그제야 그걸 받아먹고 만족스러운

표정을 지었다.

그 단골은 에로물만 빌려가는 아저씨였다. 아저씨는 그녀가 안고 있는 몰티즈를 노려보더니 큰 소리로 말했다.

"예전엔 이런 개를 안고 다니는 여자들은 다 술집 여자로 봤지."

당황한 그녀는 비디오를 빌리지도 않고 돌아갔다. 잠시 후 아저씨가 에로물을 들고 카운터로 걸어왔다.

그는 며칠 뒤 아저씨의 집으로 전화를 걸어 반납 기일이 남았음에도 반납을 재촉했다. 전화를 받은 사람은 아마도 아저씨의 딸인 것 같았다. 그는 여러 번 비디오 제목을 강조해 말했다. 딸은 말끝을 흐리며 전화를 끊었다.

—고향으로 돌아온 존 케이지는 주부들에게 미술과 작곡을 가르치며 근근이 밥벌이를 했다. 그는 잘생긴 외모 덕분에 여자들에게 인기가 많았지만 그의 마음속엔 오로지 그녀뿐이었다.

그녀는 극장 검표원이었고, 영화를 싫어했던 그는 자연스레 영화를 많이 보았다. 어둠 속에서 그는 그녀를 떠올리기보다는 영화에 집중했다. (그는 그런 남자였다.) 그리고 영화가 끝나면 그녀의 얼굴을 찾아 주위를 두리번거리며 걸어나왔다. 그들은 마침내 짧은 인사를 나누는 사이가 되었고, 그녀는 가끔씩 그에게 감상평을 묻기도 했다. 그때마다 그는 지나치게 진지한 말들을 꺼내 그녀를 지루하게 만들었다.

아벨 강스의 〈나폴레옹〉을 재상영하던 날 그는 텅 빈 극장에서 그녀에게 키스했다. 실직자들은 극장 앞을 그냥 지나쳤고, 그녀는 매출이 급격히 떨어진 극장에서 더 이상 버틸 수 없었다. 두 명의 검표원 중 한 명이 잘렸고 그 사람이 바로 그녀였다. 그녀는 울었고, 그는 그녀를 위로하다가 얼결에 입을 맞추었다. 그녀는 놀란 얼굴로 그를 쳐다보았다. 어둠 속에서도 그녀의 눈동자가 불안하게 흔들리는 것을 알 수 있었다. 그는 재빨리 사과했다. 그녀는 놀라 벌어진 입을 다물지 못했다. 두 사람 사이로 세 개의 화면으로 분할된 〈나폴레옹〉의 유명한 장면이 떠올랐다. 폴리비전 방식으로 촬영된 영화는 매우 장엄했고 사실적이었으며 관객을 약간 정신없게 만들었다. 존 케이지는 말을 타고 달리는 나폴레옹을 가리키며 말했다.

"원래 이 영화 상영시간이 아홉 시간이 넘는 거 알아요? 이건 편집본이에요."

그녀는 그가 지루한 말을 늘어놓기 전에 얼른 그의 입을 막았다. 그녀의 입술로.

—이기동은 비디오 가게 앞을 비로 쓸다가 편의점 테라스에 앉아 있는 그녀를 발견했다. 그는 빗자루를 들고 거리를 쓰는 척하며 편의점 앞까지 주춤주춤 걸어갔다.

"안녕하세요?"

그는 편의점 문 앞을 쓸면서 그녀에게 먼저 말을 걸었다.

"네, 안녕하세요."

"흰둥이도 안녕."

"흰둥이요?"

"〈짱구는 못 말려〉에 나오는 개랑 닮았잖아요."

"얘 이름은 보루예요."

"보루요? 왜 보루인데요?"

"제가 소씨거든요."

그는 너무 긴장하는 바람에 그녀의 농담을 알아듣지 못했다. 그녀는 살짝 실망한 표정을 지었다. 소보루가 그녀의 손등을 핥았다. 그는 계속 비질을 하면서 물었다.

"요즘엔 왜 비디오 빌리러 안 오세요?"

편의점 점원이 밖으로 나와 그에게 물었다.

"누구세요? 여긴 왜 쓸어요?"

"아…… 요 앞 비디오 가게 점원인데요."

"그런데요?"

"쓰는 김에 그냥 여기도 쓸었어요."

그녀가 소보루를 안고 자리에서 일어났다. 편의점 점원이 말했다.

"여긴 쓸지 마세요."

그는 얼굴이 벌게진 채로 비디오 가게로 돌아갔다. 그녀가 몰티즈를 안고 그를 따라 가게 안으로 들어왔다. 그는 미리 준비해 두었던 비디오테이프를 꺼내 들고 그녀에게 다가갔다.

"혹시 이 영화 보셨어요?"

그녀는 케이스를 힐끗 쳐다보다가 말했다.

"아니요. 안 봤는데."

"재밌어요. 안 보셨으면 꼭 보세요."

그는 〈모던 타임즈〉를 건네주었다.

—존 케이지는 시애틀로 떠나기 전 그레이스와 함께 극장을 방문했다. 〈모던 타임즈〉를 보기 위해서였다. 그는 찰리 채플린의 재능을 높이 평가했다.

그가 가장 인상 깊게 본 장면은 급식 기계의 오작동으로 찰리가 고생하는 장면과 톱니바퀴에 끼어버린 동료에게 통닭과 수프를 먹여주는 장면이었다. 다른 몇몇 장면에서도 그는 크게 웃었다. 그러나 영화가 끝난 뒤 그의 표정은 전반적으로 어두웠다. 그녀가 물었다.

"영화가 별로였어?"

"영화가 아니라 우리가 살고 있는 이 세계가 별로야. 원래부터 알긴 했지만 이젠 더 확실히 알겠어. 이 세계는 잘못됐어."

—이기동은 대걸레를 들고 통로를 닦다가 그녀와 마주쳤다. 그녀가 테이프를 반납하자 사장은 화색이 도는 얼굴로 물었다.

"이거 참 좋은 영화이지요. 어떠셨어요?"

그녀는 난감한 듯한 얼굴로 말했다.

"바빠서 못 봤어요. 그래도 반납일자는 지켜야 할 것 같아서요."

사장은 아무런 말도 하지 않았다. 그녀는 이기동에게 눈길을 슬쩍 주고는 몰티즈를 안고 돌아갔다. 그는 대걸레를 밀며 출입문 언저리까지 걸어갔다. 저만치 걸어가는 그녀를 향해 누군가 손을 흔들며 다가오고 있었다. 그녀는 몰티즈를 내려놓고 뛰듯이 걸었고, 몰티즈는 남자를 향해 꼬리를 치면서 달려갔다. 남자는 몰티즈를 안아 든 뒤 그녀에게 오른팔을 내어주고는 웃는 얼굴로 비디오 가게 앞을 지나갔다.

사장은 그의 얼굴을 물끄러미 쳐다보다가 말했다.

"잡으려 하지 말고 기다리는 게 나을 거다."

"무슨 말씀이세요?"

"적극적으로 고르지 말고 다가오는 사람을 기다리라는 뜻이야, 거미처럼."

그는 양동이에 대걸레를 찔러넣으며 말했다.

"누가 거기에 걸리겠어요."

"좋은 영화를 많이 보는 것도 하나의 방법이지. 좋은 영화 한 편은 좋은 책 한 권과 맞먹으니까. 건질 거 하나 없이 시간만 낭비하는 할리우드 액션영화 같은 건 쳐다보지도 말고."

"그렇게 해봤자 무슨 소용이 있는데요?"

"깊어지지. 사람이 깊어져, 나처럼."

"사장님도 평생 혼자 사셨잖아요."

"나 좋다는 여자가 없어서 그런 게 아니야. 좋다는 여자는 많았어."

"그런데 왜 결혼을 안 하셨어요?"

"……내가 좋아하는 여자는 나를 안 좋아했어."

"거봐요. 그런 일은 좋은 영화를 본다고 달라지지 않아요."

"내 말은 그런 뜻이 아니다. 불가능한 사랑은 있지만, 사랑은 불가능하지 않다는 거야. 무슨 뜻인지 알겠니?"

그는 대걸레를 빨고 돌아와 사장에게 말했다.

"좋아하는 건 상관없잖아요. 그냥 계속 좋아할래요."

—도로가 쉼 없이 깔렸고 도시는 빠르게 확장되었다. 어딜 가나 공사 중이었다. 와중에 엘에이는 영화산업의 중심지로 꽃을 피우고 있었다.

존 케이지는 아직 자신의 모습을 찾지 못했다. 시대에 휩쓸려 군중에 떠밀려 주춤주춤 걷고 있었다. 벽 청소부와 과외교사만으론 만족할 수 없다는 사실만 확신할 수 있었다.

"불가능한 것에 관한 이야기를 써보려고."

그레이스가 말했다. 그녀는 오래전부터 소설을 쓰고 싶어 했지만 아직까지 단 한 줄도 쓰지 못했다. 그가 용기를 주어도 그녀는 여전히 자신을 믿지 못했다.

"구체적으로 어떤 이야기인데?"

"비슷한 가치를 추구하며 비슷한 삶을 살고도 결과는 각기 다른 두 사람의 이야기를 동시에 진행해보려고. 끝은 정해져 있어. 언제나 해피엔딩이지. 나는 모든 이야기는 반드시 해피엔딩으로 끝나야 한다고 생각해. 더군다나 이런 불운한 시대에는."

존 케이지는 가게 주인이 밀반입해 들여온 위스키를 홀짝거렸다. 대공황의 시대를 살고 있는 그들은 금주법으로 이중의 고통을 받고 있었다. 그러나 내년에는 금주법이 해제될 것이라는 말들이 돌았다. 루즈벨트가 당선되었고 그가 내세운 공약은 금주법 폐지였다.

—"정신 차려. 술 마신다고 비행청소년이 되지는 않아. 그럴 시기는 지났어. 이젠 성인이라고."

졸업은 했지만 술집 출입은 불가능한 나이였다. 그의 생일은 3월이었고 일등의 생일은 11월이었다. 그는 한 달만 참으면 아무런 제지 없이 술을 마실 수 있다는 사실이 믿기지 않았지만 일등 앞에선 그런 내색을 하지 않았다. 이미 어른이 된 것처럼 굴었다.

그들은 긴장한 얼굴로 지하 술집으로 내려갔다. 개점한 지 두 시간이 지났지만 손님은 한 명도 없었다. 구석자리로 걸어가 앉았다. 카운터는 비어 있었고 그들과 비슷한 또래로 보이는 점원이 물병을 들고 왔다.

"8시에 단속 뜨니까 그 전까지 먹고 나가요."

점원은 빠르고 정확하게 정보를 전달하고 자신의 자리로 돌아갔다.

일등은 레몬소주를 주문했고 그는 안주로 주문한 탕수육을 기다렸다. 레몬소주는 레몬주스에 가까운 맛이었고 술 냄새가 거의 나지 않았다. 일등은 만족스러운 표정으로 레몬소주를 홀짝거리며 말했다.

"생각보다 맛있는데?"

"소주를 일부러 적게 탔네."

얼마 후 그들 또래로 보이는 학생들이 줄줄이 들어왔다. 순식간에 홀은 학생들로 가득 찼다. 모두가 공범의 시선으로 서로를 흘깃거렸다.

한 시간쯤 지나자 옆 테이블에 앉아 있던 여학생이 바닥에 쓰러졌다. 다른 두 명의 여학생이 쓰러진 여학생의 팔을 하나씩 붙잡고 출입구 쪽으로 질질 끌고 갔다. 카운터를 지키고 있던 사장이 그녀들을 노려보았다.

그들은 술집에서 나왔다. 온몸에 열이 올랐다. 이기동은 코트 단추를 모두 끄르고 일부러 어른스러워 보이려고 신고 온 구두로 설각 위를 미끄러져 달려가면서 큰 소리로 웃었다. 일등은 아이스크림이 먹고 싶다고 중얼거렸다.

골목으로 들어섰을 때, 경찰차가 그들을 스쳐지나가더니 갑자기 멈추었다. 그들은 서로의 얼굴을 쳐다보았다. 문이 열리고 경찰들이 내렸다. 술집에서 끌려나갔던 여학생이 바닥에 드러누워 있는 광경이 보였다. 두 명의 여학생은 쓰러진 친구 옆을 지키고 있었다. 나무라는 경찰의 목소리가 들렸다.

"너희 미성년자 맞지? 너희한테 술 판 가게가 어디야?"

그와 일등은 서둘러 골목을 빠져나왔다. 그는 빙판 위를 달려가다가 미끄러져 넘어졌다. 일등은 그의 비명을 듣고도 돌아보지 않고 저만치 앞서 달려갔다.

금주의 시대는 그로부터 한 달 뒤에 끝났다. 그는 이제 자유롭게 술을 주문할 수 있었지만 그렇다고 어른이 되었다는 기분은 들지 않았다. 어른이 된 것처럼 연기하고 있는 것만 같았다.

3

―"존, 내 말을 잘 듣게. 자네는 내 제자들 가운데 가장 영민해. 어떤 일을 하더라도 다 잘해낼 테지만 그중에서도 창의성이 필요한 일에 자네만 한 인재를 구하기는 힘들 거야."

"알고 있습니다."

아놀드 쇤베르크는 조금의 부끄러움도 없이 그렇게 말하는 존 케이지의 얼굴을 빤히 쳐다보았다.

"그래서 말인데, 굳이 작곡을 선택할 필요는 없을 것 같네만. 이 일은 자네를 지루하게 만들지 않나?"

"아닙니다. 스승님의 음악은 그렇지 않습니다. 물론 제 생각과 다른 면들이 있기는 하지만 그건 제가 알아서 판단할 문제라고 생각합니다."

"존, 내 말은 굳이 왜 이 일을 하려고 하느냐는 거야. 자네의 뛰어난 창의성이 필요한 일이 널리고 널렸을 텐데."

"어디에 말입니까, 스승님? 길거리엔 실직자들이 넘쳐나고 있는데요. 일이 없다고 난리입니다."

"내 말은, 사람은 자신에게 맞는 일을 해야 한다는 걸세."

"저도 알고 있습니다. 그래서 지금 이 자리에 있는 겁니다."

"말귀를 못 알아듣는군. 자네는 화음에 대한 감각이 떨어져. 이 일을 하기엔 뛰어난 재능이 없다는 말일세. 천부적인 재능 말이야."

─스물한 살이 되었지만 이기동은 여전히 노량진을 벗어나지 못했다. 재수생 시절처럼 그는 입시 학원에 갇혀 창살 너머의 세상을 남루한 얼굴로 바라보았다.

일등은 그와 함께 삼수생이 되었다. 지난해 수능에서 그가 받은 점수는 204점이었고, 일등은 영어 듣기 평가 시간에 천식 발작을 일으켰다.

이기동의 가방 안엔 문제집보다 소설책이 더 많았다. 그는 강의실 맨 뒤에 앉아 몰래 소설을 읽었다. 담임은 그를 면담하며 한숨만 내쉬었다. 어머니에게 솔직하게 말하고 학원을 그만두는 편이 나을 것 같다고 그를 설득하기도 했다. 그러나 어머니는 단호했다. 그는 어쩔 수 없이 노량진으로 향하는 버스에 올라탔다. 그 버스는 분명 노량진으로 향했지만 그는 어딘지 알 수 없는 곳으로 실려가는 기분이 들었다.

그가 고른 소설은 대부분 절망에 빠진 주인공이 등장해 절망을 일상으로 바꾸어가는 내용이었다. 그는 《인간실격》을 세 번 반복해 읽었다.

—옥상은 유일하게 바깥세상을 온전한 모양으로 볼 수 있는 곳이었다. 건물의 모든 창문엔 촘촘한 창살이 박혀 있어 수강생들은 감옥에 갇힌 죄수의 시선으로 바깥을 구경해야만 했다. 창살에 매달려 있는, 수능을 망친 죄인들의 얼굴은 동물원에 갇힌 원숭이들의 주름진 얼굴보다 더욱 암담해 보였다.

—쉬는 시간마다 복도로 죄수들이 쏟아져나왔다. 그들은 불 붙이지 않은 담배를 입에 물고 옥상으로 뛰어올라갔다. 삼삼오오 무리를 이루어 담배를 피우는 죄수들 사이에 서서 이기동은 고개를 뒤로 꺾고 하늘을 올려다보았다. 구름조차 이동을 멈추고 그를 내려다보고 있었다. 그는 시간이 정지한 것 같은 감각에 자주 시달렸다.

일등은 옥상 난간에 기대어 서서 줄담배를 피웠다. 일등의 얼굴은 누렇게 떴고 이기동의 얼굴 역시 비슷했다. 옥상에 모인 남녀 죄수들 사이에 오가는 은밀한 눈빛과 들뜬 기류 속에서도 그들은 완벽히 제외되어 있었다.

—존 케이지의 아버지는 아들이 피아노 앞에 앉아 있는 시간보다 하릴없이 거리를 배회하고 다니는 시간이 더 늘었다는 것을 눈치채고 어느 날 밤 자신의 작업실로 불러들여서 말했다.

"얘야, 생각만 해선 아무 일도 일어나지 않아. 차라리 뭐라도 만들어보렴."

그의 아버지는 여러 가지 크기의 나무토막과 쇠붙이, 고무, 깡통, 볼트와 너트, 못과 망치 등이 들어 있는 잡동사니 상자를 들고 와서 그에게 내밀었다.

존 케이지는 턱을 괸 채로 생각에 잠겨 상자를 내려다보았다. 그는 고무지우개와 볼트 한 개를 집어들고는 오랫동안 쳐다보다가 다시 내려놓았다. (아직은 때가 아니었다.)

—이기동의 아버지는 더 이상 김을 굽지 않았다. 깃발 휘두르듯 과장된 동작으로 김을 구웠던 탓에 어깨 관절에 만성적인 염증이 생겼다. 그 뒤론 과일을 조금씩 가져다놓고 팔았으나 수입은 신통치 않았다. 이기동은 아버지가 다시 집을 나갈 기회만 엿보고 있으리라 생각했지만 아직까진 매일 밤 집으로 돌아왔다.

그가 두 번째 기회도 놓치자 그의 부모는 눈에 띄게 말수가 줄었다. 그의 집은 온종일 정적에 휩싸여 있었다.

—점심시간이면 각 층의 복도로 갈색 플라스틱 통에 담긴 도시락 수십 개가 배달되었다. 뚜껑을 열어보면 김치와 나물과 냉동 튀김이 서로 뒤엉켜 있었다. 죄수들은 매번 불평했지만 도시락은 날마다 품절되었다.

일등은 집에서 싸온 도시락으로 식사를 마친 뒤 옥상에서 담배를 피우고 돌아와 곧바로 문제집을 풀었다. 일등은 수능만 아니라면 언제나 모든 시험에서 일등을 했다. 그러나 그건 아무런 의미도 없는 일이었다.

―어느 날 한 여학생이 자신의 책상을 들고 중간 줄에서 벗어나 맨 뒷줄에 홀로 앉아 있는 이기동의 뒷자리로 옮겼다. 여학생의 짝은 책상에 엎드려 울고 있었다. 담임은 마음대로 자리를 옮긴 여학생을 나무랐지만 여학생은 원래 자리로 돌아가길 거부했다. 담임은 어쩔 수 없이 한 줄씩 앞으로 당겨 앉히며 빈자리를 채웠다. 그 바람에 그는 바로 앞에 앉아 있던 여학생과 짝이 되었다. 그녀는 반에서 수능을 가장 많이 본 오수생인 동시에 최장기수였다.

최장기수는 그가 읽고 있는 소설책을 가리키며 물었다.

"그거 재밌어?"

"그냥 좀 특이해요."

"어떤 내용인데?"

"욕조에서 살기로 결심한 남자 얘기예요."

"왜? 거기가 더 집중이 잘되나?"

최장기수는 모든 사람들이 다 시험을 준비하고 있기라도 한 듯이 말했다. 그는 당황했고 아무런 대답도 하지 못했다.

쉬는 시간, 최장기수가 그의 책상으로 종이 한 장을 내밀었다. 욕조 안에 앉아 있는 남자를 그린 것이었다. 간결하고 담백한 그림체였다.

"가져. 너 줄게."

그는 얼굴을 붉히며 종이를 집어들었다.

수업 시간, 최장기수는 책상 서랍에 두 손을 넣고 한참을 부스럭거리다가 무언가를 손으로 가리며 꺼내더니 그에게 밀크캐러멜을 건넸다.

일등은 담배 연기를 내뿜으며 한심하다는 듯이 말했다.

"그러니까 오수를 하지."

—최장기수의 문제집엔 빨간 줄이 빼곡하게 그어져 있었다. 최장기수는 무엇이 중요한지 도통 모르는 것 같았다. 모든 문장에 빨간 줄을 그었다. 그는 결국 호기심을 참지 못하고 물었다.

"그게 다 중요하다고 생각하는 거예요?"

"응? 이게 다 중요하냐고? 중요하지. 다 중요해."

"보통 빨간 줄을 그렇게 많이 긋지는 않잖아요. 진짜 중요한 것만 긋지."

"아니야. 내가 시험을 많이 봐서 아는데 중요하지 않은 건 하나도 없어. 어디서 뭐가 나올지 몰라. 그러니까 죄다 외우는 게 나아."

최장기수는 심지어 확신을 갖고 그렇게 말했다. 그는 더 이상 반박하지 않았다. 최장기수와 나란히 앉는 것은 혼자 앉는 것보다 훨씬 덜 심심했다. 그는 수업에 거의 집중하기 못했기 때문에 늘 지루했고 그 무료함을 소설로 달래곤 했었지만, 이젠 소설을 읽을 새가 없을 정도로 최장기수와 필담이나 귓속말을 계속해서 나눴다. 최장기수는 자주 그에게로 몸을 기울이며 속삭였다. 대개는 쓸데없는 말들이었다. 국사 선생의 바지가 왜 저렇게 타이트한지 아느냐, 그것은 저자가 변태이기 때문이다. 영어 선생의 발음이 왜 저렇게 이상한지 아느냐, 그것은 한 번도 외국인과 대화해본 적이 없기 때문이다.

최장기수는 유독 남자 선생들에게 혹독한 평가를 내렸다. 실력이 없어도 너무 없다고 했다. 마치 그녀가 수능을 다섯 번이나 본 결정적인 이유가 바로 그들의 무능함 때문이라는 듯이. 그녀는 오수를 하는 내내 이 학원에서 벗어난 적이 없었다. 언제나 이 학원에만 등록했다. 담임은 그녀를 측은하게 여기는 것 같았고 다른 선생들도 그녀를 잘 알고 있었다. 그녀의 집중력과 지구력이 그리 높지 않다는 것도. 그는 선생들이 그들 쪽은 아예 쳐다보지도 않는다는 사실을 알아챘다. 그녀가 아무리 큰 소리로 웃어도 아무도 그녀에게 주의를 주지 않았다.

신기한 것은 최장기수의 다정한 태도에도 불구하고 그는 최장기수를 보며 그저 엉뚱한 누나,라고만 생각했다는 것이다.

쉬는 시간에 최장기수는 그를 따라 옥상으로 올라갔다. 일등은 최장기수 쪽으로는 담배 연기를 내뿜지 않았다. 최장기수의 얼굴을 힐끗 보다가 곧바로 시선을 돌렸다.

—그들은 함께 도시락을 먹으며 뒤엉킨 반찬을 분리했고 요리사의 미각을 혹평했다. 쉬는 시간은 물론이거니와 수업 시간에도 잡담을 멈추지 않았다. 얼마 지나지 않아 그들의 바로 앞줄

에 앉는 여학생들이 담임에게 그들의 만행을 일러바쳤다. 여학생들 중 한 명은 그들의 끊임없는 수다 때문에 울음을 터뜨리기까지 했다. (그녀는 중증의 우울증과 신경쇠약 증세가 있었지만 아무도 그 사실을 염려해주지 않았고, 그녀의 참담한 모의고사 성적표는 그녀의 눈물샘을 고장내버렸다.) 담임은 그와 최장기수를 복도로 불러내 말했다.

"둘 다 대학 갈 생각이 없는 거야?"

"어떻게 그렇게 말씀하실 수가 있어요?"

최장기수가 즉시 덤벼들었다.

"너희들이 면학 분위기를 망친다고 제보가 들어왔다. 어떡할래, 둘이 따로 앉으면 곧바로 문제 해결인데."

"싫어요."

최장기수는 단호하게 말했다. 그는 움찔 놀랐다.

"너희, 사귀니?"

담임은 입꼬리에 비웃음을 매달고 물었다. 그는 고개를 저으며 어색하게 웃었고 그녀는 담임을 노려보았다.

"여기선 연애하지 마. 너, 육수 하고 싶어? 너는, 사수 하고 싶어?"

"제가 육수를 하면 그건 선생님 때문이죠. 저 여기 처음 들어왔을 때 뭐라고 하셨어요? 반드시 대학에 보내주겠다고 하셨잖아요."

"그건 네가 열심히 안 하니까 그렇지."

"열심히 하고 있어요!"

그는 다시 움찔 놀랐다. 그녀는 진심으로 그렇게 믿고 있는 것 같았다. 모든 페이지에 빨간 줄이 죽죽 그어진 그녀의 문제집이 떠올랐다.

"강의가 매번 똑같고 변하는 게 없는데 다 들을 필요는 없잖아요. 저는 저 혼자 나름대로 진도를 빼고 있어요."

그녀의 항변에 담임은 고개만 저을 뿐 말이 없었다. 그러다가 막대기로 그를 가리키며 말했다.

"오른쪽 끝자리로 책상 옮겨."

그는 강의실로 들어가 책상을 옮겼다. 최장기수는 책상에 엎드려 고개를 들지 않았다. 수업 시간에도 여전히 같은 자세였다.

그녀는 그에게 오해하지 말고 들어,라고 말하며 그의 얼굴을 잠깐 동안 쳐다보았다. 그들은 솥뚜껑삼겹살집에서 솥뚜껑 불판을 사이에 두고 마주앉아 있었다. 그녀는 소주 한 병을 혼자 다 비웠다. 일등은 그의 옆자리에 앉아 상추를 뜯어 먹으며 그녀의 얼굴을 훔쳐보았다.

"나는 네가 참 편해. 이제까지 학원에서 만난 애들 중에서 가장 마음에 들어. 도대체 담임이 뭔데 우리한테 이러는 거냐? 어? 야, 너, 그거 알아?"

그는 그녀의 발음이 점점 뭉개지는 것을 느끼며 잠자코 고개를 저었다. 무엇이든지 간에 그는 그녀가 하려는 말은 거의 모를 것임이 틀림없었다.

"그 자식, 사실 나를 좋아해."

일등은 상추를 내던졌다. 그는 바닥을 내려다보았다. 좌식 구조여서 그의 까만 양말 바닥이 훤히 보였다.

"처음에 먼저 좋아한 사람은 나야. 그런데 그다음에 나는 마음이 떠났거든?"

그녀의 목소리는 점점 높아졌다.

"그런데 그 자식은 나를 계속 못 잊는 거야. 속으로 계속 좋아하는 거지. 그래서 너랑 나랑 떨어뜨려놓은 거야. 해마다 이런 식이야. 이제까지 한 번도 남자랑 짝이 되어본 적이 없다니까? 진짜 너무하지 않냐?"

그는 그녀의 말에 수긍할 수 없었다. 그녀의 마음을 헤아릴 수도 없었다. 그가 보기에 담임은 그녀를 그저 한심한 장수생으로 보고 있었다. 그녀가 당장 학원을 그만두더라도 말리지 않을 것이다. 그리고 그가 그렇게 하더라도 마찬가지로 말리지 않을 것이다. 담임은 그들의 미래를 진심으로 걱정했다. (적어도 그의 미래는 걱정해주었다.) 그의 머리가 수능에는 맞지 않는 구조로 되어 있다는 사실에 공감해주었다. 그는 담임과 상담할 때마다 마음이 편안해지곤 했다. 담임 앞에선 노력하는 척 연기할 필요가 없었다. 담임은 학생들의 속마음을 쉽게 알아챘다.

"그래서 담임이 너를 미워하는 거야, 나 때문에."

그녀는 그 말을 끝으로 탁자에 엎드려 잠들었다. 일등이 그녀를 흔들어 깨웠다. 그녀는 다행히 정신을 차렸고 비틀거리긴 했으나 자력으로 걸을 수 있었다. 그녀는 노래방에 가자고 외치면서 제자리에서 폴짝 뛰어올랐다. 일등은 곧바로 노래방을 물색

했지만 그는 그만 집으로 가고 싶었다. 그녀는 노래방으로 향하는 계단을 내려가며 그와 일등을 양옆에 세우고 억지로 어깨동무를 했다. 비좁은 통로에서 그들 셋은 거의 끼이다시피 하며 아래로 위태롭게 걸어내려갔다. 그녀가 말했다.

"이러니까 우리 진짜 친한 사이 같다. 좋다. 너희도 좋지?"

그는 대답하지 않았다. 일등은 작게 어, 라고 답했다.

—"제일 좋아하는 영화가 뭐예요?"

"나는 90년대 영화는 다 좋더라. 〈가위손〉〈사랑과 영혼〉〈여인의 향기〉〈레옹〉〈쇼생크 탈출〉〈타이타닉〉〈가을의 전설〉. 너는?"

"저는 〈유주얼 서스펙트〉요."

"나는 그거 빨리감기로 봐서 감동이 덜했어."

"확실히 덜했겠네요."

잠자코 있던 일등이 말했다.

"나는 〈트루먼 쇼〉."

그는 놀란 얼굴로 일등을 돌아보았다.

"너도 영화를 보냐?"

그는 전날 비디오 가게를 그만두었다. 더 이상 야간자율학습을 빠질 수가 없었다. 담임은 그의 어머니를 속이는 일에 양심의 가책을 느낀다며 더 이상 봐줄 수 없다고 말했다.

그들은 옥상 난간에 설치된 철조망 너머를 바라보며 나란히 서 있었다. 철조망은 다른 반의 죄수가 충동적으로 자살 소동을 일으키는 바람에 며칠 전에 급조된 것이었다. 그 죄수는 곧바로 체포되어 집으로 압송되었으며 다른 죄수들은 자살 소동이 벌어졌던 옥상으로 뛰어올라가 탈출시도자가 끌려가는 광경을 웃으며 구경했다.

"내가 이 동네에서 5년을 있었잖아, 애들아."
"네."
그와 일등은 동시에 대답했다.
"그런데 5년이 1년 같아. 아니, 다섯 달 같아. 얼마나 빨리 지나갔는지 알아? 너희들도 조심해."
그는 어묵 국물을 떠먹었다. 그들은 사육신묘 근처의 후미진 곳에서 소주와 포장해 온 분식을 먹었다. 일등은 어둠 속에서 계속 훌쩍이는 소리만 냈다. 지독한 감기에 걸려서 제대로 서 있지도 못했다. 최장기수는 일등에게 휴지 뭉치를 던지며 말했다.
"그냥 풀어. 자꾸 마시지 말고."
일등은 휴지 뭉치를 들고 멀리 떨어진 곳으로 가서 코를 풀고 돌아왔다. 최장기수는 나무젓가락을 쪽쪽 빨면서 말했다.
"예감이 안 좋아. 이번에도 여길 못 뜰 것 같아."
"이번에도 안 되면 한 번 더 할 거예요?"
최장기수는 대답하지 않았다. 일등이 말했다.
"내년에는 들어가요. 그냥 맞춰서 가요, 우리 셋 다."
최장기수가 일등의 얼굴을 빤히 쳐다보며 말했다.
"너는 올해 될 애야. 딱 보면 알지."

곧바로 그가 물었다.

"저는요?"

최장기수는 그의 시선을 피했다. 잠시 후 그녀가 말했다.

"내가 여기서 이십대 초반을 다 보냈잖아. 그 좋은 시절을. 가끔 진짜 궁금한데, 다른 나라 애들도 이렇게 살까? 아니겠지? 우리나라만 이렇겠지? 재수는 기본이고 삼수는 선택인 건. 그런데 야, 생각해봐라. 뭘 알겠냐, 우리가? 이렇게 사는데 도대체 뭘 알아가면서 어른이 되겠냐?"

"글쎄요."

최장기수가 확신 넘치는 어조로 말했다.

"없지. 우리는 아는 게 쥐뿔도 없지. 아무것도 몰라. 우리는 여기에 딱 갇혀버렸어. 노량진에 딱 갇혀버렸어. 노량진 아니면 대학밖에 갈 데가 없다는 건 비극이야. 너, 말 좀 해봐. 맨날 책만 읽었으니까 알 거 아니야. 이게 제대로 된 세상인 거냐? 어?"

그는 선뜻 대답하지 못했다. 그가 읽었던 책은 인생의 해답서라 할 수 없었다. 소설 속 인물들은 그리 행복해 보이지 않았다. 오히려 불행을 담담하게 받아들이는 것처럼 보였다.

"잘은 모르겠는데요, 살다 보면 익숙해지나봐요."

"뭐에 익숙해지는데?"

"뭐든지 간에요."

—아놀드 쇤베르크와 존 케이지는 크로스랜드의 집에서 정기적으로 개최되는 교령회에 함께 참석했다. 음악가로서의 미

래에 대한 날카로운 충고에도 불구하고 둘의 사이는 그렇게 나쁘지 않았다. 둘 다 나빠질 이유가 없다고 생각했다. 비록 그들의 사제 관계는 2년밖에 이어지지 않았으나 아놀드 쉰베르크는 존 케이지를 여전히 흥미로운 제자로 생각했다. (뛰어난 제자는 아니었으나 확실히 흥미롭긴 했다.)

초대된 영매는 보라색 스카프로 가리고 있던 밝은 금색 머리칼을 드러냈다. 젊은 여자였다.

"이 자리에 참석한 분들 가운데 오늘 저녁 귀인을 만나게 될 분이 있습니다."

영매의 말에 참석자들이 서로의 얼굴을 쳐다보며 웅성거렸다.

"만일 그 귀인을 만난다면 어떻게 해야 하겠습니까?"

존 케이지의 질문에 다른 이가 곧바로 말했다.

"당연히 반겨야지요."

그러나 영매는 검지를 세우며 고개를 가로저었다.

"그 전에 잘 생각해보셔야 합니다. 귀인을 만난다는 건 당신의 인생이 바뀔 수도 있다는 뜻입니다. 게다가 그 귀인은 방황하는 영혼이고요. 그것만큼 위험한 것도 없죠. 그자의 사상은 아주 불온할 테니까요."

영매는 웃었고 다른 이들은 웃지 않았다. 아놀드 쉰베르크는 '불온한 사상'이라는 말을 듣고 표정이 경직되었다. 그가 서둘러 물었다.

"혹시 그자가 파시스트입니까?"

"오, 아닙니다. 아니에요."

영매는 웃으며 말했다.

"그 반대입니다. 그녀는 자유로운 영혼이에요."

—"기도하자."

최장기수는 이기동과 일등의 손을 잡고 눈을 감으며 고개를 숙였다. 일등은 통성기도를 시작했다. 그들은 롯데리아에서 한국 축구팀을 응원하고 있었다. 셋이서 붉은색 티셔츠를 맞춰 입고 코엑스몰로 갔지만 대형전광판 앞에는 붉은 물결이 이미 가득 들어차 있었다. 그들이 파고들 빈 곳은 어디에도 보이지 않았다.

그들은 지하철을 타고 그의 동네로 왔다. 그가 롯데리아에서 벽면에 설치해놓은 커다란 모니터를 얼핏 보았던 기억을 떠올렸기 때문이다. 조금만 늦게 갔더라면 그곳에서도 자리를 잡지 못할 뻔했다. 그들은 비교적 모니터가 잘 보이는 자리에 앉아 감자튀김이 눅눅해지고 컵 속 얼음이 다 녹을 때까지 초록색 잔디 위를 굴러다니는 자그마한 공에만 집중했다. 결국 그들은 햄버거를 내려놓고 서로의 손을 잡은 뒤 기도를 시작했다.

그들의 부모들은 하나같이 그들을 비난했다. 장수생 주제에 '붉은 악마'가 되어보겠다고 집을 나서는 그들을 보며.

집으로 돌아가는 길, 승리의 기쁨에 누군가 쏘아올린 불꽃이 인도 쪽으로 날아왔다. 곧이어 앞서 걷던 여자가 다리를 붙잡으며 비명을 내질렀다. 골목 안에서 불꽃을 쏘아올린 십대들은 후다닥 도망쳤다. 지나가는 차량은 다섯 번의 경적을 울리며 꼬리를 길게 뺐고, 거리는 멀미하기 직전인 것처럼 울렁거렸다. 유흥가 입구에 걸어놓은 알록달록한 만국기가 미친 듯이 휘날렸다. 모두가 똑같은 말을 하며 걸었다. 모두가 똑같은 미소를 지으며 걸었다. 눈이 마주치면 서로의 마음속에서 용솟음치는 애국심을 발견하고 뿌듯한 표정을 지었다. 그러다 누군가 경적을 울리면 다섯 번의 리드미컬한 박수로 똑같이 화답해주었다. 최장기수가 말했다.

"대학에 가면 매일 이런 기분이겠지?"

―그들은 쇠락한 호텔이 늘어서 있는 음침한 거리를 걸었다. 그녀가 즐겨 찾는 산책 코스였다. 그들은 세 시간 동안 걷고 있었다. 만일 그가 전날 밤 귀인을 만날 운명이었다면, 귀인은 바로 그녀였다. 케이지는 다리가 아팠지만 내색하지 않았다. 그녀의 발걸음은 여전히 가볍고 빨랐다.

"무슨 생각을 가장 자주 하세요?"

케이지는 별다른 고민 없이 답했다.

"음악이요. 작곡에 관한 생각을 가장 많이 합니다. 당신은요?"

"우주요."

그는 헛기침을 했다.

"저는 우주에 대한 생각은 거의 해본 적이 없습니다."

"음악이야말로 우주에 가까운 거죠."

"그런가요?"

"그럼요. 모든 예술 가운데 음악이 가장 우주에 가까워요."

"어째서요?"

그녀는 걸음을 멈추더니 케이지의 얼굴을 돌아보면서 말했다.

"춤을 추게 하잖아요. 그건 대단한 힘이에요. 어떤 예술도 인간을 춤추게 할 수는 없어요. 음악엔 우리가 모르는 근원적인 힘이 담겨 있는 거예요."

"그런 식으로는 한 번도 생각해보지 못했습니다."

"이제부턴 생각해보세요. 아름다운 음악을 만들려고 하지 말고, 아름다운 사람을 만들려고 해보세요. 그게 진정한 예술이에요."

―일등이 갑자기 잠적했다. 학원에도 나오지 않았다. 이기동은 그것에 대해 아는 바가 전혀 없었다. 다만 이상한 점 한 가지는 최장기수가 일등의 실종에 대해 아무것도 묻지 않았다는 것이다.

그는 버스정류장으로 걸어가며 최장기수에게 물었다.

"둘이 무슨 일 있었어요?"

"너는 언제까지 나한테 존대할래?"

"한 번도 말 놓으라고 한 적 없는데요?"

"말 놔."

"알았어요."

"햄버거 먹고 갈래?"

그들은 단골 노점으로 가서 불고기버거를 주문했다. 주인아저씨가 콜라를 따라서 건네주었다. 그들은 햄버거를 먹고 정류장으로 걸어가는 길에 다른 햄버거 노점의 주인이 손님에게 껌을 건네는 광경을 목격했다. 최장기수가 말했다.

"야, 저 집은 껌도 주는데?"

그들은 다음날부터 콜라는 물론이고 껌도 서비스로 주는 노점으로 갔다.

—수능이 100일 앞으로 다가오자 죄수들은 맹수로 돌변했다. 그들은 동족마저 잡아먹고 짓밟을 준비가 되어 있었다. 담임은 더 이상 그들을 죄수로 취급하지 않았다. 잘못 손대면 물리고 마는 맹수나 다름없었다. 맹수들은 서로의 얼굴을 쳐다보지도 않았다. 그들의 시선은 언제나 객관식 문항에 붙들려 있었다. 해방이 얼마 남지 않았고 동시에 절망도 더 가까이 다가왔다.

최장기수의 오답노트는 온통 빨간색이었다.

이기동은 오답노트를 왜 만드는 것인지 처음으로 깨달았다. 알고 보니 그는 같은 문제를 반복해 틀리는 경향이 있었다. 이럴 수가!

—최장기수는 수능을 한 달 앞두고 교통사고를 당했다. 운전자는 그녀가 갑자기 차도로 뛰어들었다고 주장했다. 그 말은 사실일 가능성이 컸다. 그녀는 가드레일 바깥쪽에서 걷고 있었다.

이기동은 그녀를 휠체어에 태워 병원 앞으로 산책을 나갔다. 휠체어를 탄 환자들이 군데군데 흩어져 있었다. 부근에 담배 연기가 자욱했다.

최장기수가 구석을 가리켰고 그는 그곳으로 휠체어를 밀고 갔다. 담배를 입에 물고 불을 붙이는 폼이 능숙했다. 그는 그녀가 흡연자인 줄 전혀 모르고 있었다.

"내가 말했던가? 일등이 나한테 고백했다고."

"그랬어?"

그는 놀라지 않았다.

"수능 끝나면 생각해보겠다고 했어."

그녀는 잠깐의 틈을 두었다가 말했다.

"연기한 거래. 안 아픈데 아픈 척한 거래. 서울대 못 갈 거 같아서. 감이 왔다나."

그는 아무런 대꾸도 하지 않았다. 짐작하고 있었다.

"이번엔 끝까지 보고 나오랬어. 끝까지 보고만 나오면 사귀어 주겠다고."

"진심이야?"

"아니. 그때쯤엔 원서 쓰느라 정신없을 테니까 내가 한 말은 잊지 않을까?"

"글쎄. 걔는 뭐든 잘 안 잊는 앤데."

"잊을 거야. 나는 다시 노량진에 돌아가 있을 테니까."

최장기수가 다시 노량진으로 돌아가는 것보다 슬픈 일은 없겠지만 그녀는 아마도 또다시 노량진으로 돌아갈 것이다. 그녀가 목표로 하는 대학은 명문 사립여대로 그녀는 한 번도 목표 점수에 근접해본 적이 없었다.

병실에 최장기수의 어머니가 와 있었다. 벼락 맞은 고목 같은 아주머니였다. 갈색 립스틱을 발라 안색이 더욱더 어두워 보였다. 그를 보더니 눈을 치켜떴다. 최장기수는 이불을 이마까지 덮어썼다.

—그들은 나흘 연속으로 만났다. 그 시간은 소설이 아니라 시처럼 지나갔다. 케이지는 그녀를 만나고 돌아올 때마다 노트에 그날의 만남을 기록했다.

레스토랑에서 그녀는 포크와 나이프를 노려보기만 했다.

"요리가 마음에 들지 않아요?"

그녀는 고개를 저으며 말했다.

"아직 맛보기 전인 걸요."

그녀는 포크와 나이프를 집어들었지만 또다시 접시만 노려보고 있었다.

"다른 요리를 주문할까요?"

"아니요. 요리가 아니라 소리 때문이에요."

"무슨 소리요?"

"들어보세요."

케이지는 가만히 귀를 기울였다. 웅성거리며 대화하는 소리, 포크와 나이프가 접시에 부딪치는 소리, 웨이터를 부르는 소리, 커피잔을 내려놓는 소리, 웃음소리, 한숨 소리, 혀를 차는 소리.

"들려요. 그런데 그게 왜요?"

"지금 들리는 이 소리가 가장 인간다운 소리 중 하나가 아닐까요?"

그녀가 연이어 말했다.

"동물은 가질 수 없는 소리죠."

영화를 보러 가자는 그의 제안을 그녀는 거절했다.

"영화는 안 봐요."

"엘에이에 살면서 영화를 싫어하다니요."

"작위적인 것은 오랫동안 지켜볼 수가 없어요. 차라리 행인을 관찰하는 편이 더 나아요."

그들은 영화관에 가는 대신 길가 벤치에 앉아 행인들을 바라보았다. 그녀는 간간이 작게 한숨을 내쉬었고 그보다 더 작은 소리로 혼잣말을 중얼거렸다.

"영혼이 당신에게 말을 거나요?"

"언제나요."

"잘 때도요?"

"그럼요. 그들은 늘 깨어 있죠."

"상당히 피곤한 삶이겠는데요."

"아마도 저는 요절할 거예요."

"그런 말씀은 하지 않으시는 게……."

"괜찮아요."

그녀가 갑자기 그를 돌아보며 기쁜 얼굴로 말했다.

"영혼의 소리가 담긴 음악을 만들어보세요."

"그게 어떤 소리죠? 저는 들을 수 있는 귀가 없으니……."

"갓난아기가 숨 쉬는 소리와 비슷해요."

존 케이지는 그 소리를 상상해보았다. 그녀가 말했다.

"깃털이 목소리를 갖고 있다고 생각해보세요. 절대로 크지는 않을 테죠. 아주 작고, 바람이 불 때마다 희미해질 거예요."

그날 밤 그는 집으로 돌아와 피아노 앞에 앉아 있다가 그대로 잠들었다. 위태롭게 앞뒤로 고개를 끄덕이며 졸던 그는 바람에 덧창이 움직이는 소리에 눈을 떴다. 끼이익. 전에는 경첩에 기름칠을 해야 한다는 생각뿐이었다. 그러나 이젠 다른 의미로 들렸다. 어쩌면 덧창이 바람이 불 때마다 환호하는 소리인지도 모른다. 조금 더 귀를 기울여보니 바람이 그의 집 마당을 발 빠르게 달려가는 소리도 들렸다. 연이어 아버지가 무언가를 두드리는 소리가 들렸다. 그것은 작고 둥근 형태의 타악기가 둔탁하게 연주되는 소리 같았다.

그는 서둘러 노트를 펼쳐서 기록했다.

'타악기: 심장이 뛰는 소리와 가장 비슷한 소리를 내는 악기'

─그들 모두 시험장으로 향했다. 그날 아침은 매해 수능일처럼 춥지 않았고, 바람도 심하게 불지 않았다. 이기동은 현수막을 들고 응원하는 무리를 지나칠 때 고개를 숙였다. 그가 졸업한 학교의 교복을 입은 학생들이 순박한 얼굴로 엿을 내밀며 웃고 있었다.

점심시간에 그는 밥을 절반도 먹지 못했다. 가슴이 울렁거렸다. 마지막이 될 것 같은 예감이 강하게 밀려왔다.

3교시, 그는 손을 들어올려 새 OMR카드를 받았다. 세 번의 시험을 보면서 그렇게 해본 적은 처음이었다.

그의 곁을 오가는 감독관의 발소리가 신경에 거슬렸다. 심지어 그의 시험지를 들여다보기도 했다. 그는 감독관을 쏘아보았다. 감독관은 팔짱을 끼고 코를 들이마시더니 다른 곳으로 걸어갔다.

수험생들은 자리를 지키라는 안내 방송이 나왔다. 그는 가방을 끌어안고 책상을 노려보았다. 그러다가 책상 서랍 안에 손을 넣어보았다. 초코파이 한 봉지가 있었다. 메모는 없었다. 가끔 간식을 넣어두고 응원 글을 남기는 깜찍한 학생들이 있었다. 그는 초코파이 포장지를 벗겼다. 언제 넣어둔 것인지 초콜릿은 다 녹아 포장지에 들러붙었고 마시멜로는 빵과 범벅이 되어 으깨져 있었다. 그는 그것을 먹기 시작했다. 씁쓸한 맛이 났다.

이번에는 고속터미널역에 가지 않았다. 그는 들뜬 기분으로 밤거리를 걸어다녔다. 보온도시락 통이 텅 빈 책가방 속에서 굴러 다녔다. 그는 편의점으로 들어가 맥주 한 캔을 사들고 나왔다. 맥주캔을 따기 직전에 핸드폰이 울렸다. 일등이었다. 그는 서둘러 전화를 받았다.

—어디냐?

"길바닥."

—시험은 잘 봤냐?

"그런 듯. 너는?"

일등은 대답 대신 웃기만 했다.

"또 발작 일으켰냐?"

—아니. 끝까지 다 보고 나왔다.

연이어 일등이 물었다.

—그런데 누님 번호 바뀌었어?

"그럴 리가. 어제도 문자 보냈는데."

—없는 번호라고 나와.

일등은 학원으로 찾아가 담임을 만났다. 담임은 최장기수의 집 주소를 알려주지 않았다. 학원에 다시 등록했는지, 할 예정인지도 알려주지 않았다. 일등은 자신의 성적표를 내밀며 학원 홍보물에 자신의 이름과 성적을 공개하지 않겠다고 으름장을 놓았다. 담임은 그제야 그녀의 집 주소를 알려주었다. 그녀는 아직 학원에 등록하지 않았다.

그는 일등과 함께 그녀의 집으로 찾아갔다. 대단지 아파트였다. 일등은 망설임 없이 초인종을 눌렀다. 일등의 마음은 확고해 보였다. 그러나 집은 비어 있었다. 일등은 그녀가 인터폰으로 그들의 얼굴을 확인한 뒤 아무도 없는 척하는 거라고 생각했다. 그들은 현관문 옆 계단에 앉았다. 두 시간이 지나자 엉덩이와 발이 얼어붙었다. 일등이 따뜻한 캔커피를 사왔다. 그는 그것으로 언 손을 녹였다가 조금씩 마셨다.

엘리베이터에서 내리던 아주머니는 그들을 발견하고 얼굴이 굳었다. 그는 벌떡 일어나서 인사했다. 그러나 아주머니는 그를 모르는 눈치였다. 그가 기억을 상기시켜주자 아주머니는 미간을 찡그렸다.

"여기서 뭐 하는 거니?"

일등이 고개를 깊숙이 숙이며 말했다.

"안녕하세요. 저는 수미 누나랑 같은 학원에 다녔던 박현수입니다. 누나가 연락이 갑자기 안 돼서 왔습니다."

일등은 대사를 외우는 것처럼 막힘없이 그러나 뻣뻣한 말투로 말했다.

"수미는 여기 없어."

아주머니가 일등의 시선을 피하며 말했다.

"몰랐니? 유학 갔는데."

"유학이요? 언제요? 어디로요?"

일등이 다급히 물었지만 아주머니는 고개만 저을 뿐 대답해 주지 않았다.

"원서 쓰느라 바쁠 텐데 뭐 하러 여기까지 왔어? 어서 돌아들 가. 수미는 여기 없어. 너희하고 친하게 지냈다면 뭐라도 말을 남겼을 텐데 아무런 말도 없었어. 그만 돌아가. 추운 데 여기서 이러고 있지 말고."

아주머니는 서둘러 현관문을 열고 안으로 들어갔다. 문이 닫히자마자 일등이 그를 돌아보며 말했다.

"봤냐?"

"뭘?"

"분홍색 슬리퍼랑 운동화, 현관에 그대로 있는 거."

"그래서?"

"잠복하자."

"여기서?"

"1층에서."

그들은 1층 엘리베이터 앞을 지키고 서 있었다. 입주민들이 흘깃거릴 때마다 그는 게시판에 붙은 공고문을 읽는 척했다. 일등은 어디선가 나타난 고양이들에게 소시지를 나누어주었다. 일등은 적절한 간격으로 편의점에서 간식을 사다가 날랐다. 일등의 눈은 집념과 의지로 빛났다. 이제 서울대에 가게 생긴 그는 더 이상 거리낄 게 없는 것처럼 보였다. 세상이 다 자기편으로 보이는 것 같았다.

경비가 뒷짐을 지고 다가오더니 그들에게 물었다.

"학생들, 여기서 뭐 해? 여긴 왜 왔어?"

"친구 기다리는데요."

"몇 호 누구."

일등이 잔뜩 기대한 목소리로 물었다.

"1503호 김수미요. 혹시 아세요?"

"몰라. 이 많은 집들에 누가 사는지 어떻게 다 알아."

"그럼 왜 물어보셨어요?"

"신고가 들어왔어. 학생들이 여기 계속 있으니까 불편하대."

"저희는 아무것도 안 했는데요."

"그러니까 더 불편하지. 얼른 가."

그들은 집으로 돌아가지 않고 단지 내 놀이터에서 배회했다. 일등은 바지주머니에 두 손을 찔러넣고 입김을 내뿜으며 서 있었다. 그는 시소에 앉았다가 엉덩이가 시려 일어났고 그네를 탔다가 손이 시려 일어났다.

"그만 가자."

"너는 걱정도 안 되냐?"

일등이 그를 힐난하는 눈초리로 쳐다보며 물었다.

"누나가 우릴 만나기 싫어하잖아. 그런데 우리가 더 이상 뭘 어떻게 해."

일등은 한숨을 내쉬며 돌아섰다. 그는 일등의 뒤를 따라가다가 그녀의 집 쪽을 돌아보았다. 맨 꼭대기 층, 1503호 거실엔 불이 켜져 있었다. 그는 최장기수가 집에 있다는 것을 알고 있었다. 그녀는 봄에 노량진으로 돌아갈 계획이었다.

그는 걸음을 멈추고 일등을 불러 세웠다. 그리고 말했다.

일등의 얼굴이 시뻘겋게 달아올랐다.

"내가 왜 싫대?"

"……부담스럽대."

"공부를 잘해서?"

"전부 다."

일등은 그의 얼굴을 한 대 칠 것처럼 노려보고 서 있다가 말했다.

"너는 연락처를 안다는 거냐?"

"그런 셈이지."

"네 핸드폰에 저장되어 있는 거냐?"

"그렇겠지."

"그런데 나한테 알려줄 생각은 없고?"

"그럴 계획이었어."

그는 핸드폰을 그네 쪽으로 슬쩍 던졌다.

"그네 타다가 빠진 거다."

그는 자신의 행동이 영화에서나 나올 법하게 아주 멋졌다,라고 생각했지만 현실 속 인간의 심리는 결코 극본대로 움직이지 않는다. 일등은 자존심을 크게 다쳤고, 자신이 아닌 그를 택했다고 판단했다.

일등은 더 이상 그녀에 대한 말을 꺼내지 않았다. 그에게도 거리를 두었다.

그는 간신히 4년제 대학에 합격했다.

그의 아버지는 기다렸다는 듯, 집을 나갔다.

4

—어쩌다 보니 그는 법대생이 되었다.

버스로 두 시간 거리에 있는 대학교는 그의 예상보다 볼품없고 황량했다. 부지는 드넓었고 건물은 높지 않았으며 학생들은 고개를 숙이고 걸어다녔다. 언덕 없는 평지엔 바람이 몹시 심하게 불어쳤다.

—자기소개 시간에 이기동은 함께 스쿨버스를 타고 등하교할 친구를 구한다고 말했다. 그러나 그날이 다 가도록 그에게 다가와 말을 거는 동기는 나타나지 않았다. 그는 혼자 다녔다. 동기 중에서 삼수생은 그뿐인 것 같았다.

그는 동아리방들을 기웃거렸지만 적극적으로 반겨주는 곳은 없었다. 그는 망설이다가 여행 동아리방으로 들어갔고, 심드렁

한 표정의 남자 선배에게 상담을 받았다. 그러다 여학생들이 우르르 몰려들어오자 선배는 그를 내버려두고 그녀들에게로 달려갔다. 그는 한 시간 넘게 방치되어 있다가 그곳을 나왔다. 그가 탁자에 두고 온 입회신청서는 사라지기라도 한 건지 일주일이 넘도록 아무런 연락도 오지 않았다.

그는 결국 여행 동아리방에 다시 찾아갔다. 그를 상담하다가 내팽개쳐버린 선배는 보이지 않았고 다른 여자 선배가 보였다. 짧은 커트 머리에 체크무늬 셔츠를 입고 막대사탕을 물고 있었다. 선배는 그의 입회신청서를 찾기 위해 동아리방을 다 뒤졌지만 끝내 찾지 못했다. 그는 다시 신청서를 작성했다. 선배는 자신의 이름을 먼저 알려주며 그의 이름을 물었다. 선배의 이름은 김원영이었다.

그녀는 그가 건넨 신청서를 탁자 위에 내려놓고 그에게 물었다.

"왜 이 동아리에 들어오려고?"

"여행을 좋아해서요."

"어딜 가봤는데?"

그는 수학여행 외엔 여행을 해본 적이 없었다. 그래서 자신 없는 목소리로 경주와 강원도라고 말했다. 둘 다 기억이 가물가물했다.

"해외엔 가본 적 없어?"

"없어요."

"김원영, 여기서 뭐 하냐?"

그를 상담했던 남자 선배가 동아리방으로 들어서며 큰 소

리로 물었다. 그녀는 소파에서 일어서며 그가 작성한 신청서를
남자에게 건넸다.

"신입."

남자는 그를 기억하지 못했다.

"나랑 상담부터 해야 하는데?"

"저번에 했는데요?"

남자는 인상을 구겼다. 그는 조금도 환영받지 못하는 기분이
었다. 그가 약간 비참해지려고 할 때 김원영이 말했다.

"그러지 말고, 너…… 우리 동아리 들어올래?"

"그래. 얘네 동아리로 가라. 우리는 적극적이고 활발한 애들
위주로 뽑거든. 너는 좀 내성적인 편인 거 같은데. 맞지?"

그는 그 말에 대답할 필요성을 느끼지 못했다.

"지금 입회신청서 쓰면 돼요?"

김원영은 손가락을 까딱거리며 말했다.

"따라와."

"그런데 무슨 동아리예요?"

"진보적인 독서동아리."

—이기동이 처음으로 참석한 동아리모임에서 읽었던 책은
앙드레 브르통의 《나자》였다. 그는 그런 책이 있다는 것을 그때
처음 알았다. 김원영에게서 간략한 설명을 듣긴 했지만 어떤 소
설인지는 도무지 파악할 수 없었다. 자동기술법과 초현실주의
에 대해 그가 아는 것은 전무했다.

동네 도서관에서 《나자》를 빌린 그는 우선 두께가 얇다는 것에 미소 지었고 그다음엔 그리 어려운 문장이 아니라는 것에 안심했지만 그렇다고 해서 그가 그 책을 이해했다는 뜻은 아니다. 그는 '나자' 같은 여자를 만난 적이 있는 것도 같았고, 사실 모든 여자가 나자 같기도 했으나 다시 생각해보면 그녀들 중 누구도 나자와 똑같지는 않았다. (그가 아는 여자는 최장기수와 김원영을 비롯해 아직 이름도 제대로 외우지 못한 독서동아리 회원들뿐이었다.) 한 가지 확실한 것은 나자 같은 여자를 사랑하게 되면 고생깨나 하겠다는 거였다.

김원영은 딱딱거리며 말했다.

"나자를 단지 그런 측면으로만 본 거니? 정말로 그 정도로밖에 생각 안 한 거야?"

그는 김원영이 누구나 자신의 의견을 자유롭게 말할 수 있으므로 시비 거는 자에겐 벌금을 매기자고 했던 말을 기억하고 있었지만 그녀를 비롯해 다른 회원들도 그 말을 떠올리지 못하는 듯했다. 그는 잔뜩 위축되어 물었다.

"그럼 선배님은 나자에 대해 어떻게 생각하시는데요?"

"당연히 그녀는 뮤즈 아니겠어? 예술가에게 영감을 주는 존재. 가짜가 아닌 진짜 뮤즈."

"왜 예술가들은 정상적인 사람들에게선 영감을 받지 못하죠?"

김원영의 얼굴이 붉게 달아올랐다. 다른 선배들도 사냥 나선 독수리처럼 발톱을 세우고 그를 노려보았다. 그러나 이미 내뱉은 말이었으니 수습도 불가능했다. 이럴 땐 차라리 밀고 나가는 편이 더 나았다. 적어도 생각 없는 놈은 아니라는 느낌을 전달해야 했다.

"저는 예술가들이 뮤즈니 영감이니 하는 것들을 찾아다니는 게 허세처럼 느껴져요. 진정한 예술은 평범한 사람들의 일상 속에서 의미 있는 무언가를 발견해내는 거 아닌가요? 예술이 특별한 사람들을 위한 건 아니잖아요. 평범한 사람들을 위한 것이지."

"너는 예술이 평범한 사람들을 위한 것이라고 생각하니?"

"그럼요."

김원영은 그를 빤히 쳐다보다가 말했다.

"그래. 누구나 자기 의견을 말할 수 있지. 그게 독서토론의 묘미이니까. 때로는 싸우기도 하고 울기도 하고 뛰쳐나가기도 하고, 죽기도, 하겠지."

그는 놀란 얼굴로 김원영을 쳐다보다가 얼른 시선을 돌렸다. 김원영이 말했다.

"네가 모르는 게 있는데 우리는 이미 예술은 특별한 사람들을 위한 거라고 방향을 정했어. 그래서《나자》를 읽자고 한 거고."

"저만 빼고 다들 그렇게 생각한다는 거예요?"

"그래."

회원들 모두 고개를 끄덕였다. 그를 제외한 신입은 도무지 입을 열지 않는 경영학과 여학생뿐이었는데 그녀조차 고개를 가만히 끄덕이고 있었다. 그는 예술지상주의자, 엘리트예술가집단에 들어온 것 같은 착각을 일으킬 뻔하다가 고개를 젓고는 말했다.

"제 생각은 달라요."

김원영이 상체를 앞으로 내밀며 그에게 손가락질했다.

"너처럼 생각하면 예술이 대중의 눈치를 보기 시작하는 거고 그럼 전위적인 것은 나올 수가 없어. 책도 마찬가지야. 독자의 눈치를 보는 책이 제대로 된 책이겠니? 《나자》는 아니야. 솔직히 말해서, 이 책이, 이게, 재미가 있니? 어? 재미가 있어? 앙드레 브르통이 이걸 모르고 썼을까? 독자한테 무언가를 전달하려는 의도가 없다니까. 이 작가는 지금 독자가 이 책을 읽든지 말든지 아무런 신경도 안 써. 너, 이거 봤어? 뒤에 달린 작품해설."

"봤는데요."

"그럼 알 거 아니야. 앙드레 브르통은 기존의 문학을 공격했어. 자기는 그쪽으로 안 가겠다고 선을 그었다 이거야. 그래서 어떻게 했니? 응? 어떻게 했어?"

"그냥 손 가는 대로 썼죠."

"그런 식으로 말하지 말고, 자동기술법. 무의식을 들여다보는 글쓰기. 알겠니? 몰라? 프로이트는 알지?"

"알아요."

"그래, 그거라니까. 이제 이해가 됐니?"

그는 조금도 이해하지 못했지만 작게 고개를 끄덕였다. 그만 빼고 참석자 모두가 이해한 것 같았다. 김원영은 갑자기 허리를 곧추 세우더니 손가락을 순서대로 세우면서 말했다.

"첫째, 이 소설의 사건은 모두 실제로 벌어진 일이야. 기존의 사실주의 문학이 구사하는 플롯을 깨고 무의식적 서술로 목적성과 방향성을 버린 거지. 이때의 전제는, '독자'라는 것은 존재하지 않는다. 둘째, 성격이 고착된 인물은 없으며 강물처럼 끊임없이 흐르는 인물만 존재한다. 이때의 전제는, '확정적인 인물'이라는 것은 없다. 셋째, 삶의 신비나 인간의 내면에 대해 서술할 땐 식상한 문장으로 쓰지 말고 입체적, 은유적으로. 그리고 가장 중요한 건 뭐야. 우연의 흐름이라는 거지. 그럴듯하게 보이려고 조립하고 자르고 붙인 게 아니라 우연의 흐름 속에서 화음 찾기. 자, 마지막 문장을 함께 낭독하고 끝내자."

그를 제외한 참석자들은 일사분란하게 책의 마지막 페이지를 펼쳤다. 그리고 낭독했다.

"아름다움은 발작적인 것이며 그렇지 않으면 아름다움이 아닐 것이다."

—진보적인 독서동아리는 조금도 진보적이지 않았고, 동아리가 아니라 군대를 연상케 하는 분위기였다. 누구도 김원영의 말에 이의를 제기하지 않았다. 나중에야 알았다. 김원영의 의견에 반대하는 사람들은 모두 동아리를 떠났다는 것을. 김원영이 자신의 말에 반박한 것을 기억해놓았다가 두고두고 괴롭혔기 때문이라고, 언론영상학과 선배가 그에게 말했다.

"아무리 그래도 그렇지, 아무도 반박하지 않는 건 이상한데요?"

"왜냐하면 걔 부모님이 고급 콘도 회원권을 가지고 있는데 해마다 두 번씩 걔가 거기로 엠티를 가자고 하거든. 이제 입을 닫아야 하는 이유를 좀 알겠니?”

—노량진엔 여전히 수험생들이 많았다. 그가 떠난 빈자리는 곧바로 채워졌다. 그를 보자마자 최장기수가 말했다.

“어머, 야! 너 늙었다. 대학 다니는 게 힘드니? 이상하네. 그게 왜 힘들지?”

—김원영의 침묵에 모두가 불편해했다. 이기동 역시 불안했다. 김원영은 회원들이 그녀의 눈치를 살피며 짧은 감상평을 말하는 동안 내내 침묵했다. 이번 책은 에두아르 르베의《자화상》이었다. 그는 그 책을 즐거운 마음으로 읽었지만 마지막 페이지를 읽고 난 뒤엔 머릿속에 물음표만 떠올랐다. 그러니까 이 작가는, 도대체 어쩌자는 것일까?

그의 차례가 되었고 그는 바닥을 보며 입을 열었다.

“제 생각엔 이건 소설이라고 부르면 안 될 거 같아요. 사건은 전혀 발생하지 않고 처음부터 끝까지 자신이 어떤 인간인지에 대해서 열거만 하잖아요. 이런 건 소설이라고 할 수가 없죠.”

김원영이 침묵을 깨고 드디어 입을 열었다.

“그래?”

그 이상은 말이 없었다. 모두가 김원영의 눈치를 대놓고 보기 시작했다. 그는 새삼 자신이 언제 이렇게 용감해진 것일까, 생각했다. 아마도 최장기수와 함께 다니면서 담력이 커진 게 분명했다. 그는 최장기수를 무람없이 대했고, 최장기수 역시 연장자이면서도 그의 반박에 분노하지 않았다. 오히려 그와의 대화를 즐기는 편이었다. 정반합의 과정이 그들에게는 있었다. 그러나 김원영은 그걸 배우지 못한 것 같았다.

"그럼 어떤 게 소설이라고 생각하지? 소설이 되려면 무엇이 있어야 하지?"

마침내 김원영이 물었다. 평정을 유지하려는 태도였으나 목소리는 미세하게 떨렸다.

"소설이라면 당연히 주인공이 있고, 사건이 있고, 장애물이 있고, 목표가 있고, 장애물을 뛰어넘거나 장애물에 걸려 넘어지고, 대단원이 있죠. 《나자》도 억지로 찾는다면 이런 걸 다 찾을 수 있다고 생각해요. 하지만 《자화상》은 아니에요. 주인공은 있지만 사건과 장애물과 목표가 없어요. 대단원도 없고요."

김원영은 그를 빤히 쳐다보며 물었다.

"좋아. 그럼 너한테 소설은 그러해야 한다는 편견을 심어준 사람은 누구지?"

"기존의 소설가들이겠죠."

"좋아. 그럼 우리가 그들을 따라야만 하는 이유는?"

그는 한숨을 내쉬었다. 김원영의 질문은 거의 다 유도심문이었다. 언제나 함정을 파놓거나 물길을 미리 만들어놓았다. 그곳으로 발이 빠질 수밖에 없거나 물이 흐를 수밖에 없다. 점점 피로감이 밀려왔다.

"글쎄요. 꼭 그래야만 할 이유는 없겠죠. 하지만 독자 입장에서 생각해봤을 때 당혹스러운 건 사실이잖아요. 온종일 노동하고 돌아와서 재미를 기대하고 책을 펼칠 거란 말이죠. 새로움을 기대하고 책을 집어들지는 않아요."

"나는 새로움을 기대하는데."

김원영이 즉각 반박했다.

"그건 소수만 그럴 테고 대다수는 재미를 기대하고 읽어요. 재미가 없어도 끝까지 읽어내려가는 이유는 책값이 아깝기 때문이거나 오기 때문이라고요. 설마 끝까지 재미가 없을까, 반전이 나오지 않을까, 이유가 있지 않을까. 이게 대다수 독자들의 생각일걸요."

"좋아."

김원영은 벌써 세 번이나 좋아,라고 말했지만 얼굴은 전혀 좋아 보이지 않았다.

"네가 그런 생각을 하는 건 독서의 폭이 좁기 때문이야. 다양한 책을 접해보지 못한 거지. 잘 왔어, 우리 동아리에. 사실 너 같은 애들이 많이 와서 생각이 바뀌어야 하는 건데. 우리 동아리의 목표가 바로 그거야."

김원영의 입은 웃고 있었지만 눈빛은 박제 인형 눈알만큼이나 딱딱했다.

"그러니까 우리 모두 얘한테 많은 걸 가르쳐주자."

김원영의 말에 회원들은 고개를 끄덕였다. 그들의 눈빛은 죄다 음울했다. 그는 그들이 검은 망토를 둘러쓴 마녀사냥 모임의 일원처럼 보였다. 단지 이 경우엔, 평범한 생각을 가졌다고 화형에 처해지는 것이다. 그는 지나치게 평범한 외모인 것도 모자라

생각조차 지나치게 평범하다는 게 김원영을 비롯한 회원들의
평가 같았다.

"너, 술 좀 하니?"
김원영이 물었다.
"아니요."
"담배는?"
"안 피워요."
"술도 담배도 안 하면, 운동은 뭐 하는 거 있니?"
"없어요."
김원영은 걸음을 멈추고 그를 돌아보더니 말했다.
"그럼 너는 무슨 재미로 사니?"
"글쎄요. 그냥 살고 있는데."
"밥 먹었어?"
"네."
"간식 좀 먹을래? 빵 사줄까?"
"별로 먹고 싶지 않은데요."
김원영은 다시 걸음을 멈추더니 그를 노려보았다.
"너, 내가 싫어?"
"아니요. 왜 그렇게 생각하시는데요?"
그는 알면서도 물었다.
"내가 늘 가르치려는 태도라서."
"아시네요."

"모른다고 생각했어?"

"그런데 왜 계속 그렇게 하세요?"

"네가 틀렸으니까 그렇지. 틀린 게 확실하니까. 근데 그냥 모른 척 넘어가?"

"모른 척 넘어가야죠. 누구에게나 자기만의 정답이 있는 건데."

"너, 전혀 내성적이지 않구나!"

"사실 나도 걔가 무슨 말 하는지 잘 몰라."

언론영상학과 선배 남진철이 말했다.

"그래도 걔 말을 듣다 보면 또 그런 것 같기도 해. 남들과 다른 말을 하는 거 같기도 하고. 사실 어느 쪽인지 뭐가 중요하겠어?"

그는 남진철이 바닥에 뱉어놓은 가래침을 물끄러미 쳐다보다가 물었다.

"어느 쪽이라뇨?"

"소수의 생각인지 다수의 생각인지가 뭐가 중요하겠냐고. 김원영 걔는 아마 소설가들이 죄다 앙드레 브르통이나 에두아르 르베처럼만 쓰면 완전히 반대 의견을 가질 애란 말이지. 소설은 왜 사건이 없어야 하죠? 목표를 설정하고 장애물을 뛰어넘으면 안 되나요? 현실에선 다들 그렇게 살지 않나요? 이럴 애야."

그는 고개를 끄덕이며 맞장구를 쳤다.

"그러니까 너무 진지하게 생각하지 말라는 거야. 이런 데서 핏대 올리며 말해봤자 변하는 건 없어. 콘도 회원권만 날아가지."

김원영이 별안간 그들 앞에 나타났다.

"야, 신입. 인사도 안 하냐?"

"죄송합니다."

"너 서울 산다고 했지?"

"네."

"주말에 약속 있니?"

"없는데요."

"그럼 나랑 어디 좀 갈래?"

"어디……요?"

"가보면 알아."

—이기동은 마로니에 공원을 서성이며 김원영을 기다렸다. 호객꾼에게 잠시 붙잡혀 있는 그녀의 모습이 눈에 들어왔다. 예상대로 그녀는 가차없이 고개를 젓더니 손짓으로 남자를 쫓아냈다. 그리고 곧장 그에게로 걸어왔다. 그의 얼굴을 똑바로 쳐다보며 걸어오는 바람에 민망해진 그는 괜스레 다른 곳을 쳐다보며 딴청을 피웠다.

"왜 모른 척하니?"

김원영이 다짜고짜 물었다. 그는 그녀인 줄 몰랐다고 거짓말을 했다. 최장기수를 대할 때와 달리 자꾸만 긴장되었다. 노량진 선배와 대학 선배는 달라도 한참 다르구나. 그러나 그런 생각은 곧 그의 마음에 대한 의심으로 번져갔다. 김원영을 기다리며 그는 몹시 설렜고, 어쩌나 긴장을 했던지 손끝은 얼어붙고 속은 울렁거렸다.

"어디로 가요?"

"밥 먹었어?"

"먹고 왔는데."

"12시밖에 안 됐는데 점심을 먹었다고?"

"네. 선배님은 안 먹었어요?"

김원영은 황당해하는 얼굴로 서 있다가 발걸음을 뗐다.

"상식적으로 12시 약속이면 점심을 안 먹고 나와야 하는 거
아니니?"

그는 몰랐다고 답했다.

그는 정말로 몰랐을까? 이상하게도 김원영과 마주앉아 식사
하는 광경을 떠올리자 그의 심장이 너무나 심하게 요동쳤기 때
문에 그런 행동은 피하는 게 좋겠다고 생각했을 뿐이다. 이유는
알 수 없었다. 늘 그의 의견을 묵살하고 깎아내리기 좋아하는 여
자와 단둘이 마로니에 공원에서 만난다는 것만으로 그가 그렇
게 될 이유는 없었다. 그는 이게 무얼까, 도대체 무얼까, 가만히
생각했다.

"다큐 보러 갈 거야."

"무슨 다큐인데요?"

"가보면 알아. 내가 너의 인식의 지평을 열어주려고 일부러 데
리고 가는 거야. 아는 사람 부탁이라서 봐야 하거든."

그녀는 근처 편의점에 들러서 김밥과 컵라면을 산 뒤 다시 공
원으로 돌아와 자리를 잡았다. 그는 그녀의 옆에 앉아 핸드폰만

들여다봤다. 볼 것도 없는데 연락처 목록만 계속 들여다봤다. 이럴 때 문자라도 오면 좋을 텐데. 아무도 그를 찾지 않았다.

　김원영은 김밥과 컵라면을 장장 한 시간에 걸쳐서 천천히 씹어 삼켰다. 그동안 그는 먹이를 찾아 뒤뚱거리며 걸어다니다가 스티로폼 조각을 강냉이로 착각하고 쪼아보는 비둘기 떼를 관찰했다. 누군가 스티로폼을 부수어놓아 비둘기들은 계속 헛수고를 하고 있었다.

　그곳은 단관 극장이었고 무척 작았다. 상영관은 그의 집 안방만 했고 로비는 누가 왔는지 다 알 수 있을 정도로 비좁았다. 김원영은 지인들과 연달아 마주쳤고, 인사를 나누었고, 그를 팽개쳐둔 채로 한참 동안 서로의 안부를 물었다. 그는 주위를 두리번거리다가 팸플릿을 발견했으나 다가가 집어들지는 않았다. 팸플릿이 놓여 있는 책상 뒤에 두 명의 여자가 앉아 있었는데 멍한 표정으로 앞만 쳐다보고 있었다. 그가 다가가면 분명히 말을 걸어올 것 같은 분위기였다. 그는 이유도 모르고 부담감을 느꼈다. 그 공간에 모인 사람들 모두가 서로를 알고 있는 것 같았다. 이방인이 된 기분이었다.

　"어떤 다큐예요?"

　상영관의 어둠 속에서 그는 김원영에게 물었다. 그녀는 대답 대신 팸플릿을 내밀었으나 어두워서 글자가 보이지 않았다. 암전 후 다큐가 시작되었다.

　로비로 다시 나왔을 때 그는 컴컴한 동굴에 갇혀 수치스러운 행위에 열중하고 있다가 갑자기 온 세상에 공개된 사람처럼 당황한 표정을 짓고 있었다. 김원영은 또다시 그를 내팽개쳐두고 지인들과 감상평을 나누며 열띤 대화를 이어갔다. 그는 시선을 어디에 둘지 몰라 하다가 팸플릿이 놓여 있던 책상으로 비척거리며 걸어갔다. 달리 갈 곳이 없어서였다. 어디로든지 가서 무엇이든지 간에 관심을 보이는 자세를 취하고 있어야 할 것 같았다. 누군가 그에게 다가와 말을 걸기 전에. 그렇게 되면 무슨 말이든 대답하기가 몹시 어려울 것 같았다.

그가 팸플릿을 집어들자 책상 뒤에 앉아 있던 여자들이 동시에 절반쯤 일어났다. 그녀들은 앞다투어 손을 뻗으며 그에게 팸플릿을 더 가져가라고 말했다. 그러면서 물었다.

"여긴 어떻게 오셨어요?"

"학교 선배님 따라서 왔어요."

"성함이……?"

"제 이름이요?"

"아니요. 선배님 성함이 어떻게 되세요?"

"김원영인데요."

대답과 동시에 김원영이 그에게로 다가오더니 여자들과 눈인사를 했다. 여자들은 그제야 이해가 된다는 듯 안심한 얼굴로 자리에 앉았다. 김원영이 말했다.

"저기 주인공 나온다. 빨리 가보자."

그는 그녀가 가리킨 곳으로 시선을 돌렸고, 놀랍게도 다큐의 주인공인 헌수 아저씨를 보았다. 휠체어에 타고 있는 헌수 아저씨는 시종일관 웃고 있었다. 그 웃음이 너무나 해맑고 찬란해서 그는 갑작스러운 슬픔을 느꼈다. 결국 헌수 아저씨의 곁에도 가지 못하고 엘리베이터를 타고 1층으로 내려왔다. 밖은 딴 세상이었다.

김원영은 뒤늦게 1층으로 내려왔다.

"왜 여기 나와 있어? 한참 찾았잖아."

그는 김원영이 오해하지 않게끔 조심스럽게 물었다.

"이걸 왜 보자고 한 거예요?"

"말했잖아. 인식의 지평을 열어주려고 했다고. 이 세계엔 네가 상상도 못 하는 일이 많아. 그런데 너는 보편적인 세계만을 보고 보편적인 말만 하려고 애쓰잖아. 말해봐. 이런 다큐가 있을 거라는 생각은 못 했지?"

"당연히 못 했죠. 제가 평범한 생각만 하는 인간이라서 그런 게 아니라 누구도 저런 건 생각도 못 할걸요."

"하지만 저 사람들에겐 저게 일상이야. 매일의 고민이라고. 새해 첫날 아침이나 크리스마스에만 하는 고민이 아니라 매일 아침 눈을 뜰 때마다, 자기 전마다 하는 고민이라고. 내가 왜 이걸 보자고 했는지 알겠어?"

그는 부인하고 싶었지만 결국 수긍했다. 그녀가 말했다.

"너 다큐 보는 내내 긴장하고 있었지? 온몸이 빳빳하더라. 배에서 계속 꼬르륵 소리 나고. 동동주 먹을래? 여기 옥수수 동동주 맛있는 데 있어. 내가 사줄게. 여기보다 맛있는 집은 단언컨대 없어."

"됐어요."

"동동주 싫어해?"

"제가 산다고요. 선배가 다큐 보여줬으니까 제가 살게요."

김원영은 앞장서 걸었다. 그는 그녀의 뒤를 따르며 생각했다. 장애인의 성생활과 동정을 잃기 위한 피나는 노력을 전에는 감히 상상이나 할 수 있었을까. 이상하게도 시간이 흐를수록 김원영의 말처럼 이 세상엔 그가 상상도 할 수 없는 일상을 사는 사람도 존재한다는 걸 실감하기 시작했고, 그렇다면 그 어떤 것에 대해서도 단정적으로 말해선 안 된다는 결론이 내려졌다. 그러므로 반박을 허용하지 않는 김원영의 태도는 여전히 이해해줄 수 없는 것으로 남았다.

하지만 옥수수 동동주는 그녀의 단정적인 평가대로 놀라운 맛이었다.

—김원영은 '대중문화의 이해' 수업 시간에 교수와 다투었다. 교수는 대중의 호평을 받은 영화를 비하한 어느 평론가를 공격하며 대중의 기호를 우습게 여기는 태도는 옳지 않다고 말했다. 그러자 김원영은 손을 번쩍 들었다.

"교수님, 저는 그 평론가의 의견에 동의합니다."

그러자 늘 남색 정장을 입고 팥죽색 넥타이를 매고 가발이 분명해 보이는 부자연스럽게 세팅한 머리로 강의하는 오십대 초반의 사내가 천천히 입을 열었다.

"한쪽으로만 치우쳐서도 안 되지만 대중성과 상업성도 문화의 중요한 요소입니다. 우리는 21세기 자본주의 시대에 살고 있고, 특히 영화와 드라마는 자본을 투입하고 이윤을 극대화하는 과정이 매우 중요한 산업입니다."

교수는 언제나 허공을 보며 말했고 그곳 어딘가에 써놓은 문장을 기계적으로 읽는 것처럼 어조에 강약이 없었다.

"문화는 산업이 아니라고 생각하는데요."

김원영은 그렇게 말하며 교수의 얼굴을 올려다보았다. 교수는 허공에 붙잡혀 있던 시선을 마침내 거두고는 김원영의 얼굴을 빤히 쳐다보았다.

"학생은 왜 이 수업을 선택했습니까?"

"대중문화를 잘못 이해하고 있는 사람들을 설득하고 싶어서요."

교수는 교탁 모서리로 시선을 옮기다가 자신의 발끝을 쳐다보는 것처럼 고개를 숙였다. 이윽고 고개를 든 그는 김원영이 아닌 다른 학생들을 바라보며 말했다.

"내가 이 수업을 한 지가 5년이 넘는데 이런 학생은 처음 봅니다. 하지만 좋습니다. 다양한 의견을 가질 수 있죠. 그러나 좋은 학점을 받기는 힘들 겁니다. 왜냐. 이 수업은 방향성을 갖고 있기 때문입니다."

그 말에 이기동은 김원영을 돌아보았다. 그가 참석한 첫 독서모임에서 김원영은 그와 비슷한 말을 한 적이 있었다. 그러나 그녀는 그것을 전혀 떠올리지 못하는지 즉각 반박했다.

"학점은 상관없습니다. 중요한 건 우리의 의식이라고 생각합니다. 우리가 대중문화를 어떤 시각으로 보는지에 따라서 대중문화의 미래가 결정되니까요. 저는 학우들에게 우리가 올바른 대중문화를 만들어나가야 한다고 말하고 싶습니다."

교수는 슬쩍 웃더니 그녀의 얼굴을 쳐다보며 말했다.

"학점 따위 중요하지 않다고 생각하는 학생들의 말로가 어떠했는지 많이 봐왔습니다. 졸업과 동시에 자기가 무슨 짓을 저질렀는지 깨달아도 하나도 소용없습니다. 학점은 무덤까지 따라갑니다."

교수는 칠판 앞으로 다가갔다. 그러나 그녀는 이쯤에서 물러날 생각이 없었다.

"저는 그런 학생이 아닙니다."

교수는 가만히 서 있다가 뒤돌아 말했다.

"너 이름이 뭐야?"

"김원영인데요."

교수는 다시 칠판을 보며 말했다.

"나가."

"네?"

"나가라고."

교수는 작고 밋밋한 목소리로 말했지만 그의 말은 강의실 전체에 울려퍼졌고 학생들이 자신의 귀를 의심케 할 정도로 강력한 힘을 발휘했다. 김원영은 코웃음을 치더니 가방에 책을 쑤셔넣고 요란한 소리와 함께 의자를 밀어냈다. 교수는 끝까지 돌아보지 않았다. 문이 닫히는 소리가 들리자 교수는 분필로 하나의 단어를 쓰기 시작했다. 학생들은 숨죽여 지켜보았다.

'공경'

교수는 분필을 내려놓고 뒤돌아 학생들을 둘러보았다.

"여긴 너희들의 꿈속이 아니고 학교다, 대학교. 내가 너희한테 존대를 했던 건 너희도 나를 공경해주길 바라서였다. 오늘부터 더 이상 존대는 하지 않겠다. 나는 장난으로 너희들을 가르치는 게 아니고, 도덕 교과서 같은 얘기나 하려고 이 자리에 서 있는 것도 아니다. 나는 연구서에나 적어내려갈 말들을 하지 않기 위해 노력해왔다. 내가 말하고 싶은 것은, 우리 땐 대학을 졸업하면 직장을 골라서 갔다는 거다. 너희들은? 그렇지 않다는 걸 잘 알 거다. 그러므로 노력해야 한다. 내가 대중의 생각이 중요하다고 하면 중요한 줄 알아야 한다. 왜냐? 그래야 물건을 잘 팔 수 있으니까. 너희는 어딜 들어가든지 간에 무언가를 팔기 위해 노력하는 조직의 일원이 될 것이다. 벗어날 수 없다. 누구도. 나조차 너희들에게 나의 지식을 팔고 있다. 너희는 공짜로 내 강의를 듣는 게 아니다. 그러므로 나의 지식은 사회에 나갈 너희들에게 유용한 것이어야 한다."

강의실에 무거운 침묵이 흘렀다. 그는 한숨을 내쉬다가 교수와 눈이 마주쳤다. 그의 자리는 비어 있는 김원영의 옆자리였고, 맨 앞줄이었다. 김원영은 처음부터 불순한 태도로 이 수업을 수강했으면서 뻔뻔하게도 맨 앞줄에만 앉았다. 교수는 시선을 허공으로 돌리고 다시 반복해 말했다.

"누구도 벗어날 수 없다. 너희는 조직이 요구하는 자질을 갖추어 판매 로봇이 되든지 아니면 이윤만 내는 계산기가 되어야 한

다. 만일 너희가 조직을 나오면 그땐 상품 그 자체가 되어야 한
다. 그러므로,"

교수는 비어 있는 김원영의 자리를 쳐다보며 말했다.

"이 수업에서 내가 하는 말에 속으론 동의하지 않을지라도 사
회에 나가면 동의하는 척해라. 그러라고 내가 미리 알려주는 거
다. 조직과 사회가 무슨 생각을 하고 있는지."

학생들은 신음 비슷한 한숨을 흘렸다. 교수는 학생들을 천천
히 둘러보다가 별안간 정수리로 손을 들어올리더니 가발을 약
간 조정했다. 그는 교수의 머리카락이 통째로 뒤로 밀려나는 것
을 보았다.

손목을 놓으라는 말은 하지 않았다. 그래서 그는 계속 붙잡고
있었다. 언제 다시 이런 분위기가 찾아올지 알 수 없었다. 그는
그녀에게 말했다.

"나랑 사귈래요?"

"내가 왜 너랑 사귀냐?"

그녀는 약간 고부라진 발음으로 묻더니 연이어 말했다.

"너 내년에 군대 가잖아."

"그럼 가기 전까지만 사귈래요?"

그녀는 그의 얼굴을 빤히 쳐다보다가 물었다.

"왜 나랑 사귀려고? 나 싫어하는 거 아니었어?"

"고쳐주고 싶어서요."

"못 고쳐. 왜냐하면 고장 난 데가 없거든."

그녀는 깔깔거리며 웃다가 돌연 시무룩해졌다.

"잘해줄게요. 이 세상이 천국으로 보이게 해줄게요."

그는 30분 전에 탁주 한 병을 비웠고 취기가 정점을 향해 겁 없이 뛰어오르며 용기마저 끌어올리고 있었다. 그녀의 손목을 붙잡고 있는 그의 손도 점점 뜨거워졌다.

"천국?"

그녀는 그의 손을 뿌리치더니 큰 소리로 웃기 시작했다. 그는 그녀의 얼굴을 빤히 쳐다보았다.

"너는 내가 천국을 원하는 여자로 보이니? 거기 가면 나는 맨날 졸고 있을걸?"

"거봐. 선배는 시비를 걸고 싶어서 신념 있는 척하는 거야."

"말 놓으라고 안 했는데?"

"맞잖아요."

"그래서, 그러면 안 되냐? 그러면 안 돼?"

"사람들 화나게 하면 재밌어요?"

"재밌어."

그녀는 고개를 푹 숙이며 다시 말했다.

"재밌어 죽겠다."

"선배가 그렇게 노력하지 않아도 이 세상은 점점 나빠져요. 선배까지 거들지 마요."

그녀가 고개를 쳐들며 말했다.

"나는 좋은 세상 만들려는 건데?"

"아니잖아. 천국은 지루해서 싫다면서. 선배 행동도 나쁜 세상에 일조하는 거예요. 사람들한테 사랑 대신 증오를 주잖아. 불쌍한 사람들을 괴롭히면서."

"나는 괴롭히는 게 좋아서 괴롭히는 게 아니야. 모두 다 뻔한 말만 하고 평범한 생각만 하니까 조금 다르게 생각해보고 다르게 행동해보자는 거야. 그럼 이 세상이 바뀔지도 모르잖아. 갈등 없는 사회는 파시즘에 물든 사회야. 천국은 변화와 기투가 정지된 장소이고, 그런 곳은 죽음이나 다름없어. 그러니까 천국은 죽은 다음에나 갈 수 있는 거야. 나는 하늘 아래 살고, 여기는 잘못된 게 너무 많아. 너, 전쟁이 왜 일어난다고 생각해? 서로 다른 생각을 해서? 아니야. 같은 생각을 해서야. 내 것을 철저히 보호하고 남의 것도 내 것으로 만들려고. 다 그런 생각만 하니까 전쟁이 나고, 싸움이 나는 거야. 생각의 다양성이 결여되어 있어. 다양한 생각을 하는 사람들이 모여서 서로의 생각을 나누고, 토론하고, 반박하고, 그런 사회가 돼야 해."

"지금이 그런 사회일 수도 있잖아요."

그는 자기도 믿지 않는 말을 했고, 그녀는 코웃음을 쳤다.

"그렇게 살면 힘들지 않아요? 그냥 순하고 둥글게 사는 게 그렇게 어려워요?"

"나는 태생이 순하고 둥글지 않았어. 나 임신했을 때 엄마가 입덧을 열 달 가까이 했대. 낳아놓고 나서도 밤잠을 안 자서 무진장 고생하고, 유치원 들어가기도 전에 동네 애들하고 한 번씩 붙고. 줄넘기로 친구를 때린 적도 있어."

"왜 그렇게 살았는데요?"

"몰라. 어릴 때는 아버지가 없어서 그런 건가 했는데 이제 와서 보니까 아버지가 없어서 그런 것 같아."

김원영은 취했는지 앞뒤가 맞지 않는 말을 중얼거렸지만 그는 그녀가 어떤 뜻으로 그런 말을 했는지 정확히 알 것 같았다.

"아버지가 없으니까 내 자유로운 생각을 권위로 눌러버릴 사람이 없었던 거야. 엄마는 내가 선택한 일에 반대한 적이 거의 없거든."

그는 자신도 혹시 그런 걸까, 잠시 생각해봤으나 아버지가 거의 집에 없었음에도 불구하고, 현재는 다시 가출한 상태임에도 불구하고 자신의 생각을 강하게 주장하는 데 어려움을 느꼈다.

"앞으론 학교나 회사 같은 곳에선 좀 평범한 사람처럼 살았으면 좋겠어요."

"왜? 왜 그렇게 살아야 하는데?"

"그럼 지금보다 편한 마음으로 살 수 있을 테니까요."

"나는 편한 마음으로 살고 싶다고 생각한 적 없어. 식물이니? 왜 남들이 주는 대로 받아먹고 살아야 하는데? 나는 내가 알아서 찾아 먹을 거야. 나한테 가장 필요한 게 뭔지 내가 가장 잘 알아."

그녀는 한 번 더 강조해 말했다.

"내가 가장 잘 알아."

"선배야말로 남의 말은 절대로 듣지 않으면서 왜 다른 사람들이 선배 말을 귀담아들을 거라고 생각해요?"

김원영은 두 눈을 동그랗게 뜨고 놀란 표정을 지었으나 속으로는 전혀 그렇게 생각하지 않는 눈치였다.

"그래도 너, 내 덕분에 고루한 생각이 좀 변하지 않았어?"

"선배가 사는 곳은 초현실주의 세계 같다니까요."

김원영은 한참 동안 웃었다. 경쾌한 웃음소리였다.

"너, '리브 인 유어 헤드'라는 말 알아?"

"당신의 머릿속에서 살라고요?"

"맞아."

그는 한참 후에 말했다.

"내년에 군대 가는 사람한테 적절한 조언은 아닌 것 같네요."

김원영은 즉각 말했다.

"그래서 너랑 사귀기가 좀 그래. 군인이 왜 존재하는지 너도 알잖아. 내가 너한테 또 전쟁이 어쩌고, 반전정신이 어쩌고 이럴 텐데 감당할 수 있겠어?"

"네."

"못 해. 너는 감당 못 해."

그들은 마지막 잔을 건배로 마무리하고 술집을 나왔다. 그는 첫 고백에 실패했고 동시에 첫사랑에도 실패했지만 조금도 타격을 입지 않았다. 아무렇지도 않았다. 이렇게 깔끔한 마무리가 또 있을까 생각하며 그는 그녀와 함께 웃는 얼굴로 스쿨버스에 올라탔다. 운 좋게도 빈자리가 두 군데 있었다. 김원영은 다른 남학생의 옆자리에 앉아 입을 벌린 채 잠들었고, 그는 다른 여학생의 옆자리에 앉아 콧물과 함께 조금씩 흐르는 눈물을 닦아냈다.

·이듬해 그는 입대했다.

—김원영은 훗날 '비폭력주의 언어사용의 방법'이라는 강의 주제로 문화센터와 대학에 출강했다. 그녀는 반전·탈핵운동에 앞장서는 사회운동가와 결혼했다. 그들은 아침에 눈을 떠 밤에 눈을 감기 직전까지 오로지 반전과 탈핵, 비폭력주의에 대한 말들만 나누었다. 원두는 공정거래무역시스템을 통해 구입했고, 돼지고기는 방목해 키우는 축산농가를 찾아가 진흙목욕 중인 돼지들이 행복한 표정을 짓고 있는지 확인한 후에 구입했다. 소고기는 비싸서 사지 않았다.

결혼한 지 4년이 지났을 때 그녀는 자신의 가슴 한복판에 생긴 구멍을 발견했다. 휑했고 처참할 정도로 비어 있었다. 달마다 월급이 칼같이 나오는 일자리가 그 공동을 채워줄 수 있을 것 같았지만 그녀의 학점이 대기업 문을 두드리려는 그녀의 발목을 붙잡아 쓰러뜨렸다.

결국 김원영은 커피전문점에 입사해 다국적기업에서 서비스를 제공하는 일꾼이 되었다. 커피머신을 다루는 솜씨도 점차 능숙해져갔다. 퇴근 후엔 식탁 앞에 남편과 마주앉아 여전히 반전, 탈핵, 비폭력주의에 대한 이야기를 나눴지만 머릿속으론 심심할 때마다 뛰어오르는 애호박 가격에 분개했다. 그녀가 강의했던 '비폭력주의 언어사용의 방법'은 소리도 없이 사라졌고, 그녀는 그 기술을 직장에서 십분 발휘했다.

그녀는 서른다섯이 되었고, 좀처럼 화를 내지 않았다. 한 사람의 인생에서 분노는 즐거움처럼 할당량이 이미 정해져 있어 십대와 이십대 시절에 그것을 모두 채운 그녀는 더 이상 분노를 느끼지 않는 것 같았다. 자신이 변했다는 생각도 하지 않았다. 다만 그녀는 지나온 것이다.

5

　—존 케이지가 열다섯 살이었을 때 찰스 린드버그는 대서양을 횡단하는 데 성공했다. 프랑스의 공항 활주로엔 승용차들이 헤드라이트를 켜고 도열해 있었다. 미국 전체가 축제 분위기로 떠들썩했지만 그는 그 밤 공항 활주로를 비추고 있을 헤드라이트 불빛들을 생각하며 조용한 기쁨에 잠겼다. 어쩌면 그것은 그의 인생을 상징하는 장면이 될지도 모른다. 어둠 속에서 타인들이 그에게 빛을 비춰주기 위해 그가 착륙할 길에 모여 있는 것이다. 그는 그들을 만나 악수를 하고 안부를 나누고 어떻게 이곳까지 오게 되었는지, 어디에서 왔으며 어디로 갈 생각인지 물은 뒤 그들과 작별할 것이다.

　—이기동이 공익근무요원으로 판정받았을 때, 그의 어머니

는 놀라고 당황스러워했다. 그는 어릴 적부터 오른쪽 눈이 심한 약시였는데 어머니에게조차 이를 숨기고 시력 검사표를 외워서 시력 검사를 받았다. 약시라는 것을 알면 사람들이 그를 모자란 아이로 볼 거라고 괜스레 겁을 집어먹었던 것이다. 그러나 입대를 앞둔 검사에선 그러지 않았고 결국 사격이 불가하다는 이유로 보충역으로 결정되었다. 동반입대로 지원한 일등은 배신감에 치를 떨며 말했다.

"오른쪽 눈이 안 보이면 왼쪽 눈으로 쏘면 되는 거 아니냐?"

그는 그 말에 수긍했지만 그렇다고 이의를 제기하면서까지 현역으로 가고 싶은 마음은 당연히 없었다.

—이기동은 스물세 번째 생일을 신병훈련소에서 맞이했다. 생일인 것을 누군가 은밀히 알아줄지도 모른다고 생각했으나 그런 일은 일어나지 않았다. 40일 동안 그들은 생일 없고 사연 없으며 예외적 사유도 없는 훈련병들이었다.

조교가 물었다.

"궁금한 것이 있으면 질문해도 됩니다."

훈련병 한 명이 손을 들더니 말했다.

"5일째 똥이 나오지 않습니다."

조교는 여전히 근엄한 목소리로 말했다.

"나올 때 되면 밀려서 나옵니다. 누고 싶지 않아도 밀려 나옵니다."

며칠 뒤 그 훈련병이 말했다.

"사실이었어. 걱정할 필요가 전혀 없는 문제였어."

─로이드가 그들에게 처음 보여준 그림은 조르조 데 키리코의 〈사랑의 노래〉와 비슷한 화풍의 그림이었다. 취리히에서 다다이즘이 등장하기도 전에 키리코가 그린 그 기묘한 그림을 그도 알고 있었다. 아폴론의 두상과 붉은색 장갑, 초록색 공. 뒤편으로 기관차가 증기를 내뿜으며 멀리 지나간다. 꿈속에서 본 장면처럼 느껴지는 그 그림은 존 케이지에게 감탄을 불러일으켰다.

로이드는 자신의 작품 〈그날〉에서 주로 옐로오커, 번트엄버, 카드뮴오렌지 색상을 사용했다. 하반신만 가린 원주민들은 고갱의 그림 속 인물들처럼 보였지만, 그들이 모여 축제를 벌이는 장소로 걸어오는 남자들은 대리석 두상을 가진 이들로 두 팔이 무릎까지 내려올 정도로 매우 길어 기괴해 보였다. 원주민들은 진흙과 모래의 색, 균형 잡힌 신체 비율로 표현되어 있었지만 대리석 두상의 남자들은 기형적인 팔 길이에 기계와 금속의 색으로 칠해져 있었다. 케이지는 잠시 말을 잃었다.

"쉬르레알리즘인가요?"

마침내 존 케이지가 로이드에게 물었다.

"엘에이의 원주민들과 침입자 에스파냐인들을 표현한 겁니다."

존 케이지는 원주민들의 머리 위에 둥둥 떠 있는 토기와 독수리, 토끼와 팔분음표, 대리석 남자들의 머리 위에 떠 있는 회색

해머와 밧줄, 책과 보석을 바라보았다.

"사실 이건 연작입니다. 다른 것도 보시겠어요? 보셔야 합니다. 연대기순으로 구성한 것이니까요."

그 그림은 먼젓번의 작품과 달리 어둡고 서늘한 색 위주로 칠해져 있었다. 프러시안블루, 울트라마린, 회색과 검은색을 주로 사용했으며 모래와 진흙도 군데군데 섞여 있었다. 무엇보다 캔버스의 크기가 압도적으로 컸다. 기이한 형태의 괴물이 어둠 속에 웅크리고 있었는데 관람객을 바라보는 두 눈과 끝이 날카로운 발톱만 새빨갰다.

"짐작하시겠지만 이건 그로부터 100년 뒤 석유를 퍼올리기 시작했을 때를 표현한 겁니다. 인간은 신이 그토록 꼭꼭 감추어둔 것을 발견하고 말았죠. 괴물을요."

"혹시 문명의 발전에 반대하시나요?"

그레이스가 성급하게 물었고 로이드는 고개를 기울이다가 말했다.

"문명이 우리의 주머니를 털어가고 환경을 파괴하는 것에만 관심을 기울인다면 저는 반대합니다."

"생활의 편리함은요?"

"저는 여행을 별로 좋아하지 않습니다. 산책만으로도 충분합니다. 매일 관찰하는 것에서 영감을 얻고 그걸 그림으로 그립니다."

"이 작품은 그런 미시적인 세상이 아닌 것 같은데요."

존 케이지의 말에 로이드가 답했다.

"아주 작은 것에 아주 큰 것이 담겨 있습니다. 아주 미미한 것에 이 세상 전체가 담겨 있죠. 그런 의미에서 여행은 무의미합니다. 저한테는 그렇습니다."

로이드의 그림은 존 케이지를 자극했다. 그는 점점 더 거대해져가는 무언가를 상상했다. 그것은 아직 형태를 갖추지 못한, 앞으로 그가 만들어내야 할 음악이었다. 그는 가장 작은 것에서 가장 큰 것을 보기 위해 두 눈을 부릅떴다.

─신병훈련소에 입소하기 전 이기동은 면담을 거쳐 국정원에서 근무하는 것으로 결정되었다. 면담에서 그는 아버지가 가출한 사실을 숨겼다.

상상 속에서 그의 아버지는 백발이 성성한 머리로 오토바이에 올라타 도로를 질주하고 있었다. 아무리 속도를 높인다 하더라도 예전의 기백과 패기는 바람과 함께 먼 곳으로 날아가 찾을 수 없을 것이다. 그것은 아마도 지나온 시절을 뒤쫓고 반추하는 행위 이상은 되기가 어렵기 때문일 것이다.

사람은 앞으로 나아가야 하는 것이다. 그는 그렇게 생각했다.

─이기동은 화생방 훈련에서 제외되었다. 굳이 모든 공익들이 화생방을 할 필요는 없다는 게 윗분들의 생각이었고 전체 공익 중 3분의 1만 끌려갔다. 그는 줄을 잘 선 덕분에 제외되었다. 그 대신 행군이 늘었다. 하루에 50킬로미터를 걸으라는 명령이 떨어졌다. 절반을 걷고 반환점에서 쉬다가 다시 절반을 걸어 돌

아오는 코스였다.

그는 익히 들어온 대로 두꺼운 양말을 겹쳐 신고 단단히 마음의 준비를 하고 나서 완전군장을 했다. 배낭을 메는 순간 그는 깜짝 놀라서 뒤를 돌아보았다. 제법 큰 아이 하나가 등에 매달려 그를 뒤로 힘껏 잡아당기는 느낌이었다. 하늘을 보려고 등허리를 젖혔다가는 그대로 뒤로 나자빠질 수준이었다. 그걸 메고 하루에 50킬로미터를 걸어야 한다는 게 믿기지가 않았다.

연병장을 벗어나자마자 훈련병 한 명이 울면서 옆으로 쓰러졌다. 낙오자는 어딘가로 끌려갔다. 출발도 하기 전이었기에 훈련병들은 수군거렸다. 꾀병인지 아닌지 판가름하겠다고 나서는 자는 없었다. 다들 배낭의 무게를 실감하고 있었다. 사람 하나를 거뜬히 쓰러뜨릴 만했다.

앞으로, 앞으로, 앞으로, 오직 앞으로. 출발할 때부터 훈련병들의 얼굴은 하나같이 어두웠다. 재잘거리는 놈은 한 명도 없었다. 조교가 입 다물라고 소리치지 않아도 모두의 입이 꽉 닫혀 있었다. 배낭의 무게가 그들의 입에 무거운 바윗돌을 올려놓았다. 살아서 돌아올 수 있을까, 하는 비관적인 생각도 무게를 더했다.

그는 내내 걷기만 했다. 풍경이 바뀌는 것도 알아차리지 못했다. 실제로 풍경이 전혀 바뀌지 않는 것처럼 보였다. 논밭과 과수원, 둑길, 도로 옆 갓길과 야산뿐이었다. 지루하기 그지없는 풍경사진을 연속해서 붙인 상자 속에 갇힌 것 같았다. 그는 다리와 두 발에 가해지는 고통을 잊기 위해 억지로 이런저런 생각들

을 떠올렸다. 갑각류야. 나는 군홧발 같은 딱딱한 발을 가진 갑
각류. 그러나 기분이 더 나아지거나 통증이 사라지지는 않았다.

발은 포기했다. 어떤 상태인지 들여다보는 것조차 두려웠다.
점심때 먹었던 밥과 국과 반찬은 원자만큼이나 작은 크기로 줄
어들었고 그의 위장은 메아리가 울려퍼질 정도로 텅 비어 있었
다. 두 다리의 통증이 극한까지 달했다가 점차 둔해져갔다. 그러
다 스위치를 딸깍 내리는 것처럼 통각이 일시에 사라졌다. 고통
스러운 감각을 더 이상 뇌로 전달하지 않겠다는 감각신경세포
의 파업 같았다. 그런 상태에서도 그는 계속해서 걸었다. 어스름
이 내리고 군홧발 소리만 울렸다. 아무도 입을 열지 않았다. 태
어나면서부터 지금까지 계속 걷고 있는 것 같았고 이대로 죽음
을 향해 계속 걸어갈 것 같았다.

—퇴소를 앞둔 마지막 주, 이기동은 조교의 180도 달라진 모
습을 목격했다. 늘 고함만 지르던 조교는 알고 보니 흥이 넘치는
남자였고, 온순한 양떼를 몰듯 그들을 대하면서 콧노래로 명령
을 내렸다. 누군가 말했다.

"저 자식이 왜 저러는지 알아? 우리가 퇴소하고 머리통 깨부
술까봐 저러는 거야."

몇몇이 모여 팀을 꾸렸고, 동사무소 등지의 출근을 앞두고 주
어지는 3일간의 휴가 기간에 그들을 공익이라며 몹시 깎아내렸
던 어느 일병을 덮칠 계획을 세웠다. 그 일병의 휴가 기간은 하
필이면 그들과 같은 날짜였다. 그들은 진지해 보였다. 이기동은

그 계획에 참여하지 않았다.

그가 신병훈련소 밖으로 나와 그토록 고대하던 세상 속으로 들어서자마자 낯익은 얼굴이 그에게 손짓했다. 그는 홀린 듯 그 손짓을 따라갔다. 버스 전면 유리창에 '국정원'이라고 적혀 있는 네모난 종이가 보였다. 그는 얼어붙었다. 다른 훈련병들도 그처럼 남자의 손짓 하나에 홀린 듯 버스에 올라탔다. 집으로 돌아갈 줄 알았던 그들은 극도의 혼란에 빠졌다. 모두의 얼굴에 공포와 황당한 감정이 떠올라 있었다.

50명 정원의 버스는 사람을 절반만 태우고 출발했다. 그는 초조해서 다리를 떨었다. 국정원 앞에 도착한 버스는 그들을 내려놓고 어딘가로 가버렸다. 그들은 점점 더 사색이 되어갔다. 3일간의 휴가는? 모두가 그렇게 묻고 있었지만 아무도 입을 열지 않았다.

그들은 내무반으로 인도되었다. 훈련소 내무반에서 국정원 내무반으로 장소만 바뀌었을 뿐 본질은 조금도 달라지지 않았다. 그는 혼란스러운 와중에 어머니에게 전화를 걸었다. 그렇게 하라고 지시가 내려왔다.

"엄마, 나 여기서 더 합숙해야 된대."

그는 이 모든 게 꿈만 같았다. 악몽도 이런 악몽이 없을 것이다. 보급품을 받으며 훈련소 동기들이 웅성거리기 시작했다.

"뭐야? 어떻게 된 거야?"

"우리 이제 집에 못 가는 거야?"

국정원 일병이 그들에게 소리쳤다.

"닥쳐, 이 새끼들아!"

모두가 입을 꾹 다물었다. 콧노래를 부르던 조교는 사라지고, 악랄한 일병이 다시 돌아왔다. 곧바로 합숙 훈련이 시작되었다.

─한국. 국정원. 2000년도를 넘어선 어느 때. 제식훈련 시간.

일병이 시범을 보이자 이병들은 감탄했다. 연이어 상병이 시범을 보이자 무거운 정적이 감돌았다. 잠시 후 우레 같은 박수가 터져나왔다. 완벽했다. 상병은 그야말로 완벽한 군인이었다.

누군가 말했다.

"군인의 완성은 상병이지. 그런데 병장이 되면 어떻게 되는지 아냐? 클로킹 기술이 생겨. 아무도 그를 못 찾지."

그러자 다른 누군가가 말했다.

"그런 병장들을 찾는 게 누군지 알아? 행보관이야."

한국. 국정원. 2000년도를 넘어선 어느 때. 암어 외우기 시간.

초소를 돌면서 숫자와 짧은 단어로 이루어진 암어로 무전을 치는 연습이 시작되었다. 그는 열두 개의 초소를 순서대로 돌면서 암어로 무전을 쳤다. 각 초소의 선임들은 이병들이 암어를 외우지 못해 쩔쩔매고 혼쭐이 나는 광경을 실시간으로 들으며 웃음을 터뜨렸다.

이기동은 너무 긴장한 나머지 초소에 도착하자마자 이렇게 말했다.

"손 들어! 움직이면 쏜다!"

그러자 선임이 황당해하는 얼굴로 그를 쳐다보며 말했다.

"이 새끼가…… 너 총 있어?"

그는 혼란에 빠졌다. 그에겐 당연히 총이 없었다. 그는 사색이 된 얼굴로 선임을 쳐다보았다.

한국. 국정원. 2000년도를 넘어선 어느 때. 전갈의 잔소리 시간.

어느 날 '전갈'이 나타나 그들에게 말했다.

"공익이 웬 이병이야? 앞으론 29차, 이름 이렇게 말한다."

그들은 내무반으로 돌아와 불만을 터뜨렸다. 누군가 말했다.

"공익은 군인이 아니냐?"

아무도 군인이 아니라고 말하지 않았지만, 군인이라고도 말하지 않았다. 군인인지 아닌지 알 수 없고 그렇다고 민간인도 아닌 존재. 이기동은 정수리가 가려웠다.

한국. 국정원. 2000년도를 넘어선 어느 때. 직원의 횡포 시간.

체육관에 모여 있던 그들에게 국정원 직원이 다가와 말했다.

"같이 농구 한 게임 하시죠."

"아니요. 안 할래요."

그때 그들은 농구 같은 것을 할 기분이 아니었다.

"그러지 말고 같이 하시죠."

그들은 재차 거절했다. 그러자 직원의 표정이 서늘하게 바뀌었다.

"야, 니들은 우리가 하라고 하면 해야지."

"우리가 왜 그래야 하는데?"

눈치 없기로 소문난 동기가 앞으로 나서더니 반말로 물었다. 국정원 직원은 한눈에 보기에도 그들보다 연장자였다.

"너 지금 반말했냐?"

"네가 먼저 했잖아."

"너희들은 나라가 우리한테 빌려준 존재야. 우리가 하라고 하면 군소리 없이 해야 한다고. 공익 주제에 시키는 대로 안 하겠다는 거야, 지금?"

한국. 국정원. 2000년도를 넘어선 어느 때. 에쿠스가 지나가는 시간.

그들은 성의 없는 제식으로 터덜터덜 걷다가 간부가 타고 있는 에쿠스가 지나가면 정확한 각도로 팔을 흔들며 발맞추어 걸었다. 그러다 결국 전갈에게 들키고 말았다. 전갈은 그들의 면전에서 벌게진 얼굴로 화를 내며 말했다.

"공익 주제에 무슨 제식이야? 꼴 보기 싫으니까 니들은 그런 거 하지 마!"

그 뒤로 그들은 트럭을 타고 초소로 이동했다. 한 명씩 트럭에서 뛰어내리면서 다리도 안 아프고 참 편하게 왔군, 생각했지만 어쩐지 뒷맛은 개운하지가 않았다.

트럭을 운전하던 그들의 담당관이 교체되었고 새로 온 담당관은 인터넷포커 게임에 빠져 있었다. 퇴근하려는 그들을 붙잡고 담당관은 말했다.

"집에 가자마자 한게임에 접속해라. 기다리고 있겠다. 한 놈도 새지 말고 접속해라."

그는 집으로 들어서자마자 게임사이트에 접속해 콜, 콜, 콜, 다이, 다이, 다이, 콜, 콜, 콜, 다이, 다이, 다이 버튼을 연속으로 눌렀다. 담당관은 게임머니를 착실하게 챙겨갔다.

한국. 국정원. 2000년도를 넘어선 어느 때. 인물열전. 이기동이 가장 좋아했던 인물은?

① 그들은 주(간)-야(간)-비(번) 근무체제를 지켰다. 어느 날 전갈이 문을 걷어차며 나타나더니 그들에게 삿대질하며 분통을 터뜨렸다.

"어떤 새끼야?"

그들은 기합을 받으며 서로의 얼굴을 은밀히 살폈다. 누가 저지른 짓인지 아무도 몰랐다. 전갈이 물러가자 한 놈이 비척거리며 일어서더니 말했다.

"내가 그랬다."

아무도 밀고자를 노려보지 않았다. 일주일이 지나고, 전갈이 또다시 멍게 같은 얼굴을 하고 나타나 말했다.

"도대체 어떤 새끼야! 나와!"

그들은 밀고자를 쳐다보지 않았다. 기합을 받고 일어서며 누군가 말했다.

"야, 이제 그만해."

다른 이들은 아무 말도 하지 않았다. 이기동 역시 뻐근한 어깨와 손목만 주물렀을 뿐 그만두라는 말은 하지 않았다. 밀고자는 고개를 숙이고 바닥만 쳐다보았다.

며칠 후 내무반 문이 부서질 것 같은 소리와 함께 활짝 열렸다. 전갈이 나타났다. 그러나 뜻밖에도 용암이 분출하는 듯한 얼굴이 아니라 고요하고 창백한 얼굴이었다. 전갈은 생각에 잠긴 얼굴로 걸어 들어오더니 뒷짐을 지고 허공을 바라보다가 말했다.

"제발, 제발 좀 그만합시다. 지금 대책을 강구하고 있으니 초과근무는 더 이상 안 해도 될 겁니다. 그러니 제발, 국방부에 항의 좀 그만하세요! 내가 책임지고 대책을 만들 테니까 제발 좀!"

전갈은 갑자기 존대를 써가면서 그들에게 간청했다. 전갈이 떠난 뒤 그들은 밀고자의 등을 두들기며 한 마디씩 했다.

"수고했다."

② 모두가 이해할 수 없었던 녀석이 있었다. 무얼 해도 굼뜨고 자주 혼잣말을 내뱉고 무언가를 물어도 대답이 거의 돌아오지 않았다. 그런 녀석이 어떻게 면접을 통과했을까, 다들 의문이었다. 그러나 그 녀석은 외로움도 거의 느끼지 않는지 늘 무심하고 담담한 얼굴로 어깨를 펴고 걸어다녔다. 그러던 어느 날 이기동은 그 녀석의 최후를 우연히 목격했다.

전갈이 녀석의 얼굴을 향해 손을 치켜들었다. 옹골찬 따귀가 날아갈 타이밍이었다. 그러자 녀석이 재빨리 무릎을 꿇으며 두

125

손을 모으더니 큰 소리로 외쳤다.

"오! 주여!"

전갈은 얼어붙었다. 녀석은 멈추지 않고 울부짖으며 말했다.

"오! 주여! 제발! 주여!"

녀석은 두 손을 무릎 사이에 밀어넣고 바닥에 이마를 찧으며 주님을 찾았다. 전갈은 치켜든 팔을 힘없이 내려뜨렸다.

그의 주님은 국정원에서 길 잃은 그를 쓰레기장으로 인도했다. 쓰레기를 치우며 녀석은 아마도 잘 지내고 있을 거라고 모두가 입 모아 말했다.

③ 수능을 다시 보겠다며 늘 문제집을 들고 다니던 동기가 있었다. 모두가 그를 수험생처럼 대했고 아무도 그에겐 장난을 걸지 않았다. 그런 탓이었는지 수험생의 표정은 날이 갈수록 어두워졌고 말수도 부쩍 줄어들었다. 그러자 동기들 모두 그를 더욱 수험생으로 인식했고 나중에는 말도 거의 걸지 않았다. 그런 탓이었는지 수험생은 이젠 지옥에서 사는 사람 같은 얼굴로 시체처럼 걸어다녔다.

초소에서 문제집을 펴놓고 머리를 쥐어뜯던 수험생은 그 자신의 고뇌와 고통이 불러낸 것이 틀림없는 끔찍한 환영과 맞닥뜨렸다. 상대는 얼굴과 온몸에 시뻘건 피를 묻히고 나타났고 심지어 낯익은 이목구비도 아니었다. 국적을 짐작할 수 없는 도깨비의 얼굴과 흡사했다. 수험생은 비명을 지르며 의자에서 벌떡 일어났다. 도깨비가 초소 창문을 마구 두들겼다. 수험생은 이대로 수능을 못 보고 죽을 수도 있겠구나 싶었다고 나중에 이기동에게 말했다.

도깨비는 서툰 한국어와 낯선 억양으로 수험생에게 말했다.

"나, 맞았어요. 사장에게 맞았어요. 사장이 월급 안 줘요."

수험생은 그제야 도깨비의 얼굴을 가만히 들여다보았고 그 안에서 익숙하고도 낯선 느낌을 발견했다. 도깨비는 필리핀에서 온 젊은이였다.

"사장이 월급 안 주고 때렸어요. 얼굴도 때리고 몸도 마구 때렸어요."

수험생은 무전으로 상황을 다시 알렸다. 모두가 혼비백산해 있었기에 일시에 긴장이 풀리면서 허탈한 한숨을 내쉬었다. 필리핀 노동자는 그들에게 둘러싸여 초소 아래로 내려가면서 끊임없이 말했다.

"사장이 때렸어요. 월급 안 줘요. 한국 무서워요. 사장 무섭고 나빠요."

그는 필리핀 노동자의 등을 토닥거려주었다. 그가 할 수 있는 것은 그것뿐이었다. 누군가 필리핀 노동자에게 말했다.

"다신 한국에 오지 마요. 한국 사람들은 이용만 해먹지 절대로 손해는 안 본다니까. 내 말 알아들으려나?"

"알아들었습니다. 그런데 내 돈 받아가야 해요."

아무도 그 말에 대꾸하지 않았다. 필리핀 노동자는 국정원 밖으로 추방되었다.

인근의 가구공장 사장은 외국인 노동자들을 더욱 철저하게 단속하겠노라고 나중에 알려왔다.

한국. 국정원. 2000년도를 넘어선 어느 때. 이기동이 가장 떨렸던 순간은?

① 전갈은 처음부터 이기동에게 심오한 불만을 품고 있었던 것 같다. 그렇지 않다면 그가 초소 문을 발로 찼다는 이유로 이렇게까지 오랫동안 시달리지는 않았을 것이다.

"왜 그랬나?"

전갈이 대나무 자로 자신의 허벅지를 쿡쿡 찌르며 물었다.

"이수성 선임이 제 초소에서 실수를 하는 바람에 그랬습니다."

"그래서 문을 찼다고? 발자국이 찍힐 정도로?"

"죄송합니다."

"다시 묻겠다. 왜 그랬나? 어? 왜 그런 짓을 한 거야?"

그는 혼란스러웠다. 그저 동기들끼리의 장난이었을 뿐이다. 담당관도 옆에 있었지만 아무 말도 하지 않았다. 대신 변명해줄 수가 없는 분위기였다. 전갈은 그의 얼굴을 노려보며 다시 말했다.

"이유를 말해봐라. 똑바로. 제대로 말해봐."

그는 혼란스러운 머릿속을 뒤져서 억지로 그럴듯한 이유를 찾았지만 그런 것은 애초에 존재하지 않았다. 문제는 전갈도 이미 그걸 알고 있다는 것이다. 그럼에도 그에게 끈질기게 논리적인 설명을 요구했다.

"저는 아마도, 아마도 이수성 선임에게 방귀 냄새가 지독하다
는 것을 특별한 행동으로 전달하고 싶었던 것 같습니다. 죄송합
니다."

고개를 든 전갈의 얼굴은 그제야 납득이 간다는 표정이었다.
그는 도무지 납득할 수가 없었지만 처벌을 면할 수 있게 된 것에
안심하며 내무반으로 돌아왔다. 이 모든 일이 이수성 선임이 그
의 초소에서 방귀를 뀌었기 때문에 벌어진 일이라는 사실에 어
이가 없었다. 이수성 선임은 이미 그 일을 잊고 닭처럼 웅크리고
앉아 꾸벅꾸벅 졸고 있었다.

② 초소는 어두컴컴한 산속에 있었다. 난방은 등유 난로로 했
다. 이기동은 한 손에 선임 몫의 등유를 들고, 주전자에 부을 물
을 수통에 채워서 어두운 산길을 걸어올라갔다. 나뭇가지 밟히
는 소리와 나뭇잎이 바람에 부대끼는 소리, 밤에 날개를 펴는 새
소리 외에 다른 소리는 들리지 않았다. 그러나 가만히 귀 기울여
보면 꼭 사람 목소리가 들리는 듯했다. 그때마다 걸음을 멈추고
그쪽을 돌아보면 목소리는 감쪽같이 사라졌다.

초소에서 홀로 경계근무를 설 때면 이기동은 자꾸만 밖을 내
다보았다. 나무는 밤마다 형태가 불분명해지는데 바람에 흔들
리는 모습이 꼭 사람 같을 때가 있었다. 그를 향해 손짓하는 사
람, 그를 향해 걸어오는 사람, 그를 가만히 바라보는 사람. 그는
귀신의 존재를 믿지 않는 사람이었으나 그것은 도시의 불빛과
사람들에게 둘러싸여 살았기 때문이라는 걸 얼마 안 가 깨달았

다. 산속에선 전혀 달랐다.

어느 날 초소 창문에 시커먼 무언가가 빠르게 날아와 충돌했다. 심장이 초소 바닥으로 곤두박질쳤다가 다시 천장으로 튀어오를 정도로 그는 크게 놀랐다. 정적 속에서 갑작스럽게 발생한 움직임과 소음은 원래의 크기보다 훨씬 더 큰 파동으로 전달되는 법이다. 그는 잔뜩 긴장한 얼굴로 말했다.

"손 들어! 움직이면 쏜다!"

조심스럽게 밖으로 나가보니 초소 아래에 까마귀가 떨어져 있었다. 충돌의 순간 머리통이 박살나 이미 죽은 것 같았다. 그는 주위를 둘러보다가 아무도 없는 것을 확인한 뒤 다시 초소 안으로 들어왔다. 심장박동이 느려지지가 않았다. 불길한 일이 일어날 것 같았고 까마귀의 죽음이 그의 죽음에 대한 전조처럼 느껴졌다. 그는 결국 무전을 쳤다. 까마귀 한 마리가 초소 창문에 부딪혀 죽었다. 신경 쓰지 말라는 답변이 돌아왔다.

그는 초소 밖으로 나와 죽은 까마귀를 내려다보다가 인근의 나무 밑으로 옮겨놓았다. 땅을 파서 묻어주고 싶었지만 초소를 오랫동안 비우고 싶지 않아서 그러지 못했다. 게다가 숨이 확실히 끊어진 것인지도 알 수 없었다. 다시 자리로 돌아와 앉았다.

바람에 흔들리는 나무를 바라보다가 언뜻 무언가가 움직이는 것을 보았다. 그는 자리에서 벌떡 일어났다. 그것은 점점 더 가까이 다가왔으며 두 팔과 두 다리를 갖고 있었다. 사람이었다. 그의 심장이 날뛰기 시작했다. 그가 막 무전을 치려 했을 때 상대가 모습을 완전히 드러냈다.

백발의 할머니였다.

할머니는 환하게 웃는 얼굴로 다가왔는데 몰골이 말이 아니었다. 지치고 절망한 기색이 온몸에서 뿜어져나왔다. 그가 밖으로 나가자마자 할머니가 그의 손을 덥석 잡았다.

"아이고, 여기서 경찰을 만나네. 다행이다, 다행이야."

"저는 경찰이 아니라 공익요원인데요. 할머니, 어디서 오셨어요?"

그는 할머니가 북에서 왔지,라고 대답할까봐 심장이 떨렸다. 초소 앞에서 남파간첩에게 총을 맞고 쓰러져 있는 그를 동기들이 발견하는 장면이 떠올랐다. 할머니가 말했다.

"낮에 등산을 왔는데 길을 잃었지 뭐야. 걸어도, 걸어도 계속 산속이고 깜깜하고 너무 무서워서 울었어. 그런데 저기 멀리 빛이 보이잖아, 불빛이. 반가워서 이리로 왔지. 불빛만 보고 걸어왔어. 내가 총각 때문에 살았어. 산속에서 얼어 죽을 뻔했는데 살았어."

할머니는 엉엉 울기 시작했다. 그는 어쩔 줄 모르다가 걱정하고 있을 가족들에게 어서 연락부터 하라고 말했다. 그러자 할머니가 말했다.

"나는 가족도 없어. 아무도 나를 안 찾아. 내가 여기서 얼어 죽었더라도 아무도 몰랐을 거야. 그래서 총각한테 너무 고마워. 여기서 이 밤중에 불을 켜고 나 같은 사람을 기다리고 있었잖아."

그는 그런 게 아니라고 말하지 않았다. 그가 무슨 일을 하고 있는지 할머니는 전혀 이해하지 못하는 듯했다.

"그런데 총각은 여기 혼자 있어?"

마음을 가다듬은 할머니가 그에게 물었다. 그는 따뜻한 물을 할머니에게 건네주고 무전으로 후임을 막 부른 참이었다.

"네. 교대할 때까지 혼자 있어요."

"안 무서워?"

그는 대답 대신 미소만 지었다.

"무섭지? 안 무서운 척해도 무서울 거 같아. 아이고, 빨리 통일이 되어야 하는데."

할머니는 결국 그가 무슨 일을 하고 있는지 이해한 것 같았다. 후임이 나타나 할머니를 모시고 갔다. 이곳은 민간인이 들어올 수 없는 구역이므로 두 번 다시 이쪽으로 내려와선 안 된다고 신신당부를 한 후였다. 그는 할머니가 쥐고 있던 물잔을 치우고 다시 의자에 앉았다. 어둠 속에서 흔들리는 나무는 이젠 그저 나무로만 보였다.

③ 드디어 소집해제를 명 받은 이기동은 국정원 정문을 나섰다.

—존 케이지는 엘에이를 떠날 준비를 했다. 시애틀에 그레이스의 친구가 있었다. 부유한 남자와 결혼한 그레이스의 친구는 두 사람에게 잘 곳과 식사를 제공해주겠노라고 말했다. 그레이스는 엘에이를 떠나기 전 존 케이지가 틀림없이 자신에게 청혼할 거라 생각했다. 그러나 떠나는 날까지도 그런 일은 일어나지 않았다.

존 케이지의 아버지는 아들에게 말했다.

"아들아, 나는 네가 드디어 방랑의 길에 올랐다고 생각한다. 남자라면 누구나 그런 때를 반드시 겪고 지나가는 법이지."

그때 그는 취해 있었고, 그의 아내는 남편을 째려보았다.

"존, 아버지 말은 귀담아들을 필요 없다. 그나저나 너와 함께 간다는 그 아가씨와 정말 결혼할 생각이 없는 거니?"

존 케이지는 웃으며 말했다.

"어머니가 모르셔서 그렇지 그레이스는 진보적인 여자예요. 결혼 같은 것에 얽매일 여자가 아니에요."

어머니는 음울한 목소리로 말했다.

"내가 멍청한 선택을 했다는 뜻으로 들리는구나."

존 케이지는 헛기침을 했다. 손사래를 친 것은 그가 아니라 그의 아버지였다. 모자는 접시만 내려다볼 뿐 아무런 말이 없었다.

—복학을 앞두고 이기동에게 비보가 날아들었다. 그의 아버지는 강원도의 어느 휴게소에서 후진하는 트럭에 치여 사망했다. 조문객이 거의 없는 빈소에서 그는 아버지의 영정 사진을 오랫동안 쳐다보았다. 그의 어머니는 울지 않았다. 몇 안 되는 친척들이 다녀간 뒤 빈소는 텅 비었다. 그는 아버지의 죽음이 지나치게 조용히, 고요한 침묵 속에서 지나간다고 느꼈다.

어머니는 김밥집 문을 닫고 이모들과 경주로 여행을 떠났다. 그는 할 일이 아무것도 없었다. 모든 방의 불을 켜고 티브이까지 틀었지만 볼륨을 높게 키워도 서늘함은 사라지지 않았다. 원래부터 아버지는 집에 없는 사람이었지만 이젠 그 어디에도 없었다.

—가게 안으로 들어서자마자 평온한 외관과는 다른 어수선한 풍경을 맞닥뜨렸다. 이기동은 카운터에 서 있는 직원에게 물었다.

"여기 문을 닫는 건가요?"

"네. 좋은 영화 많으니까 골라보세요."

그가 보았던 고전영화들에 가격표가 줄줄이 붙어 있었다. 그처럼 비디오테이프를 고르는 손님이 두 명 더 있었다. 선반은 이가 빠진 것처럼 군데군데 비어 있었다. 이미 많은 비디오테이프가 팔린 상태였다. 그럼에도 고전영화와 예술영화는 대부분 남아 있었다.

그는 〈멀홀랜드 드라이브〉와 〈부르주아의 은밀한 매력〉을 골랐다. 두 편 모두 그가 보지 못한 영화였지만 오래전 사장이 그에게 추천해준 영화였다. 그는 사장의 안부가 궁금했다. 직원이 말했다.

"한 달 전에 돌아가셨어요."

이기동은 집으로 돌아와 두 편의 영화를 차례로 보았다. 영화를 다 보고 난 뒤엔 소화제를 두 알 삼켰다.

6

　—이기동은 어물쩍거리다가 졸업반이 되고 말았다. 그를 제외한 누구도 그런 식으로 4학년이 된 것 같지는 않았다. 그는 동기들을 보며 그 사실을 깨달았다. 모두 자기 앞길을 생각해놓았다. 사법고시, 로스쿨 입학, 공무원, 관세사, 노무사, 기타 등등의 온갖 시험을 치르고 안정적인 일자리를 차지하기.

　그는 평균대 위에서 굴러떨어졌다. 그럴 때가 아님에도 불구하고.

　—인문학 아카데미는 접수 기간이 지났지만 모든 반의 정원이 미달되어 있었다. 이기동은 카운터에서 수강신청을 마친 뒤 곧바로 첫 수업에 들어갔다. 그가 고른 강의는 '정신분석학 입문'이었다. 프로이트에 관심이 있었기 때문이 아니라 자신을 분

석해보고 싶은 열망이 컸기 때문이다. 여섯 명 남짓한 수강생들이 드문드문 앉아 있었는데 모두 여자였다.

강사는 사십대 후반의 남자로, 주변머리를 억지로 끌어와 정수리와 이마를 가린 탈모인의 머리 스타일을 하고 나타났다. 두꺼비와 비슷한 인상이었기에 결코 첫인상이 좋다고는 할 수 없었다. 강사는 교탁 앞에 서서 수강생들을 천천히 둘러보다가 눈을 내리깔더니 한숨을 내쉬며 말했다.

"이번 학기엔 수강생이 많이 줄었네요."

강사의 가슴팍에 달린 작은 마이크를 통해 목소리가 증폭되어 흘러나왔다. 수강생들은 여전히 고요한 얼굴로 강사만 쳐다보았다. 이십대 후반의 여성이 한 명, 나머지는 모두 아주머니들이었다. 그는 맨 뒷좌석에 앉아 당혹스러워하고 있었다. 어쩐지 그곳 또한 그가 있어야 할 자리가 아닌 것 같았다.

"어찌된 일인지는 모르겠지만 참으로 난감합니다."

앞자리에 앉아 있던 아주머니가 고개를 돌리더니 이기동에게 대뜸 물었다.

"혹시 친구나 형제 중에서 데려올 만한 사람 없어요?"

"없는데요."

아주머니는 실망한 얼굴로 고개를 돌리더니 강사에게 말했다.

"그래도 학생 수가 적으면 집중은 잘되잖아요."

아주머니는 웃으며 말했지만 강사는 천천히 고개를 저었다.

"잠깐만 나갔다 와야겠습니다. 기다리고 계세요."

강사는 문을 열고 나갔다. 수강생들이 웅성거렸다. 잠시 후 허공에서 강사의 목소리가 들려왔다. 강사는 마이크가 달린 것을 잊은 채로 아카데미 직원에게 불만을 털어놓고 있었다. 이런 식이면 곤란해요. 숫자가 너무 적어요. 곤란합니다. 할 수가 없어요. 수강생들은 뭘 잘 모르고 있는데⋯⋯

잠시 후 강사가 강의실로 돌아왔다. 불편한 침묵이 흘렀다. 그에게 데려올 만한 친구가 없느냐고 물었던 아주머니가 말했다.

"선생님, 선생님이 하시는 말씀 다 들었어요. 마이크가 켜져 있던데요."

강사는 순간적으로 동작을 멈추었으나 얼굴이 빨개지거나 변명을 늘어놓지는 않았다. 그저 두 손을 바지 주머니에 찔러넣고 조그만 목소리로 그랬나요,라고 느릿하게 말할 뿐이었다. 그는 조금도 당황하지 않는 강사의 모습에서 정신분석학의 힘을 느낄 수 있었다.

"그럼 말이 나왔으니 말인데, 이번 학기 강의는 진행하기가 어렵겠습니다."

"왜요? 지난 학기 때 말씀하시길 비영리단체에서 진행하는 강의를 들으라고 하셨잖아요. 좋은 기운을 가진 단체에서 공부하는 게 좋다고."

"그럴 만한 이유가 있습니다. 이렇게는 할 수가 없어요. 이번 학기 강의는 쉬고 다음 학기에 수강생을 더 모집해서 진행하는 게 좋을 것 같습니다."

수강생들은 미동도 하지 않았다. 맨 앞줄에 앉아 있던 아줌마가 말했다.

"그럴 수는 없어요, 선생님. 강의를 계속해주세요."

"안 됩니다. 어렵습니다."

강사는 조금도 물러서지 않았다.

"안 돼요. 해주세요."

아줌마는 갑자기 울음을 터뜨렸다.

"저는 여기 아니면 갈 데가 없어요. 배울 곳이 없다고요. 처음에 약속하셨잖아요. 입문과정을 다 끝내주겠다고. 이제 와서 이러시면 저는, 정말로 저는…… 저 창문으로 뛰어내릴 거예요!"

아줌마는 의자에서 벌떡 일어나더니 앞쪽 창문을 노려보았다. 강사를 제외한 모두가 놀라서 입을 벌리고 있었다. 그러나 나서서 말리는 사람은 아무도 없었다. 강사는 화이트보드 앞으로 천천히 걸어가더니 무언가를 적기 시작했다.

'경계선성격장애'

강의실에 단단한 침묵이 퍼져나갔다. 모두의 얼굴에 의구심과 호기심이 떠올랐다. 강사는 매우 느릿한 어투로 말했다.

"고치기가 아주 어렵습니다. 어렵지만 도움이 되어드릴 수는 있으니까 저를 찾아오세요. 개인적으로, 제 연구소로. 이따가 알려드릴 테니까 찾아오세요."

그러자 11층에서 뛰어내리겠다던 아주머니는 재빨리 의자에 앉더니 노트에 무언가를 적기 시작했다. 아마도 '경계선성격장애'라는 단어를 적어놓는 것 같았다.

강사는 마무리 인사를 한 뒤 다음 학기에 다시 보자고 말하며 마이크를 껐다. 그는 움직이지 않았지만 다른 수강생들은 침통

한 얼굴로 강의실 밖으로 나갔다. 경계선성격장애로 판명된 아줌마와 그만 남아 있었다. 강사가 그를 쳐다보며 말했다.

"뭐 궁금한 게 있어요?"

그는 용기 내어 물었다.

"정신분석을 공부하면 제 인생이 바뀔까요?"

강사는 대답 없이 화이트보드 앞으로 걸어가더니 한 손을 주머니에 찔러넣은 채로 잠시 서 있다가 무언가를 적어내려가기 시작했다.

'프로이트 정신분석학 입문'

그 옆에 자신의 이름을 적더니 말했다.

"내가 쓴 책인데 읽어봐요. 많은 도움이 될 겁니다. 하지만 인생을 바꿔주지는 않습니다. 그건 당사자가 해야 할 일이지 학문이 할 수 있는 일이 아니에요."

—시애틀의 대저택에 사는 아만다는 존 케이지와 그레이스를 반겨주었다. 아만다는 미인이었지만 패션감각은 기이할 정도였다. 그녀의 차림새는 남장이나 다름없었다. 아만다의 남편 아놀드는 존 케이지보다 나이가 훨씬 많았고 한때 파리의 카페에서 대부분의 시간을 보냈었다. 물론 작가들과 어울리면서 말이다. 그러므로 그가 존 케이지의 꿈이 소설가에서 작곡가로 바뀌게 된 이유를 물은 것은 당연한 일이었다. 존 케이지는 말했다.

"소설가는 자신이 아닌 다른 누군가가 되어야 할 때가 많지만 작곡가는 자기 자신이면 충분합니다. 화가 역시 그렇고요. 그러나 소설가는 아닙니다. 연기를 해야 하죠."

그러자 아놀드는 이해가 되지 않는 듯 고개를 갸웃거리다가 물었다.

"소설가 역시 연기를 한다고 해도 늘 자기 자신이지 않나요?"

케이지는 좀 더 단호하게 말했다.

"그렇지 않습니다. 소설가는 늘 자기 자신에게서 멀어져야 합니다. 모든 작품의 주인공이 작가 한 사람으로 판명된다면 누가 그의 책을 계속 읽겠습니까?"

아놀드는 혼잣말처럼 중얼거렸다.

"그런 말은 생전 처음 들어보는군요. 혹시 슬럼프를 극복하지 못한 것이 그런 식으로 왜곡된 가치관을 갖게 만든 건 아닌지요."

존 케이지는 아무런 대답도 하지 않다가 한참 뒤에 말했다.

"어쨌든 중요한 것은 심장박동이 무엇에 요동을 치느냐, 바로 그겁니다. 제 심장은 소설을 쓸 때 거의 죽어 있는 것이나 다름없었습니다. 소설은 지나치게 많은 사람의 눈치를 봐야 하는 분야입니다. 읽는 사람도 언제나 균형감각을 원하고요. 어느 한쪽으로만 치우친 글은 아무도 원하지 않습니다. 그러나 음악과 그림에선 다르지요. 관람객이 원하는 것은 창작자의 내면이지 개연성 있는 스토리가 아닙니다. 오히려 그런 것을 그만 보기 위해 음악을 듣고 그림을 감상하는 것이지요. 말하자면 현실에서 멀어지길 바란다는 겁니다."

존 케이지는 확신에 찬 얼굴로 그레이스를 쳐다보았다. 그러나 그녀는 그를 보지 않았다. 탁자의 얼룩만 손가락 끝으로 문지르고 있었다.

그는 뒤늦게 생각했다. 아차, 그레이스는 소설을 쓰고 있지.

그녀는 고개를 들더니 그의 얼굴을 물끄러미 쳐다보다가 말했다.

"내 소설을 읽고도 그렇게 느꼈어?"

아놀드는 은근히 벌어지려는 입을 찻잔으로 가렸다. 커플의 말다툼만큼이나 그를 흥미롭게 하는 일도 없었다. 아놀드는 잠시 투명인간이 되어 그레이스의 공격과 케이지의 수비를 흥미롭게 지켜보았다.

―보행 신호를 기다리던 이기동은 결국 호기심을 참지 못하고 천막 안으로 들어가고 말았다. 코털이 인중을 가릴 정도로 비죽하게 튀어나온 할아버지가 그를 올려다보았다. 그는 곧바로 돌아서고 싶었지만 결국 할아버지 앞에 자리를 잡고 앉았다. 군데군데 노란색 테이프가 붙어 있는 초라한 맹꽁이 의자와 그보다 더 초라한 몰골의 점쟁이 할아버지. 할아버지의 외투는 노숙자의 외투와 비슷했고 악취는 풍기지 않았지만 악취의 경계에서 아슬아슬하게 머물러 있었다. 할아버지는 눈곱이 잔뜩 낀 눈으로 그를 쳐다보다가 물었다.

"뭐를 보려고? 진로? 연애?"

"진로요. 그런데 얼마예요?"

"만 원."

"진로와 연애가 다 만 원이에요?"

"각각 만 원이야. 각각."

할아버지는 명심하라는 듯이 눈에 힘을 주었지만 그는 할아버지의 눈을 4분의 1이나 가려버린 커다란 눈곱만 쳐다보았다. 할아버지는 그의 생년월일과 생시를 묻더니 손가락으로 무언가를 세고 노트에 무언가를 획획 그리다가 이윽고 멈추었다.

"그래, 무슨 일을 하려고?"

"그걸 잘 모르겠어요."

"그것도 모르면서 뭘 물어보려고 한 거야?"

"무슨 일이 잘 맞는지 궁금해서요."

"사무직."

"네?"

"사무직이라고. 회사원. 여기 그렇게 나와 있어. 해외엔 나가지 말고, 사업은 하지 말고. 회사원이 가장 나아, 회사원."

"고시를 보면 어떨까요?"

"고시?"

할아버지는 눈을 동그랗게 뜨더니 다시 노트에 무언가를 획획 그리기 시작했다. 그러나 이번에는 표정이 어두웠고 오랫동안 뜸을 들였다.

"하면 안 되나요?"

결국 참지 못하고 물었다.

"그건 아닌데…… 해도 돼. 해도 돼."

할아버지는 대충 마무리하려는 듯 노트를 덮더니 뻔한 말만 늘어놓았다.

"하고 싶은 건 다 해도 돼. 뭐든 할 수 있어. 아직 젊고 앞길이 창창하니까. 외국에만 안 나가면 돼. 외국은 물이 안 맞아. 소화 기관이 좀 약해. 탈이 잘 나지?"

"아니요. 그런 적은 별로 없는데."

"여하튼 외국에는 나가지 말고 사업은 하지 말고."

할아버지는 비슷한 말을 몇 마디 중얼거리더니 더 궁금한 것 은 없느냐고 물었다. 그는 할아버지의 정체가 궁금했으나 묻지 는 못했다.

"만 원이야."

지갑에서 만 원짜리 한 장을 꺼내자 할아버지가 재빨리 잡아 채갔다. 그는 밖으로 나오면서 눈 뜨고 사기를 당한 것 같은 찝 찝한 기분에 시달렸다. 회사원이라니. 그는 이미 서른세 통의 이 력서를 냈고 연락이 온 곳은 한 군데도 없었다.

최장기수는 그에게 노량진으로 오라고 말했다.

"어차피 하고 싶은 것도 없다면서. 나하고 같이 공무원 시험이 나 보자."

최장기수는 결국 대학에 들어갔지만 통학하기도 어려운 먼 지방의 캠퍼스였다. 한 학기를 겨우 채운 끝에 자퇴한 그녀는 집 안에만 틀어박혀 있다가 공무원 시험을 준비하기 위해 다시 노 량진으로 돌아갔다. 신기하게도 노량진에 들어서자마자 그녀는 활기를 되찾았다.

"나는 평생 여길 못 떠나려나봐. 이 정도면 거의 지박령 수준 아니냐?"

최장기수는 한참을 웃었다. 그는 이제 최장기수를 무기징역수라고 바꿔 불러야 할 것 같았다.

"걔랑 연락해? 신림에 있다면서."

무기징역수는 그를 만날 때마다 은근슬쩍 일등의 안부를 물었다. 일등은 신림에 처박혀 있었다. 졸업 전에 패스하겠다는 무리한 계획을 세운 뒤 그것을 지키지 못하자 심하게 낙담하다가 머리를 짧게 깎고 신림으로 들어가버렸다.

"연락 안 해. 그럴 정신이 아닐걸."

무기징역수는 씁쓸한 표정으로 술잔을 채우며 말했다.

"어째 너랑 나랑 걔랑 다 원점으로 돌아와 있는 것 같다. 이상해. 대학에 들어가면 그 길로 다른 세상으로 갈 수 있을 줄 알았는데 왜 또 노량진이고 왜 또 신림이야. 왜 또 학원이냐. 지겹게. 예전에 내가 했던 말 기억나? 오수생이었을 때, 왜 우리의 인생은 노량진 아니면 대학뿐일까, 그랬던 거."

"기억나."

"그런데 이십대를 다 지나 보내고 나서도 또 같은 말을 하고 있잖아. 왜 우리 인생은 노량진 아니면 회사뿐일까?"

그는 멀쩡했지만 무기징역수는 테이블에 이마를 박고 잠들었다. 그가 흔들어 깨우자 〈서른 즈음에〉를 꼭 불러야 한다며 노래방에 가자고 우겼다. 그러나 노래방에 도착하자마자 화장실로 가버리더니 한참 동안 나타나지 않았다. 그는 혼자 멀뚱히 앉아 있다가 〈서른 즈음에〉를 부르기 시작했다. 밋밋하고, 멋없게.

노래를 마치자 미러볼 조명이 멈추고 환하게 불이 들어왔다. 치장 없는 담백한 공간 속에 뒤늦게 나타난 무기징역수는 벌컥 화를 냈다.

"네가 그걸 부르면 나는 뭘 불러?"

"다시 부르면 되잖아. 번호 눌러줄게."

"안 돼! 그 노래는 한 번만 불러야 해."

"왜 그래야 하는데?"

"낭비하고 싶지 않으니까."

"뭘 낭비한다는 건데?"

"감정!"

무기징역수는 소리를 빽 내질렀다.

─이기동은 하루에 네 시간 자는 것으로 충분했으며 그중 두 시간은 눈을 감은 채로 온갖 상상력에 몸을 싣고 조각배처럼 떠다니는 일에 소모했다. 그의 어머니는 여전히 옆구리 터짐 하나 없이 반듯하고 통통하게 김밥을 말았고, 그가 아르바이트를 하고 있다는 사실을 까마득히 모르고 있었다. 어머니는 그가 고시를 보고 판검사가 되어야 할 운명이라고 줄곧 말했다. 그는 그런 말에 흔들리지 않았다. 어릴 땐 의사가 될 운명이라는 어머니의 말을 은밀히 믿었던 적도 있었다. 그러나 이젠 아니었다. 그의 운명은 흘러가는 대로 흘러가다가 사는 대로 살게 되는 것이라고, 그의 어머니가 알면 기가 차서 쓰러질 생각만 했다.

어느 날 그는 집배원이 우편함에 억지로 쑤셔넣은 서류봉투를 발견했다. 그것은 귀퉁이가 모두 우그러지고 시커먼 손때가 묻어 있어 어쩐지 불길해 보였다. 수취인명에 아버지의 이름이 날림으로 적혀 있었다. 그는 그 자리에서 봉투를 열어보았다. 작은 메모지 한 장과 두툼한 노트 한 권이 들어 있었다. 메모지에 적혀 있는 짧은 문장으로 미루어 보건대 아버지가 단기로 임대한 집의 주인이 발송한 것 같았다.

그는 외출을 포기하고 집으로 돌아왔다. 그리고 오후 3시부터 저녁 7시까지 미동도 없이 아버지의 노트를 읽었다. 그것은 단편소설 형식으로 쓰인 장편소설이었다. 그러나 확신할 수는 없었다. 어쩌면 열 편의 단편소설을 한데 묶어놓은 것일 수도 있고, 열 개의 장으로 구성된 장편소설일 수도 있었다. 모든 장의 인물이 그 또는 그녀로 호명되기 때문에 같은 인물인지 아닌지도 판단할 수 없었다. 비슷한 취향을 갖고 있는 듯하다가도 돌연 정반대의 모습을 드러낼 때도 있었고 무엇보다 전체적인 이야기의 흐름이 한 방향으로 흐르지도 않았다. 결국 아버지의 소설은 오토바이를 타고 전국을 떠돌며 사는 남자의 이야기로 요약될 수 있었는데 주인공들이 해리성둔주를 앓고 있다고 봐도 무방할 정도였고, 엔딩은 강줄기가 갑자기 증발한 것처럼 난데없었으며 주제가 무엇인지, 독자에게 무슨 이야기를 전달하고 싶은 건지도 오리무중이었다.

그는 침대에 누워 곰팡이 핀 천장 귀퉁이를 바라보며 도대체 아버지가 그에게 바라는 것이 무얼지 고심했다. 만일 이 소설이

출간되기를 바라는 것이라면 그가 해줄 수 있는 일은 거의 없었다. 출판사에 보내볼 수는 있겠지만 이미 고인이 된 작가라는 사실을 숨길 수 없을 것이고, 그렇게 하더라도 장편소설인지 단편소설집인지도 파악할 수 없는 원고를, 게다가 등단 경력도 없는 작가의 작품을 선뜻 내줄 출판사는 없었다. 그러나 그는 결국 그 밤 손쉬운 결론을 내리긴 했다.

그는 신춘문예 공모 소식을 뒤져보았고 열흘 뒤 한 일간지에 원고를 발송했다. 첫 번째 장을 떼어내 단편소설로 응모한 것인데 아버지의 이름으로 보내지 않고 그의 이름으로 보냈다. 그렇게 해선 안 되는 일이었지만 그냥 그렇게 했다. 당선될 리가 없다는 생각이 컸다.

한 달 뒤 그는 신문사 사이트에 접속해 심사평을 읽어보았지만 경합을 벌인 세 개의 작품 가운데 아버지의 것은 없었다. 당연히 그럴 것이라 예상했음에도 그는 무척 낙심했고 아버지에게 큰 잘못을 저지른 것 같은 기분마저 들었다. (아버지의 얼굴에 본의 아니게 똥칠한 기분이었다.) 그는 두 번째 장을 다른 공모전에 보내려는 계획을 포기했다. 대신 열 개의 장을 묶어서 장편소설 공모전에 보냈다. 가을이 슬금슬금 다가오고 있었지만 기다리던 소식은 오지 않았고 나중에 확인해보니 최종심에도 오르지 못했다. 더 이상 그가 할 수 있는 일이 없었다. 아버지의 소설은 영원히 그의 방 책상 서랍 속에 잠재우기로 결심했다. 그가 생각하기에 이 세상은 죽은 사람이 남긴 소설을 평가할 자격이 조금도 없어 보였다. 그는 소설을 공부하기 시작했고 급기야 단편소설을 써버렸다. 곰곰 생각해보니 이제껏 그가 무력하게 흘려보낸 세월들 가운데 그나마 가장 행복했던 시기는 입시 학원 수업 시간에 선생 몰래 소설책을 읽었던 때였다.

—시상식장에서 이기동의 어머니는 눈물을 흘렸다. 그러나 금세 말랐다. 아들에게 줄 커다란 꽃다발을 들고 화환처럼 서 있었다. 엘리베이터를 타고 내려가며 그의 어머니는 그에게 물었다.

"어쩌다가 소설을 쓴 거니?"

그는 아버지가 남긴 소설에 대해 털어놓았다. 그의 어머니는 무척 놀랐다. 그 소설이 어디에 있는지 묻고 또 물었다. 아직까지 그의 방 책상 서랍에 잠들어 있었다. 그러나 마지막 장은 빛을 보았다. 그가 절반이나 뜯어고쳤지만 여전히 아버지가 쓴 원본이 절반은 남았다. 그것은 새해 첫날 일간지에 대문짝만 하게 등장하며 아버지와 그의 손을 떠나 세상 속으로 걸어들어갔다. 그는 그 사실을 숨겼다.

—존 케이지가 응접실로 들어가자 커닝엄이 소파에서 일어났다. 커닝엄은 그에게 작곡을 의뢰한 무용학과 교수의 제자였는데 존 케이지는 지난주에 그 교수와 크게 다투고 두 번 다시 보지 않을 것처럼 연습실을 떠났다. 커닝엄은 그에게 말했다.

"교수님도 후회하고 계세요."

"나한테 사과하겠다고 하던가?"

커닝엄은 당황하다가 말했다.

"그건 아니지만 이대로 없던 일로 할 수는 없다고 하셨어요. 두 분이 이루고자 하는 일은 제게도 무척 중요합니다."

그는 커닝엄을 가만히 바라보다가 물었다.

"그 이유가 궁금하군."

"선생님이 북을 두드릴 때,"

"북이 아니라 쓰레기통이었어."

"뭐든 간에요. 그때 깨달았어요. 무용에 있어서 음악이 매우 중요하단 걸요."

"앤드류는 그렇게 생각하지 않는 것 같던데."

"교수님은 음악을 부수적인 것으로 생각하시죠. 필요하긴 하지만 무용보다는 존재감이 한참 뒤처지는 것으로요. 무용이 우선이고 그다음이 무대이고, 물론 이 모든 것에 앞서 관객이 먼저이겠지만요. 어쨌거나 음악은 그저 배경일 뿐이죠. 흐릿한 배경. 그러나 저는 그렇게 생각하지 않습니다. 무용음악에 대한 기존의 편견을 깨뜨리고 싶어요. 저는 무용과 음악이 동등한 요소로 등장하는 무대에 서보고 싶습니다."

존 케이지는 되물었다.

"동등한 요소로?"

커닝엄은 대답하지 않았다. 동등한 요소가 아니던가. 그러나 그의 마음이 무언지 아직은 명확히 보이지 않았다. 어쨌거나 이 것은 시작일 뿐이라는 것. 그도 젊고 존 케이지도 젊다. 커닝엄이 확신할 수 있는 것은 이것뿐이었다. 존 케이지와 그는 앞으로 무언가를 바꿀 것이고, 무용이든 음악이든 무용과 음악이 합쳐진 무엇이든지 간에 그것은 이 세계에 매우 필요한 일이라는 것을. (아직 없는 것만큼 가장 필요한 것도 없다.)

커닝엄이 말하지 않았어도 존 케이지는 알았다. 알 수 있었다.

―최장기수는 노량진에서 극적으로 탈출했다. 마지막이라고 생각했던 해에 그녀는 공무원 자격증을 들고 집으로 돌아왔다. 그녀의 어머니는 아파트 베란다에 현수막을 내걸고 싶었지만 꾹 참았다. 소문은 빠르게 퍼져나갔고 어머니는 이웃들로부터 축하 인사를 받느라 기쁨의 날들을 보냈다. 발 빠르게 움직인 어느 중매쟁이가 본업인 공인중개사까지 미루어두고 맞선을 주선했다. 같은 단지에 사는 수학교사로 성실하고 조용한 성품을 가진 노총각이었다. 그녀는 단박에 거절했다. 국어교사였으면 맞선 자리에 나갔겠지만 수학은 아니라고 했다. 그녀의 어머니는 다가올 고난을 예상했지만 꾹 참았다. 기쁨이 더 컸다, 아직은.

일등은 연이은 낙방으로 신림동 원룸촌에 대못처럼 깊숙이 틀어박혔다. 그러나 더 이상 고시공부에 매진하진 않았다. 일등의 머릿속은 혼란스러웠다. 유일하게 안부를 묻고 지냈던 동료가 아무런 낌새도 없이 자살했다. 일등은 머리를 박박 밀었다. 그러나 마음먹은 대로 공부에만 몰두할 수가 없었다. 일등은 어떻게 해야 고통 없이 죽을 수 있는지 고민하기 시작했다. 그의 동료는 인터넷채팅으로 구한 독약을 먹었는데 매우 고통스럽게 죽었다. 손톱이 모두 뒤집혔고 어찌나 몸부림을 쳤던지 발가락과 갈비뼈가 부러졌다. 장판은 아주 못 쓰게 되었다. 비명을 들은 사람은 아무도 없었다. 원룸 건물은 텅 비어 있었다.

—"그 말은 안 하는 게 좋겠다, 아무한테도."

그녀는 당황한 것처럼 보였다.

"그래도 절반은 네가 쓴 게 맞지?"

이기동은 잠깐의 틈을 두었다가 답했다.

"아버지가 쓴 것도 내가 다 고쳤어. 맞춤법을 많이 틀려서."

"그래, 그럼 됐지 뭐."

그러나 그녀의 표정은 전혀 개운해 보이지 않았다. 그는 준비해온 말을 꺼냈다. 조금도 바르지 않은 타이밍에. 분명히 거절당할 거라고 생각하며.

"나랑 사귈 생각 없어?"

그녀는 그의 얼굴을 가만히 쳐다보았다. 놀라서 벌어진 입을 다물며 마침내 그녀가 말했다.

"이미 너에 대해서 다 아는데 꼭 사귀어야 하니?"

"그럼?"

그녀는 망설였다.

"결혼하자."

마침내 그가 말했다. 그녀는 깔깔거리며 웃었다. 그러나 곧 웃음이 잦아들었고 뺨이 벌겋게 달아올랐다. 이마와 목까지 붉게 물들었다.

그들은 결혼식을 생략했다. 그녀의 어머니는 펑펑 울었고, 그의 어머니는 테이블보를 만지작거리면서 너희들 마음대로 해라,라고 말했다. 양가 어머니는 상견례 자리에서 맥주를 주문했다. 둘이서 일곱 병을 나누어 마신 뒤 그녀의 어머니가 그의 어머니에게 물었다.

"혹시 담배 태우시나요?"

"아니요. 안 피웁니다."

"저도요."

그의 어머니는 그 질문이 무엇을 의미하는지 알아챘다. 그것은 외로움을 어떻게 달래는지에 관한 질문이었다. 말하자면 그녀들은 이미 동지애를 느끼고 있었다. 남편 없이 키운 자식들. 그의 어머니가 말했다.

"잘됐어요. 우리 옆자리는 텅 비어 있을 텐데 그건 싫어요."

그러자 그녀의 어머니가 놀란 눈으로 말했다.

"어머! 나는 큰오빠한테 부탁하려고 했어요."

"나는 형제자매들이랑 연락이 끊긴 지 오래예요."

그의 어머니는 한숨을 내쉬었다. 그녀의 어머니는 맥주 한 병을 더 주문했다.

상견례는 성공적이었다.

—무용음악을 작곡하면서 존 케이지는 타악기의 위대함을 절감했다. 그가 생각하기에 타악기 음은 청각이 아니라 극한으로 예민해진 촉각이 감지하는 소리 같았다. 타악기 소리는 청중의 귀가 아니라 피부를 자극하고, 혈류의 빠른 흐름을 촉진하며,

온몸이 공중으로 튀어오를 것 같은 에너지를 내뿜게 만든다고.

그러나 타현악기로 낼 수 있는 다채로운 소리에 대한 가능성은 철저히 묻혀 있었다. 그는 바닥에 굴러다니던 지우개를 주워 피아노 현 사이에 끼워보았다. 벽에서 비죽 튀어나와 바닥으로 추락하기 직전인 나사못도 뽑아와 역시 현 사이에 끼워보았다. 그리고 피아노를 연주했다. 뜻밖에도 나쁘지 않은 소리였다. 시간이 좀 더 흘러 둔탁한 소리에 익숙해지자 그것은 나쁘지 않은 정도가 아니라 아주 훌륭한 정도가 되었다. 그에게 있어서 훌륭함의 기준은 단 하나였다. 새로운가, 그렇지 않은가? 건반을 누를 때 타악기음이 나는 피아노는 분명 새로운 것이었다.

사람들은 그것을 프리페어드 피아노,라고 불렀다.

7

―신혼여행을 떠나기 전, 그의 어머니는 그녀에게 말했다.

"시집살이 그런 건 걱정하지 마라. 너 바쁜 거 다 안다. 그렇지만 소설 쓰는 일이 얼마나 힘든 일인지는 알지? 뒷바라지 잘해 줄 수 있겠니?"

"네, 알아요. 걱정 마세요, 어머니."

그녀는 미소 지으며 그렇게 말하긴 했지만 소설 쓰는 일의 어려움 같은 것은 전혀 몰랐고 알아야 할 것 같지도 않았다. 그럼에도 그녀들 사이에 고부갈등은 발붙이지 못했다. 그의 어머니는 뒤늦게 자신의 인생을 마음에 들어 했다. 매우 흡족한 표정으로 김밥을 말았다. 손님들에게도 한결 친절해졌다.

그들은 서쪽 끝으로 신혼여행을 떠났다. 그는 신춘문예 상금을 모두 신혼여행비로 썼지만 조금도 아깝지 않았다.

열여덟 시간의 비행 끝에 그는 5월의 마지막 밤을 아내와 함께 포르투갈의 아담한 호텔에서 보냈다. 라디에이터에서 따뜻한 열기가 뿜어져나왔다. 창문에는 김이 잔뜩 서렸고 바깥 거리는 조용했다. 그는 갈색 담요를 목 아래까지 끌어올렸다. 이 세상에서 가장 고요하고 평화로운 장소에 누워 있는 기분이었다. 한때 그가 무기징역수라고 불렀던 그의 아내가 작게 코를 골았다. 그는 지나온 과거가 꿈처럼 느껴졌고 펼쳐질 미래는 전생 같았다. 기시감에 가까운 익숙함이 그를 엄습했다.

파티마 성당에서 무릎으로 걷는 무리를 보며 그녀가 그에게 물었다.
"무슨 생각해?"
그는 한참 후에야 답했다.
"소설로 써야겠다는 생각."
"저 여자애 좀 봐. 진짜 예쁘다. 무슨 죄를 사해달라고 저렇게 무릎으로 걷는 걸까?"
"그래도 무릎보호대는 했네."
"다들 했어."
그들은 코를 훌쩍이며 향초 냄새가 풍겨오는 그 자리를 떴다. 성당 안마당은 드넓었고 하늘은 황량했다. 탑은 서늘한 기운을 내뿜었다.
성당에서 숙소로 돌아오는 길, 작은 빵집이 있었다. 그들은 집게와 쟁반을 들고 빵을 골랐다. 그가 견과류가 붙어 있는 작은 쿠키를 보며 망설이자 주인아주머니가 말했다. 포르투갈어로, 약간 긴 문장을 열정적으로. 그들은 아주머니가 무슨 말을 하는지 전혀 알아들을 수 없었다. 그러나 동시에 알아들었다. 고민할 필요가 전혀 없다. 그것은 가장 잘 팔리는 쿠키이며 맛있다. 보장할 수 있다. 그는 웃으며 고개를 끄덕였고 쿠키를 집어서 쟁반에 담았다. 그러자 주인아주머니가 다시 포르투갈어로, 상대를 격려하는 표정을 지으며 짧게 말했다. 이번에도 그들은 무슨 말인지 알아듣지 못했으나 마찬가지로 동시에 알아들었다. 그러니까 그가 아주 탁월한 선택을 했다는 의미이리라.

　—존 케이지는 이제 자신이 나아가야 할 길에 뚜렷한 확신을 갖고 있었다. 프리페어드 피아노 연주회에 참석한 그의 지인들도 모두 같은 생각이었다.
　"존은 이제부터 시작인 거야."
　"존의 천재성을 의심한 내가 어리석었어."
　"앞으로 존은 우릴 놀래주는 재미로 살게 될 거야."
　그는 침대에 누워 이런 반응들을 상상하며 혼자 미소 지었다. 하루 중 아주 극소량, 1분 12초 정도 그는 이런 종류의 상상을 즐겼다.
　그러나 때는 아직 1938년이었고 그가 살고 있는 시대는 그에 비해 한참이나 뒤떨어져 있었다. 포드와 린드버그가 나치훈장을 받았다. 유대인을 비하한 그들의 언행이 히틀러의 눈에 띈 것이다. 린드버그는 아들이 살해된 뒤 혼란스러운 삶을 살고 있었고, 포드는 사내 노조의 유대인 우두머리들을 몹시 싫어했다.

　―인간에게 있어서 언어는 정보전달의 매개체로 사용되기 때문에, 인간은 읽고 있는 글이 쉽사리 이해되지 않으면 가장 먼저 작성자의 인성을 의심하기 마련이다. 이런 이유로 그의 글이 주목받지 못했다면 억울하지는 않았을 것이다. 이기동은 억울했다. 현실 속에선 매우 억울했다. 상상 속에선 그렇지 않았는데, 청탁이 전혀 들어오지 않는 것은 그가 시대와 불화한 천재, 라는 증거 같았기 때문이다. 그러나 현실 속에서 그는 시대와 불화한 범재였고 어쩌면 시대가 거들떠보지도 않는 둔재였는지도 모른다. 아마도 이것이 정답일 것이다. 그는 침대에 드러누워 아내에게 말했다.

　"시대와 불화한 천재라면 살아나가기가 힘들지. 나는 내가 시대와 불화한 둔재라고 생각할래. 그게 정신 건강에 나아."

　아내는 그의 의도와 달리 조금도 웃지 않았다. 화장을 반쯤 지운 얼굴로 돌아보며 그녀가 말했다.

　"둔재라고 생각했다면 너랑 결혼 안 했지."

　"거짓말."

　그녀는 아주 짧게 생각하더니 말했다.

　"하긴 잘 아는 사람이기만 하면 누구든 상관없었는지도 모르지."

　그들은 같은 사람의 얼굴을 떠올렸다. 일등. 신림에서 사라진 일등. 그녀도 그도 일등과 연락이 닿지 않았다.

그는 유선노트를 들고 다니며 글을 썼다. 침대에 누워서, 밥을 먹다가, 티브이를 보다가도. 그의 아내는 야근이 없었고, 집에 일찍 돌아와 글을 쓰는 남편 옆에서 뒹구는 것을 좋아했다. 그들은 요리를 하지 않았다. 그녀는 요리에 아무런 관심이 없었다. 그들은 서른 장의 쿠폰을 모아 탕수육을 서비스로 받았다. 그녀는 기뻐했다. 그가 돈 한 푼 벌지 못하는 것은 아직까진 아무런 문제도 되지 않았다.

─그레이스는 존 케이지가 프리페어드 피아노 연주회를 개최한 이듬해에 첫 소설을 탈고했다. 그녀는 미국의 주요 출판사에 원고를 보냈지만 거절 편지만 잔뜩 받았다. 그녀는 이 모든 게 전쟁 때문이라고 생각했다. 온종일 전쟁을 탓하며 하루를 보내기도 했다. 그녀가 생각하기에 그녀의 소설은 전쟁과 상반되는 평온함이 깃들어 있는데다 극적인 사건이랄 것이 전혀 없었다. 진주만이 생각지도 못한 끔찍한 공격을 받은 와중에 그녀의 소설, 세상으로부터 찬사받았으나 결국 정신병원에서 생을 마감한 천재와 세상으로부터 철저히 무시당했으나 결국 자기구원에 도달한 범재의 이야기는 아무리 좋게 보더라도 밋밋했다. 그보다는 전쟁이라는 무시무시한 범죄를 저지른 인간의 구원에 대해 말하는 편이 훨씬 더 실용적일 것이다. 그녀는 자신의 원고를 불태우려다가 케이지에게 발각되었다. 울음을 터뜨리는 그녀를 그는 위로하기는커녕 준열하게 비판했다.

"당신이 원한 게 유명세였어? 고작 그것 때문에 이 소설을 그렇게 오랫동안 붙잡고 있었던 거야?"

"존, 그만해. 나 지금 기분 안 좋아. 우는 거 안 보여?"

"다른 출판사에 보내봐. 분명히 알아보는 곳이 있을 거야."

"뭘? 내 글이 후지다는 걸?"

"그레이스, 당신 요즘 과격해진 거 알아?"

"전쟁 중이잖아, 존! 당연한 거라고!"

"당신까지 광증에 휩쓸릴 생각이야? 우린 그래선 안 돼. 그만 울고, 내가 어제 누굴 만났는지 좀 들어봐."

그녀는 소파에 얼굴을 파묻고 있었지만 그는 개의치 않고 말했다.

"막스 에른스트야. 자그마치 막스 에른스트라고."

"나는 그 사람이 누군지 몰라. 빌어먹을."

그는 그녀를 힐난의 눈초리로 쳐다보았다. 잠깐 동안이지만 그는 그녀의 작품이 거절당한 진정한 이유는 바로 막스 에른스트가 누군지도 모르는 그녀의 무식함 때문이 아닐까 생각했다. 물론 입 밖으로 그 말을 내뱉지는 않았다. 아내의 손에 죽기엔 아직 할 일이 너무 많았다.

"그 사람은 파리의 초현실주의자들 중에서도 아주 독보적이었어. 미국에서도 이름을 알렸지. 몇 년 전에 봤던 초현실주의 전시회 기억해? 미국에서 최초로 했던 그 전시 말이야. 아만다 집에 있을 때였나?"

"맞아. 그 사람 작품이 거기 있었어?"

그녀는 코맹맹이 소리로 답하며 소파에서 몸을 일으켰다. 그

는 자기도 모르게 그녀의 원고 귀퉁이를 반복해서 접고 있었다. 그녀가 노려보았지만 눈치채지 못한 그는,

"콜라주 작품이 있었지. 그가 우리를 뉴욕으로 초대했어. 언제든지 오기만 하면 우리가 잘 곳을 마련해주겠다고. 그러니까 뉴욕으로 가보자. 당신은 기분 전환이 필요해. 이 원고를 다시 고쳐서,"

그는 그제야 절반 가까이 접힌 그녀의 원고를 발견했다. 그가 황급히 원고를 펴면서 말했다.

"뉴욕으로 가자."

—이기동은 생각했다. 자위하는, 자아도취적인, 자신을 믿는, 믿으면 의심치 않는, 의식하지 않는, 자멸하지 않는, 엎드리지 않는, 눕지 않는, 울지 않는 인간이 아니어서 자신의 글을 도무지 믿지 못하겠다고. 그러므로 그는 대부분의 글을 완성하지 못했고, 완성작은 결국 완성작이 아닌 것으로 판명되었다.

그녀는 한 번도 그가 쓴 글을 보여달라고 말하지 않았다. 그녀는 그가 온종일 집 안에 틀어박혀 아마도 대하소설쯤을 쓰는가 보다, 하고 생각했지만 당연히 읽고 싶은 마음이 없었고 남편이 서운한 마음을 내비치기 전까진 읽어볼 생각도 없었다. 그러던 어느 날 그가 그녀에게 말했다.

"당신은 내 소설에 눈곱만큼도 관심이 없는 것 같아."

"아니야."

그녀는 곧바로 소설을 보여달라고 말했다. 그가 즉시 인쇄한

원고를 들고 왔다. 그녀는 새끼손톱을 마저 자른 뒤 원고를 받아 들고는 제목부터 보았다. '태양 위의 악마'. 제목만 봤을 뿐인데도 흥미가 뚝 떨어졌다. 그녀는 못마땅한 감정을 숨기고 글을 읽어내려갔다. 배탈 난 기사가 운전하는 버스를 탄 것처럼 빠른 속도로 풍경을, 문장을 지나쳤다. 획. 획. 획. 획. 획. 획. 획. 획. 여덟 장을 넘기자 글이 끝났다. 그녀는 어리둥절한 표정으로 남편을 보았다.

"어땠어?"

"어땠냐고?"

그녀는 원고를 들추며 말했다.

"왜 제목이 태양 위의 악마야? 태양도 안 나오고 악마도 안 나오는데."

"안 나오니까 제목으로 지은 거야."

"도대체 왜 그래야 하는데?"

그가 대답하려 했을 때 아내가 먼저 말했다.

"아, 왜 그랬는지 알 것 같아. 말 안 해도 돼."

그러더니 양말을 벗고 오른발 엄지발톱부터 깎기 시작했다. 그는 원고를 옆에 던져두고 바닥에 드러누웠다. 형광등 빛에 눈이 부셨는지 눈물이 찔끔 나려고 했다. 갑자기 눈가가 따가웠다. 눈시울에 붙은 걸 떼어내서 보니, 아내의 발톱이었다. 그의 얼굴을 할퀸 게 분명했다.

—등단 후 그는 단 한 편의 소설을 발표했는데 그마저도 분량

이 매우 짧았다. 원고지 10매로 완성해야 하는 엽편소설이었다. 원고청탁서 서두엔 '누구나 재미있게 읽을 수 있는 소설'을 써달라는 말이 있었다. 그는 그 말을 곧이곧대로 믿었다. 누구나 재미있게 읽을 수 있는 소설이어야 한다면 되도록 어려운 단어를 배제해야 하고, 누구나 공감할 수 있는 인물이어야 하며, 무엇보다 골치 아픈 내용이어선 안 된다고 생각했다. 고심 끝에 그는 화장실 변기 칸에 갇힌 남자의 이야기를 썼다.

남자는 설사병이 나서 급히 화장실로 뛰어들어갔다가 휴지가 없다는 사실을 나중에야 깨닫는다. 결벽증이 있었던 그는 남이 쓰고 버린 휴지나 자신의 양말로 어찌해볼 생각은 전혀 하지 못하고 그저 화장실로 들어오는 모든 사람들에게 도움을 요청하기만 한다. 하지만 아무도 그를 도와주지 않는다. 분명히 발소리가 들렸으나 그가 불러도 대답도 않고 볼일만 보고 나가버리는 것이다. 한 시간 가까이 갇혀 있던 남자는 결국 119에 전화를 걸어보는데, 장난전화로 오인한 상대는 으름장을 놓고 전화를 끊어버린다. 남자는 고심한다. 그에게는 애인도 없고, 평일 대낮에 회사를 조퇴하고 그에게 휴지를 가져다줄 친구도 없었다. 그는 바지를 내린 채 변기에 걸터앉아 있다가 결국 아버지에게 전화를 걸었다. 2년 전부터 혼자 살고 있는 그의 아버지는 매우 무뚝뚝한 사람이었는데 아니나 다를까 그가 휴지가 없어 화장실에 갇혀 있다고 말해도 오랫동안 침묵을 지켰다. 전화가 끊어진 것이 아닐까 의심하던 찰나 갑자기 그의 아버지가 큰 소리로 웃기 시작했다. 야야, 내가 지난주에 얼마나 골탕을 먹었을지 이제 알겠냐? 그는 그게 무슨 소리냐고 물었다. 아버지의 설명은 이러했다. 휴지가 없는 줄도 모르고 똥을 누었다가 뒤늦게 알아챘고, 소리쳐 불러도 그에게 휴지를 가져다줄 사람 하나 없는 황량한 집구석. 오리걸음으로 잡동사니를 쌓아두는 창고까지 갔더니 두루마리 휴지는 때마침 똑떨어지고 없었다는 사실. 그래서 그는 아버지에게 어떻게 했느냐고 물었고 아버지는 웃음기 없는 목소리로 말했다. 어차피 오래 입은 빤스여서 버릴 때가 되었다. 그는 자신의 팬티를 비장한 눈빛으로 내려다보았지만 아직 새것이나 다름없었다. 그는 결국 양말을 벗는다. 두 짝 다. 세면대에서 손을 씻으며 그는 아무래도 아버지와 같이 살아야 할까, 잠깐 동안 생각한다.

이기동의 아내는 이런 글은 '누구나' 읽을 수 있긴 하지만 '재미있는'이라는 기준엔 전혀 부합하지 않는다고 말했다. 그는 월간지에 실린 다른 작가들의 소설과 자신의 소설을 비교해보다가 '누구나'라는 기준을 충족한 사람은 자신뿐이고 '재미있는'이라는 기준을 충족한 사람은 아무도 없다는 결론을 내렸다. 어쨌거나 원고료 5만 원이 그의 계좌로 입금되었고 그것이 그의 마지막 수입이었다.

　—이기동은 고심 끝에 아내에게 말했다. 집에선 도무지 글이 써지지 않는다고.
"그럼 어디에서 쓸 건데?"
"집 앞 독서실은 어떨까?"

아내는 반대하지 않았다. 그와 함께 엘리베이터가 없는 3층까지 걸어올라가 한 달 치 요금을 지불해주었다. 그는 노트북을 들고 구석자리에 앉았다. 특별히 좋은 자리로 달라고 아내가 강조했고 총무는 장담했던 대로 가장 조용한 자리를 내주었다. 총무는 그가 소설가라는 것을 알고 있었다. 입실 전 간단하게 인적사항을 적어 내야 했는데 그가 직업란에 소설가,라고 적었기 때문이다. 아내가 지켜보고 있었기 때문에 거짓말을 할 수도 없었다. 그러나 총무가 미처 생각하지 못한 것이 있었는데 소설을 펜이 아닌 노트북으로 쓸 줄이야. 다른 입실자들이 키보드 소리를 그토록 끔찍하게 생각할 줄이야. 교복 입은 남학생이 분노한 얼굴로 그를 돌아보며 소리쳤다.

"아저씨! 채팅 좀 그만하세요!"

그는 이틀 만에 쫓겨났다. 총무는 미안해하며 말했다.

"사장님이 입실료는 돌려줄 수 없다고 하셨어요. 죄송합니다."

그는 당연히 분노했다.

"도대체 왜요?"

총무는 그가 입실 전에 서명했던 종이를 내밀며 말했다. 준수 사항 첫 번째.

"입실자는 소음이 발생할 만한 행동은 절대로 하지 말아야 한다. 이 조항에 근거해서요. 여기에 서명도 있고요."

"글을 쓰려면 노트북이 있어야 해요."

"무소음 키보드도 있어요."

"그럼 그걸로 바꿀게요."

164

"죄송합니다. 같은 방 학생들이 난리가 나서요. 퇴실해주셔야 겠어요."

그는 노트북을 옆구리에 끼고 엘리베이터가 없는 건물의 3층 에서 1층까지 걸어내려왔다. 이대로 물러서기엔 억울했지만 아 내를 데려오지 않고선 문제가 해결될 것 같지 않았다. 결국 그의 아내가 나섰다.

"그럼 이 사람이 못 채운 일수를 나한테 넘겨줘요. 그것도 안 해주면 소비자보호원에 고발할 거예요."

총무는 그렇게 해주었다. 그의 아내는 정확히 28일간 저녁마 다 독서실로 갔다. 거기서 무엇을 했는지는 그도 모른다. 물어도 대답해주지 않았다.

─응접실로 들어서며 케이지 부부는 예상했던 것과 다른 싸 늘한 냉기가 감도는 것을 느꼈다. 그에게 악수를 청하는 막스 에 른스트의 얼굴은 그리 밝지 않았고 페기 구겐하임 역시 얼음을 덮어쓴 석상처럼 딱딱한 표정으로 그들을 쳐다보았다. 그는 뒤 늦게 에른스트의 초대에 선뜻 응한 자신이 바보처럼 느껴졌으 나 알고 보니 원인은 전혀 다른 곳에 있었다.

에른스트는 아내가 주최하는 초현실주의 전시에 소개할 무명 화가를 찾아다니다가 결국 다른 반려자를 찾아내고 말았다. 에 른스트는 이미 선택을 마쳤다. 페기가 아닌 도로시아 태닝과 남 은 인생을 함께하기로. 에른스트가 말했다.

"모처럼 초대해놓고 이런 상황이라서 미안합니다."

"이렇게 될 줄 미처 몰랐던 거잖아요. 괜찮습니다."

"보름 전에 왔더라면 상황이 전혀 달랐을 겁니다. 그땐 페기만을 사랑했으니까요."

"아, 그럼요. 이해합니다."

케이지는 진심이 느껴지지 않는 목소리로 그렇게 말했다.

그와 그녀는 침대에 누워 에른스트 부부의 앞날에 대한 대화를 한참 동안 나누었다. 그들은 손을 꼭 잡고 있었다. 그레이스가 말했다.

"당신도 언젠가 다른 음악가와 사랑에 빠졌다고 말하는 날이 올까?"

"전혀. 나는 우리 아버지와 닮았어. 한 여자밖에 모르지."

"그럼 내가 다른 소설가를 사랑하게 되는 날은?"

"당신 어머니는 어땠는데?"

그녀는 뜻밖에 아무런 대답도 하지 않았다. 옆으로 돌아누우며 그녀가 말했다.

"그만 자자."

—추석 연휴 첫째 날 이기동은 어머니 집으로 갔다. 그의 아내는 시어머니와 고스톱을 쳤고 그는 소파에 앉아 추석특선영화를 보았다. 그는 원래부터 고스톱엔 전혀 흥미를 느끼지 못했다.

추석 연휴 둘째 날 이기동은 장모의 집으로 갔다. 장모는 그와 고스톱을 치길 원했고 그는 즐거워 죽겠는 척 연기했다. 그의 아내는 소파에 누워 코를 골며 잤다.

추석 연휴 셋째 날 이기동의 어머니가 사돈집에 전화를 걸었다. 그녀의 어머니가 그의 어머니 집으로 왔다. 소주를 네 병이나 사 들고. 그의 어머니는 맥주와 잡채를 내왔다. 둘 다 갈비찜이나 전은 질색했다. 그의 어머니가 맥주에 소주를 말았다. 그녀들은 건배했다. 성인가요가 주구장창 흘러나오는 케이블채널을 틀어놓고 그의 어머니는 이제껏 살아온 인생을, 그녀의 어머니 역시 그런 얘기를 털어놓았는데 정말이지 서로 비슷했다. 둘 다 서방 복이 지지리도 없었다.

추석 연휴 넷째 날 그녀의 어머니가 딸에게 전화했다. 이 서방이랑 놀러올래?

이기동은 아내와 함께 장모가 와 있다는 어머니의 집으로 갔다. 그녀들은 자매처럼 비슷한 옷을 입고 있었다. 알고 보니 그의 어머니 옷이었다. 장모가 그에게 말했다.

"원래는 자고 갈 생각이 없었는데 자고 가라잖아. 버스 끊겼다고."

시어머니가 자리를 비운 사이 그녀가 목소리를 낮추며 어머니에게 말했다.

"원래 사돈끼리는 안 친한 거 아니야?"

"안 친하지."

"근데 엄마는 왜 그래?"

"엄마가 친구가 없잖아. 너희 시어머니도 친구가 없대. 그래서 친구처럼 지내는 건데 이상하냐?"

"이상해. 엄마는 원래 이런 사람 아니잖아."

"이런 사람이야. 이젠 너도 시집가고 내 옆에 누가 있니? 아무도 없어. 그런데 너희 시어머니도 나랑 똑같애. 아무도 없어."

그녀와 그는 서로의 얼굴을 쳐다보았다. 이상한 말이었다. 자식들이 이렇게 눈앞에 나란히 앉아 있는데. 그녀가 말했다.

"그래도 다음부턴 여기 오지 마. 내가 불편해."

"불편하니?"

그녀의 어머니는 딸의 얼굴을 가만히 쳐다보다가 손을 뻗어 두 볼을 쓰다듬었다. 그녀는 몸서리치며 내뺐다. 장모가 사위에게 말했다.

"자네한테도 이래? 애교가 하나도 없어."

그는 노트에 두 사람의 대화를 받아 적다가 고개를 들었다. 그즈음 그는 어딜 가나 사람들의 대화를 엿듣고 그걸 노트에 적었다. 그가 창작하는 말들보다 훨씬 더 나았다. 명백히.

"자네는 뭘 그렇게 쓰나? 소설 써?"

"불편하세요?"

"나도 나오나?"

"나오게 해드릴까요?"

"그럼 책에 내가 나오는 거야?"

"책은 아니고요."

그는 적당한 말을 찾지 못해 망설이다가 말했다.

"책은 아닙니다. 하지만 언젠가 책이 될 겁니다."

그의 장모는 피식 웃었다.

─아내의 친구가 거실에 있었다. 이기동은 안방 침대에 엎드려 노트를 펼쳐놓고 볼펜을 굴렸다. 아내의 친구는 그가 집에 있는 것을 모르는 듯했다. 아내는 그에게 되도록 거실엔 나오지 말라고 했다. 그는 그 말이 쥐 죽은 듯 가만히 있으라는 뜻인 줄 알고 소리 내지 않기 위해 주의했다. 그러나 그가 방심한 순간 방귀 소리가 몸 밖으로 새어나갔다. 신경과민증이 분명한 아내의 친구가 곧바로 이게 무슨 소리지, 하고 물었다. 아내가 딱딱한 목소리로 대꾸했다.

"안방에서 나는 소리야."

"안방에 누가 있어?"

"남편."

"어머, 진짜? 인사도 못 했네."

"안 그래도 돼. 온종일 집에만 있고 밖엘 안 나가. 붙박이장롱 같아."

아내의 친구는 큰 소리로 웃더니 연이어 물었다.

"작가 남편은 다른 남편들하고는 다르지? 더 자상해?"

아내의 대답은 아무리 기다려도 들리지 않았다.

그는 노트를 덮고 방문을 열고 나갔다. 거실 겸 주방의 식탁에 마주앉아 있는 두 명의 여자가 보였다. 그의 아내와 아내의 친구. 아내의 친구는 나이에 비해 앳된 얼굴이었다. 아내는 딱 그 나이대의 여자로 보였다. 그는 아내의 친구에게 인사했다. 그리고 화장실로 들어가 거울을 잠시 봤다가 형편없는 몰골임을 새삼 확인하곤 팬스레 손을 씻고 거실로 나왔다. 아내의 친구는 아무런 말이 없었다. 어색한 미소가 얼굴에서 사라지지 않았다. 그는 불청객이 된 것처럼 고개를 숙이고 안방으로 들어갔다. 문을 닫자 그녀들의 대화가 재개되었다. 그러나 목소리 크기가 한층 줄어들어 무슨 말을 하는지 알아들을 수는 없었다.

아내의 친구가 돌아가고 난 뒤 이기동은 거실 소파에 누워 아내를 쏘아보았다. 아내는 모른 척 티브이만 봤다.

"내가 창피해?"

"아니."

"그런데 왜 없는 척하랬어?"

"내가 언제? 등 좀 긁어봐. 가려워."

그는 순순히 아내의 등을 긁어주었다. 북북. 북북. 북북.

"시원하다. 당신 등 잘 긁네. 효자손보다 낫다."

"그래?"

그는 더욱 성의 있는 자세로 등을 긁어주었다.

"오늘 저녁엔 뭐 시켜 먹을까?"

아내는 아무런 대답도 않더니 한참 뒤에 말했다.

"이제부터 배달음식 줄일 거야. 당신이 저녁 좀 해."

그는 반박하지 못했다. 소파에서 일어나 냉장고를 열었다. 텅 비어 있었다. 찬장을 여니 라면 다섯 봉지가 눈에 띄었다. 세 봉지를 뜯어서 끓이고 상을 차렸다. 김치도 없었다. 편의점에서 꼬마김치를 사 왔다. 아내는 아무런 말도 없이 라면을 먹었다. 국물은 죄다 남겼다.

"입맛이 없네."

아내가 연이어 말했다.

"이제부터 집안일 좀 신경 써. 은혜 남편은 퇴근하고 돌아와서 저녁상 차리는 것도 돕고 설거지도 한대."

"직업이 뭔데?"

"공무원."

"은혜 씨도 공무원이라고 하지 않았어?"

"어."

"다들 공무원이네."

"다들이 아니고, 우리만 공무원이지."

그는 아내가 갑자기 그어버린 선에 갇혀 옴짝달싹 못 했다. 어디 다들 작가인 곳은 없을까.

"알았어. 내가 저녁 할게."

"그래."

"설거지도 할게."

"그래."

"다른 거 또 할 거 없어?"

"빨래. 청소. 쓰레기 버리기."

"알았어."

그는 한참 후에 덧붙였다.

"미안해."

아내는 못 들었는지 아무런 말이 없었다.

"야!"

아내가 고개를 들었다.

"미안하다고."

"이젠 나한테 누님이라고 안 하네."

"그때가 그리워?"

"아니."

"나는 그리워."

"그립다고? 왜?"

그는 대답하지 않았다. 그릇을 개수대로 가져가 곧바로 설거지를 시작했다. 그의 아내는 점점 매력이 사라지고 있었다. 예전엔 나사가 두어 개쯤 빠진 것 같은 여자였는데 이젠 모든 나사가 꽉 죄어져 있다. 흔들림 없이 수행한다. 무엇을? 모두가 하고 있는 것들을. 그는 이 말을 할까 말까 망설였다. 그러다가 결국 해버렸다. 아내는 그를 쏘아보며 말했다.

"결혼이 장난이니? 장난이야?"

그는 고개를 숙이고 설거지만 했다.

이런 것을 아포칼립스라고 해야 하나, 디스토피아라고 해야 하나. 점점 나빠진 것인지 아니면 친구의 방문으로 갑작스런 재앙이 시작된 것인지 그는 알 수 없었다. 어쨌거나 더 이상 붙박이장롱으로 살면 안 된다는 것쯤은 알았다. 돈을 절약하려고 그런 것인데, 이젠 부랑자처럼 배를 곯고 거리를 쏘다니는 한이 있더라도 밖으로 나돌아 다녀야겠다는 생각이 들었다. 그러나 하필이면 지금은 겨울인데.

—머스 커닝엄은 케이지 부부를 반겨주었다. 커닝엄의 아파

172

트는 손님방도 따로 없었고 그리 넓지도 않았지만 부부가 거실 소파에서 함께 잘 수 있는 정도는 되었다. 소파가 아주 널찍했다. 커닝엄은 부부에게 위스키를 권했다. 케이지는 거절했고 그레이스는 순식간에 두 잔을 비웠다.

"당신이 우리 구세주예요. 엘에이로 돌아가야 하나 생각했는데."

"케이지가 저의 구세주이죠. 판에 박힌 제 생각을 매번 색다르게 바꿔주는 분이니까요."

케이지는 아무런 대답도 하지 않았다. 굳이 대답할 필요가 없는 진실이었으므로.

다음날 이른 새벽, 소파에서 잠든 그를 누군가 마구 흔들어 깨웠다. 그는 놀란 얼굴로 벌떡 일어났고 그레이스는 잠결에 욕설을 뇌까렸다. 커닝엄은 그에게 가벼운 외투를 던져주며 말했다.

"같이 뛰죠."

"뛰다니. 어디를?"

그는 자신이 꼭두새벽부터 왜 뛰어야 하는지 전혀 이해하지 못했지만 커닝엄이 건네준 외투를 입기는 했다. 두 사람은 건물 밖으로 나왔고, 커닝엄은 준비운동 없이 곧바로 조깅을 시작했다. 그는 어리둥절한 얼굴로 커닝엄을 따라 달렸다. 커닝엄은 아침마다 7킬로미터씩 뛰었다. 그는 평생 단 한 번도 조깅을 해본 적이 없었다. 달려야 할 일은 그의 사전에 존재하지 않았다. 그런 일은 일이 아니라 사고나 사건이었다.

1킬로미터를 달리고 숨이 넘어갈 듯한 그에게 커닝엄이 말했다.

"심장이 뛰는 게 느껴지죠? 여기에 손을 올리고 들어보세요."

그는 벌써부터 손과 발도 구분할 수 없을 지경이었으나 시키는 대로 하긴 했다. 아직 절반도 가지 못했는데 세상과 작별해야 할 순간과 맞닥뜨린 것 같았다. 그레이스는 알고 있을까. 만일 알았다면 그를 말렸을 것이다. 커닝엄 씨, 당신 혼자 달리세요. 제 남편의 심장은 당신 것이 아니라 제 것이니까요. 그는 이런 생각들을 하며 가슴에 손을 얹었다. 굳이 그렇게 하지 않더라도 그의 심장박동이 몸 전체를 울리게 해 듣지 않으려 해도 듣지 않을 수가 없었다.

"저 새소리도 좀 들어보시구요."

커닝엄은 나무를 가리키며 달렸다. 케이지는 그쪽을 돌아봤으나 새는 한 마리도 보이지 않았다.

"그쪽이 아니라 저쪽이요."

저쪽을 보니 확실히 열 마리 남짓 보였다. 작고 시커먼 새가. 무슨 새인지는 알 수 없었다. 체구가 작고 깜찍한 것을 보니 아마도 참새인 것 같았지만 새소리는 들리지 않았다. 그의 요란한 심장박동 소리가 모든 소리를 덮어버렸다.

"가판대가 문을 여네요."

신문가판대 주인은 커닝엄과 잘 아는 사이인 듯 웃으며 한 손을 들어올렸다. 케이지에겐 별다른 말을 하지 않았다. 케이지가 먼저 인사했다. 안녕하세요. 그러나 숨이 차올라 그 말은 상대에게 전달되지 못했다.

"빵 냄새 좀 맡아보세요."

멈추지 않고 질주하던 커닝엄이 코너를 돌며 말했다. 고소한 빵 냄새가 코를 자극했지만 케이지는 배고픔을 전혀 느끼지 못했다. 내장이 뒤집힐 것 같았다. 윗배 아랫배 가릴 것 없이 통증이 심각했고 조금만 더 달리면 배가 찢어질 것 같았다. 케이지는 팔다리를 우스꽝스럽게 움직이며 달렸다. 이를 악물고 달렸다. 커닝엄이 빌려준 낡은 운동화는 그의 발보다 컸다. 운동화 끈을 질끈 묶고 달렸지만 앞쪽이 자꾸만 구부러졌다. 금방이라도 바닥에 처박힐 것 같았다.

"이 서점은 뉴욕 전체에서 가장 먼저 문을 열 겁니다."

커닝엄은 여전히 속도를 늦추지 않고 달리면서 말했다. 케이지가 한참 뒤처진 탓에 그는 호통 치듯 소리를 내지르며 말했다. 서점 주인이 그들을 돌아보았다. 아침 인사를 건넸지만 케이지는 그때쯤 눈앞이 핑 돌기 시작했다. 서점의 셔터가 드르륵 올라가는 소리가 들렸다. 케이지가 서점 앞을 지날 때 파리한 얼굴의 안경잡이가 말했다.

"창문에 돌을 던지는 놈들이 있어요. 왜 책을 미워하는 건지 모르겠어요."

케이지는 대답 대신 미소만 지었지만 아마도 그것은 전혀 미소로 보이지 않았을 것이다. 그는 책뿐만 아니라 모든 게 미웠다. 저만치 앞서 달리고 있는 커닝엄도, 서점 주인도, 길바닥도, 덜거덕거리는 운동화도, 달리라고 달리고 있는 자신도.

"잠깐 들를까요?"

커닝엄은 놀랍게도 달리는 도중에 카페에 들르더니 스탠드 바 앞에 서서 에스프레소 한 잔을 들이켰다. 그 와중에도 두 발은 쉬지 않고 제자리걸음을 걷고 있었다. 케이지는 바에 상체를 내던지다시피 하며 도착했으나 그가 도착하자마자 커닝엄은 다시 달리기 시작했다. 케이지는 욕설을 내뱉었다. 이런 광경을 한두 번 본 것이 아닌지 카페 주인이 씩 웃으며 장난기 가득한 눈길로 그에게 말했다.

"커닝엄의 아파트에서 잤나보죠?"

"네. 어떻게…… 아니, 이런 일을 당한 사람이 또 있나요?"

"새벽마다 저럽니다. 이젠 커닝엄의 집에서 재워달라고 하는 사람이 없죠. 오랜만에 보네요."

케이지는 이번에도 미소 같지 않은 미소를 짓다가 오렌지주스 한 잔을 주문해서 마시고는 커닝엄의 이름으로 외상을 달아놓고 다시 달리기 시작했다.

마침내 커닝엄이 멈춘 곳은 한적한 공원의 입구였다. 커닝엄은 그때부터 달리기를 멈추고 천천히 걷기 시작했다. 사색이 된 케이지의 낯빛은 좀처럼 정상적인 상태로 돌아오지 않았다. 커닝엄이 말했다.

"당신과의 작업이 정말 기대됩니다. 그 생각만 하면 온몸에서 힘이 넘쳐요. 어때요? 새벽에 달리니까 정말 좋죠? 온몸이 깨어나는 게 느껴지세요? 처음 봤을 때부터 자세가 구부정해서 눈치챘어요. 달리는 일하고는 담을 쌓고 사는구나. 그렇게 사는 건 좋지 않아요. 내일은 그레이스도 함께 달리죠."

"그레이스는,"

케이지는 아직도 헉헉거리며 말했다.

"내 아내는 제발 살려주세요."

커닝엄은 큰 소리로 웃었다.

—그렇다. 도서관이 있다. 그의 집에서 도보로 25분 거리에 구립도서관이 있었다. 곰곰 생각해보니 소설을 읽지 않은 지도 오래되었다. 등단한 지 3년째에 접어들고 있었지만 아직까지도 '작가'라는 실감은 전혀 나지 않았고 정체성에 대한 고민만 나날이 늘어갔다. 나는 누구인가. 작가인가? 그렇지만 청탁이 들어오지 않는데. 책을 내지도 못했는데. 나는 누구인가. 남편인가? 그렇지만 돈을 벌어오지 않는데. 아내가 결혼을 후회하는 눈치인데. 나는 누구인가. 아들인가? 그렇지만 용돈을 드린 적이 한 번도 없는데. 오히려 어머니가 내게 용돈을 줘야 할 상황인데. 나는 누구인가. 국민인가? 그렇지만 소득세를 낸 적이 한 번도 없는데. 나라에서 가난한 예술가를 위해 무언가를 해주지 않는 이상 나도 나라를 위해 무언가를 할 생각이 없는데. 그는 이런 고민들을 노트에 적어내려갔다. 언젠가 이것들이 모여서 소설이 되겠지. 아니면 아무것도 안 되거나. 그처럼.

평일 한낮의 도서관은 듣던 대로 젊은이들로 붐볐다. 노인들도 못지않게 많았다. 그들은 소설이나 자기계발서를 쌓아놓고 읽었다. 주로 추리소설이나 역사소설이었다. 그는 역대 문학상 수상작품집을 가져와 차례대로 독파해나갔다. 감탄을 불러일으키는 소설도 있었고 따분한 소설도 있었지만 문체만큼은 다들 깔끔했고 작가마다 개성이 확연히 달랐다. 그는 책장을 덮었다. 갑자기 머리가 아팠다.

식당으로 내려가보니 돈가스 냄새가 진하게 풍겨왔다. 그는 빈 탁자에 앉아 주위를 둘러보았다. 도시락을 먹는 사람들은 안쪽 자리에 앉으라는 안내문이 붙어 있었다. 그들은 음침한 표정으로 앙증맞은 도시락 통을 열어놓고 묵묵히 밥을 떠먹었다. 그는 식판을 들고 지나가는 사람들을 관찰했다. 백반을 가장 많이 먹는군. 그다음은 돈가스. 자꾸만 침이 넘어갔다. 아내는 원래부터 그에게 용돈이란 것을 주지 않았다. 그런 게 필요하다고 생각지도 않는 눈치였다. 대신 그는 주로 신용카드를 사용하는 아내가 지폐나 동전이 생기면 넣어두는 딸기잼 병에서 필요한 만큼을 가져다가 썼다. 하지만 그 병은 일주일 전부터 텅 비어 있었다.

식당을 나와 건물 뒤쪽으로 걸어갔다. 자판기가 한 대 있고 벤치가 네 개 있었다. 펜스 너머는 중학교. 그는 펜스 근처에 앉아 운동장을 뛰어다니는 남학생들과 서너 명씩 모여 있는 여학생들을 바라보았다. 학창 시절이 떠올랐다. 악몽이었는데. 코를 훌쩍였다. 손가락이 곱아들었다. 매서운 칼바람이 불어왔다. 그의 외투는 이런 날씨에 적합하지 않았다. 아내는 한 번도 그의 옷을 사준 적이 없다. 그러면서 자기 옷은 달마다 샀다. 하지만 뭐라고 할 수도 없다. 그녀가 번 돈이니까. 그는 청탁이 들어와 원고료를 받으면 구스다운점퍼를 하나 사리라 다짐했다. 그러나 과연 언제쯤?

예약해놓은 컴퓨터실로 가서 한글문서를 열어놓고 한참 동안 멍하니 앉아 있다가 구인사이트에 접속했다. 이력서 하나를 작성하고 나니 폐관을 알리는 음악소리가 울려퍼졌다.

─아주머니는 서류가 통과되었으니 면접을 보러 오라고 말했다. 이기동은 신춘문예 시상식 때 입었던 검은색 정장을 차려입고 역삼역으로 갔다. 오래된 빌딩의 7층 구석에 사무실이 있었다. 면접관은 그를 보자마자 사진과 얼굴이 너무 다르다고 말했다. 그때보다 살이 많이 쪘다. 10킬로그램쯤? 그렇게 말하자 면접관은 인상을 찌푸렸다. 면접관은 사장이었고 한 명뿐인 직원이자 비서인 아주머니는 모니터 뒤에 게처럼 납작 엎드려 있었다. 무얼 하는지 조용했다. 사장이 침묵을 지키면 벽시계 초침 소리가 크게 들렸다. 사장이 말했다.
"무슨 일을 하는 건진 정확히 알고 온 거죠?"
"대필로 알고 왔는데요."
사장은 그의 이력서를 두들기며 말했다.
"경력이 좀 부족해요. 출판한 책도 없고."
그는 탁자 모서리만 쳐다보았다. 사장이 연이어 말했다.
"그래도 지원자 중 유일하게 신춘문예 출신이어서 불렀어요. 고료가 낮은 편인데 괜찮겠어요?"
"괜찮습니다."
"오래한다고 올라가진 않아요. 이 바닥이 척박해서."
사장은 어림없다는 듯 코웃음을 쳤다. 그는 즉시 채용되었다.

당연히 출근할 필요는 없고 원고는 이메일로 발송하면 되었다. 인터뷰는 고객이 원하는 장소에서, 찻값은 고객이 내지만 교통비는 그의 돈으로 내야 했다. 알고 보니 비서는 사모님이었다.

그의 아내는 일자리를 얻었다는 말에 눈을 휘둥그레 떴다. 그는 생각했다. 바로 이 표정을 보기 위해 이런 일을 벌인 것이다. 바로 이 표정을 보기 위해.

—고객이 지정한 장소는 인천상륙작전기념관이었다. 관람료는 무료였다. 입춘이 왔으나 한파가 맹위를 떨치던 어느 날 이기동은 기념관의 계단을 뛰어올랐다. '현충시설이므로 정숙하십시오.' 약속 시간에 늦은 그는 경고문을 발견하고 속도를 늦추었다.

의뢰인은 기념관 입구에 서 있었다. 악수를 하고 의례적 인사, 날씨에 관해 몇 마디를 나누다 보니 화젯거리가 떨어졌다. 의뢰인은 일단 안으로 들어가지,라고 말했다.

그는 의뢰인의 이력에 대해 아는 것이 거의 없었다. 사모님이 보내준 파일은 오류가 발생해 열리지 않았다. 다시 발송해주었으나 마찬가지였다. 그는 한 번 더 요청했다가 잘릴까봐서 그러지 못했다. 사모님은 알고 보니 성격이 급했고 남의 말을 귀담아 듣지 않는 사람이었다. 의뢰인은 사모님의 먼 친척이었다. 졸부였는데, 엑스포 특수로 땅값이 치솟았다.

"인천으로 이사 온 뒤로 이 기념관에 거의 매주 왔지. 동상 앞 계단에 앉아서 항구 쪽을 바라보면 경치도 좋고 스트레스가 싹 풀려."

연이어 그는 한반도 지도를 가리키며 말했다.

"여기 좀 봐. 북한이 이렇게 치고 내려왔잖아. 포항, 대구, 부산만 빼고 다 빨갱이 땅이 된 거야. 그러다가 유엔군이 투입됐고, 이것 좀 봐. 압록강변까지 치고 올라갔지. 통일이 코앞이었어. 그러다가 이것 좀 봐. 모택동 때문에 다시 밀려내려와. 38선. 38선."

그는 의뢰인이 아마도 한국전쟁과 관련된 말로 자서전의 서두를 열고 싶은가보다, 하고 생각했지만 알고 보니 의뢰인은 한국전쟁 때 존재하지도 않았다. 의뢰인은 58년생이었다. 차림새만 봐선 무슨 일을 하는지 전혀 짐작할 수 없었다. 후줄근한 양복을 입고 있었다.

"젊은 시절에 미군부대 근처에서 웨이터로 일했지. 동두천. 거기서부터 이야기를 시작해도 좋을 거야."

그는 서둘러 녹음기를 작동시켰다.

"미국이라는 나라에 우호적이신가요?"

의뢰인은 두 눈을 크게 떴다.

"내가? 아니지. 거기서 엄청 두들겨 맞았어, 미군한테. 그때 얻은 병으로 아직도 비만 오면 허리가 저리고 아파."

그는 한동안 침묵하다가 아무래도 이상해서 물었다.

"그런데 왜 이 기념관에 자주 오세요?"

"경치가 좋다고 아까 말했잖아."

의뢰인은 짜증을 내며 말했다. 그러더니 갑자기 입을 다물고 전시물만 쳐다보았다. 기념관엔 사람이 한 명도 없었다.

"룩셈부르크에서도 왔네. 두 명이 죽었어."

그는 참전군인을 국가별로 정리해놓은 표를 보며 고개를 끄덕였다. 의뢰인이 어떤 삶을 살았고 왜 자서전을 쓰기로 결심했는지 도통 알 수가 없었다. 기념관을 나오자 의뢰인이 말했다.

"그런데 왜 자서전을 쓰는지는 안 묻네?"

"왜 자서전을 쓰시는 건데요?"

"1인 1책 운동을 하는 선생님이 있어. 그분이 말하길 앞으론 누구나 책을 쓰고 누구나 책을 내는 시대가 올 거라고 했지. 책을 쉽게 쓸 수 있고, 쉽게 낼 수 있다고. 그런데 나는 글을 써본 적이 없어. 자네가 써주면 내가 고치는 건 좀 할 수 있을 것 같은데."

"예?"

그는 당황해서 얼빠진 소리를 냈다. 그가 초고를 쓰고 의뢰인이 퇴고를 한다. 입장이 바뀐 것 같았지만, 자서전 대필이라는 것은 그럴 수밖에 없기도 하겠구나, 싶었다. 검사를 맡아야 하는 것이다. 그러나 그가 누군가의 비위를 맞추는 글을 써본 적이 있던가?

"점심 먹으러 가지. 말을 많이 했더니 배가 엄청 고프네."

식사비는 의뢰인 부담이었다. 의뢰인은 벤츠에 그를 태우고 신포시장 근처로 향했다.

"여기가 100년 역사야. 예전엔 대불호텔이 있던 자리라고 여기 써놨잖아. 보여? 메뉴판에. 한국 최초의 호텔."

그는 홀을 둘러보았다. 고풍스러운 인테리어. 수족관. 널찍한 목제 테이블. 단무지와 양파, 춘장. 그는 옆 테이블에 차려진 기본 찬만 보고도 침을 삼켰다.

"대단하지?"

의뢰인이 물었다. 그는 뭐가 대단한지도 모르고 그렇다고 답했다.

"동두천도 괜찮지만 여기서 얘기를 시작하는 것도 나쁘지 않아."

"네? 여기서요?"

정작 그가 묻고 싶은 말은 대불호텔에서 유명한 중국집으로 변신한 이 가게의 100년 역사와 당신이 무슨 관련이 있느냐는 것이었지만 묻지 못했다. 인터뷰를 하면서부터 저절로 비위를 맞추게 된다는 것을 그는 지금 막 깨달았다. 의뢰인이 원하면 그렇게 해야 한다. 1918년 대불호텔이 중국인의 손에 넘어가 유명한 중국집이 되는 과정. 경인선이 완공되면서 그렇게 되었다지. 협궤열차였고 경성까지 걸리는 시간은 약 한 시간. 아니, 두 시간이었던가? 의뢰인은 주절주절 말했지만 그는 어떤 연관성이 있는 건지 도통 알 수가 없었다. 마파두부 덮밥을 떠먹으며 의뢰인이 말했다.

"우리 아버지 첩이 일본 여자였어. 어머니가 엄청 미워했지. 이야깃거리가 좀 되지?"

의뢰인은 그것이 마치 그를 위한 선물인 듯 수줍은 표정으로 풀어놓았다. 그는 또다시 고개를 끄덕였다. 그런 말들을 써도 된다는 거지. 그는 기스면을 먹다가 멈추고 녹음기를 켰다. 의뢰인은 덮밥을 다 먹고 엷은 차를 조금씩 마시면서 그가 어떻게 살아왔는지를 물었다. 그는 주저리주저리 아버지가 돌아가셨고, 결혼했고, 등단했지만 일거리가 없었고, 소설을 쓰는 중인데 잘 풀리지 않고…… 등등. 그러자 의뢰인은 동정의 눈빛으로 고개를 끄덕이며 간간이 트림을 하다가 주머니에서 핸드폰을 꺼내들며 말했다.

"그러면 아까 내가 말한 선생을 한번 만나봐. 내가 보기엔 자네가 책 내는 일을 너무 어렵게 생각하는 것 같은데 그게 그렇게 대단한 일이 아니다, 이 말이야. 이 선생은 1인 1책 운동이 널리 퍼질 거라고 아주 단단히 믿고 있는데, 원래 마산인가 어딘가가 고향이고 말투가 아주 느긋해. 서울 코엑스? 알지, 코엑스?"

"거기서 강연을 하세요?"

"아니, 거기가 사무실이야. 번호를 알려줄 테니까 한번 연락을 해봐. 번호가…… 여 있네."

의뢰인은 그에게 핸드폰을 내밀며 말했다. 그는 거절할 수 없어서, 어쩐지 의뢰인이 원하는 것은 다 들어주어야 할 것 같아서 번호를 저장했다. 누군지도 모르는 사람의 번호를.

"성함이?"

"아, 성함? 가만있어보자, 나도 한 선생님이라고만 저장해놔서. 그냥 한 선생님이라고 부르면 돼. 다들 그렇게 부르니까."

의뢰인은 갑자기 목이 아프다고 말했다. 원래부터 목구멍이 좀 칼칼했는데 기념관에서 말을 너무 많이 한데다가 마파두부

덮밥이 매워서 목구멍을 더욱 자극한 것 같다고 했다. 그에게 목 캔디가 없느냐고 묻더니 없다고 말하자 시장 공영주차장에 차를 대고 내렸다. 그도 얼결에 따라 내렸다. 의뢰인은 그에게 카드를 내밀며 말했다.

"쌍화탕 한 병 마시고 올 테니까, 이걸로 닭강정 좀 포장해 와. 여 유명하잖아."

그는 얼결에 고개를 끄덕였다.

닭강정집은 줄이 엄청나게 길었다. 비교적 줄이 짧은 점포 앞에 서서 칼바람을 맞으며 순서를 기다렸다. 10분이 지나자 두 발이 꽁꽁 얼었다. 생선 노점을 하는 할머니가 그에게 비키라고 큰소리로 말했다. 가리잖아! 그는 얼어붙은 조기와 동태를 내려다보았다. 할머니는 화로에 숯불을 담아놓고 나무뿌리 같은 손을 쬐고 있었다. 20분이 지나자 그의 순서가 되었다. 포장한 닭강정을 들고 차로 돌아가자 의뢰인은 대뜸 화를 냈다.

"왜 이렇게 늦었어? 주차비가 왕창 나오게 생겼네."

그는 공영주차장이라 1000원도 나오지 않을 거라고 반박하려다가 참았다. 의뢰인에게 닭강정을 건네자 거만한 턱짓으로 뒷좌석에 내려놓으라고 지시했다. 그는 닭강정을 내려놓고 그 옆에 앉았다. 의뢰인이 그를 보며 벌게진 얼굴로 소리쳤다.

"거 앉아서 가겠다는 거야? 이참에 운전기사 하나 두려고?"

그는 무슨 말인지 몰라서 두 눈을 깜빡이다가 뒤늦게 깨닫고 밖으로 나왔다. 그가 앉았던 자리는 상석이고, 절대로 의뢰인보다 상석에 앉아서는 안 되는 법. 의뢰인은 불쾌한 표정으로 그에게 주차 요금을 정산하라고 말했다.

"식사비는 내가 냈잖아."

차를 타고 가며 의뢰인이 말했다. 키득거리면서.

"저 닭강정 가지고 가. 선물이야, 선물."

그는 전혀 고맙지 않은 표정으로 의뢰인을 쳐다보았다.

"왜요? 닭 안 좋아해?"

그는 약간의 틈을 두었다가 말했다.

"아니요. 좋아합니다."

의뢰인은 라디오를 틀더니 목캔디 상자를 그에게 휙 던졌다.

"좀 까줘."

그는 포장지를 벗겨서 의뢰인의 입에 캔디를 넣어주었다. 의뢰인은 즐거운 듯 콧노래를 불렀다.

"고등학교 땐가 우리 반에 글 좀 쓴다고 까부는 놈이 하나 있었는데 갑자기 생각나네. 걔도 결국 죽었지."

그러나 이어지는 말은 없었다. 왜 죽었는지 그는 묻지 않았다. 글 좀 쓴다고 까부는 놈, 이라는 말이 귓가에 맴돌았다. 그제야 의뢰인의 목적이 어쩌면 자서전 출간이 아니라 '대필작가 괴롭히기'인지도 모르겠다는 생각이 들었다. 의뢰인이 말했다.

"일은 안 해도 먹고는 사는데 심심해. 아, 미치도록 심심하다니까. 뭐 재미난 일이 없을까 하루 종일 그 생각만 한다 이 말이야, 이 노인네가."

의뢰인은 그렇게 말하며 그를 힐끗 쳐다보았다.

─타악기가 될 수 있는 온갖 사물들이 있었지만 케이지는 그 중에서도 피아노를 가장 좋아했다. 물론 현 사이에 여러 가지 사물을 끼워서 의도적으로 소리를 변형한 피아노를 가장 선호했다. 그러지 않았을 땐 일부러 건반을 꽝꽝 두들기며 쳤다. 그것은 멜로디도 리듬도 없었고 솔직히 말하자면 귀에 심하게 거슬렸다. 머스 커닝엄과 그레이스를 제외한 거의 모두가 그렇게 생각했다. 전쟁이 끝난 뒤 커닝엄과 케이지는 본격적으로 함께 공연을 했다. 초기에 커닝엄은 케이지가 미리 정해놓은 소리만을 내길 바랐고 그것에 맞추어 안무를 만들었으나 얼마 지나지 않아 즉흥 연주를 요청하게 되었다. 안무보다 소리를 우선으로 두고 안무는 즉각적으로 만들어내기로 한 것이다. 커닝엄은 몇몇 동료들에게 수줍게 선보였고, 아무에게서도 이해받지 못했다. 낙심한 커닝엄에게 그레이스가 말했다.

"저는 친구들한텐 제 소설을 절대로 안 보여줘요."

커닝엄은 그런 말을 위로라고 하는 것일까 생각했지만 내색하진 않고 그저 달리기만 했다. 만일 무용을 하지 않았더라면 달리기 선수가 되었을지도 모른다. 그는 누구보다도 빠르게 달릴 수 있었고 속도에 신경 쓰지 않는다면 지치지 않고 아주 오랫동안 달릴 수 있었다. 달리는 동안 무용을 하는 것은 그가 아니라 풍경이었다.

케이지는 커닝엄이 절망에 빠져 있을 때에도 여전히 혼자 신이 나 있었는데 커닝엄과의 작업이 매우 만족스러웠고 매 순간이 실험의 연속이었으므로 타고난 '발명가'인 그로서는 매우 소중한 나날들을 보내고 있었기 때문이다. 그는 커닝엄이 연습실 한가운데 혹은 한구석에 꼿꼿하게 서서 준비 자세를 취하고 있을 때 가장 심장이 두근거렸다. 첫 음이 울리면 커닝엄은 눈을 크게 떴는데 그것은 이어질 음이 어떤 크기일지, 어떤 길이일지, 언제 나올지 전혀 예측할 수 없어 잔뜩 긴장했기 때문이다. 케이지가 두 번째 음을 들려주면 그제야 커닝엄은 몸을 움직이기 시작했다. 경계심 많은 고양이처럼 조심스럽게. 그러다가 케이지가 좀 더 활기찬 움직임을 선사할 생각으로 연이어 음을 발생시키면 그 탁하고 둔중한 음을 타고 커닝엄이 비로소 마음 놓고 움직이기 시작했다. 그러다가도 갑자기 멈추어 죽은 까마귀처럼 꼼짝도 하지 않았다. 그러면 이번엔 케이지가 긴장해 커닝엄의 의도가 무엇인지 알고 싶은 마음이 들고, 커닝엄이 지금 표현하고 있는 것이 절망한 사람인지 생각에 잠긴 사람인지 아니면 사람이 아니라 가로등이거나 자동차 타이어인지 아니면 멧돼지나 사슴인지 추측해보고 그런 추측은 아무런 쓸모도 없지만 몹시 궁금해지고 그 찰나의 순간이 지나면 커닝엄은 단지 커닝엄일 뿐이고 그는 지금 온몸으로 무언가를 표현하는 중인데 무엇인지는 전혀 중요하지 않고 그 과정만이 중요할 뿐이고 아니 과정조차 중요하지 않고, 커닝엄은 그저 커닝엄일 뿐이고. 여기에 이르면 존 케이지 역시 존 케이지일 뿐이고 이 손가락은 존 케이지의 손가락, 이 음은 현을 때리는 해머의 소리, 이 현은 지우개와 스펀지 뭉치로 조작된 현, 이 모든 소리의 목적은 커닝엄을 춤추게 하려는 것이 아니라 우리가 존재하고 있다는 것을 알리려는 것이 아니라 그저 이 소리를 발굴해내려는 것. 커닝엄의 춤 역시 발굴된 움직임이고 즉 모든 것은 원래부터 그 자리에 있었으나 보이지 않았고 보여주려는 사람도 없었고 다만 존재하는 것뿐. 그와 커닝엄이. 커닝엄은 발끝을 세우고 잔뜩 긴장한 근육을 내보이며 케이지를 등지고 서서 꼼짝도 않고 있다. 커닝엄은 지금 케이지가 발굴해낸 음을 온몸으로 흘려보내며 자신의 목이 어깨가 배가 허리가 무릎과 발끝이 어떤 모양을 만들어가며 변화하는 중인지 고심하다가 이윽고 온몸의 긴장을 풀더니 그를 돌아보며,

"그런데 혹시 제 이름으로 외상을 달아놓았습니까? 오렌지주스 한 잔이요."

케이지는 아직 연주가 끝나지 않은 척 다음 음을 발생시켰지만 커닝엄은 대답을 요구하는 얼굴로 눈썹을 구기며 그를 빤히 쳐다보았다.

—코엑스몰은 오랜만이었다. 이기동은 지하철 출구와 연결된 통로를 걸어가며 어깨를 움츠렸다. 젊고, 잘 차려입은 사람들이 그를 스쳐지나갔다. 그보다 어리거나 그와 비슷한 나이대의 사람들만 보였다. 어째서인지 모두가 멍청한 미소를 짓고 있었다. 그는 문득 자신이 이곳에 왜 온 건지 알 수 없었다. 한 선생이 그를 기다리고 있었지만 말이다.

한 선생과의 통화는 매우 이상했다. 한 선생은 그의 말을 거의 알아듣지 못했거나 알아들었지만 그렇지 않은 척하는 것 같았

으며 자꾸만 했던 말을 또 하고, 물은 말을 또 물었다. 그는 나중에야 한 선생이 취한 상태라는 생각이 들었는데 오후 3시에 그럴 일이 있을까 싶지만 또 모르는 일이었다. 누군가에겐 오후 3시가 만취하기 가장 좋은 때인지도 모른다.

한 선생은 그를 대번에 알아보았다. 파란색 야구 모자를 쓰고 나가겠다고 말하긴 했지만 통화 당시 그는 한 선생이 그 말을 알아들었을지 매우 의심스러웠다. 한 선생은 쌍꺼풀이 짙고 부리부리한 눈을 반짝이며 그를 반겨주었다. 낡은 외투와 주름진 구두. 색 바랜 서류가방과 가계부인지 다이어리인지 모를 두툼한 노트를 들고 있었다. 얼핏 보면 종로 어느 프랜차이즈 커피숍을 사무실 삼아 온갖 수상한 일에 연루된 브로커로 활동하고 있는 사람 같기도 했다. 한 선생은 잘 왔다며 그의 어깨를 자꾸만 두드렸는데 그럴 때마다 그는 사이비종교에 입교하러 온 듯한 기분이 들었다.

"저기 앉지."

한 선생이 가리킨 것은 영화관으로 향하는 통로에 놓여 있는 등받이 없는 기다란 의자였다. 하얗고 네모나고 딱딱한 의자에 앉자마자 한 선생은 가방에서 비타500 두 병을 꺼냈다. 그는 마침 목이 말랐기 때문에 그것을 받자마자 둘러 마셨다. 한 선생은 커피숍 같은 데로 들어갈 생각이 전혀 없어 보였다. 편안한 얼굴로 정면의 화장실 표지판을 쳐다보다가 이윽고 말했다.

"자네 얘기는 이미 들었어. 나를 만나보고 싶었다고?"

그는 의뢰인의 강요에 못 이겨 연락한 것뿐이었지만 그렇다고 답했다. 알고 보니 의뢰인의 인생은 건질 만한 것이 전혀 없었다. 오랫동안 함흥냉면집을 운영하다가 물려받은 땅이 부동산 호재로 급등하는 바람에 부자가 되었고, 매주 한 장씩 사던 로또까지 당첨된 덕에 입지 좋은 건물을 사들여 시세 차익이 생겼다. 건물주였고, 복권 당첨자였으며, 함흥냉면집 사장이었다. 도대체 무얼 써야 할지 몰라서 아직 한 줄도 시작하지 못했다. 의뢰인은 천운을 타고 난 남자,라는 콘셉트를 주장했으나 그는 수긍할 수 없었다. (만일 수긍한다면 자서전을 절대로 완성하지 못할 것 같았다.)

"노상만이는 내 제자야. 죽기 전에 꼭 책 한 권을 쓰라고 말했더니 자네를 고용했구만."

노상만이 바로 문제의 의뢰인이었다. 한 선생은 그를 쳐다보지 않고 앞만 보며 말했다. 그들 앞을 수많은 사람들이 스쳐지나 갔다.

"누구나 살면서 여러 가지 일들을 겪는데 그걸 글로 쓰면 대하소설이 나온다고 하잖아. 말로만 그러지 말고 행동으로 옮겨야 해. 글을 못 쓰더라도 진심의 힘은 문장력을 뛰어넘는 법이니까. 그러니까 대필 작가를 구해서 쓸 필요는 없지."

그는 머쓱해졌다.

"자네를 탓하는 게 아니라 노상만이를 탓하는 거야. 그놈은 돈이 많아서 그런지 돈으로 사람 부리는 걸 좋아해. 자기 돈을 따라 사람이 움직이는 걸 좋아하지. 그런데 왜 나를 만나보라고 하던가?"

"제가 책 내는 일을 너무 무겁게 생각한다고 하시더라고요."

"그렇게 생각하나?"

한 선생이 그를 돌아보며 물었다. 그새 얼굴이 붉어져 있었다. 열린 입술 사이로 술 냄새가 비어져나왔다. 그는 반사적으로 한 선생의 손에 들린 비타500 병을 쳐다보았다. 그에게는 비타500을 주고 자신은 소주를 마신 모양이었다. 비타500인 척하며. 그는 이런 사람에게 무슨 조언을,이라고 생각하면서도 문득 누군가에게 속마음을 털어놓은 지도 참으로 오랜만이라는 생각이 들어 주저리주저리 말하기 시작했다. 그의 절망감, 아내의 실망, 장모님이 그의 인사를 잘 받아주지 않는 이유가 혹시 그의 무능함 때문이 아닐까. 한 선생은 가만히 듣고만 있었다. 그 긴 이야기를 한 번도 끊지 않았다. 비타500만 홀짝였다.

"우리 장모님도 나를 마음에 들어 하지 않으셨지. 내가 몇 번 시를 지어서 드린 적이 있는데 아궁이에 땔감하고 같이 집어넣으시더군."

"직접 보셨어요?"

"봤지. 그런데 모른 척했어. 나중엔 내가 하는 1인 1책 운동에 감화되어 죽기 전에 자기 인생을 글로 남기셨어. 편지지 여섯 장에 빼곡하게 써서. 한 장에 10년이 담겨 있었지. 첫 번째 장은 십대 시절, 두 번째 장은 이십대 시절 그렇게. 집사람이 먼저 읽고 울면서 나한테 주더군. 마지막에 남긴 말이 사위에게,였어. 미워하던 사위에게. 이렇게 쓰여 있더군."

"그것도 책으로 만드셨어요?"

"여섯 장짜리라서 책으로 보이지도 않았어. 집사람이 자기 글도 붙이고 딸들 글도 붙이고 그렇게 해서 한 권으로 만들려면 몇 대가 필요한지 계산해보더군. 여자들 글만 모아서 만들고 싶다는데 그럼 이 집안의 남자들도 만들어야겠지. 여자들만 남기는 건 이상하니까. 자네는 신춘으로 등단했지만 누가 작가 하라고 자격을 준다는 것 자체가 참으로 어불성설이야. 어불성설. 이런 게 몇 가지 더 있지."

그는 그게 뭐냐고 물었다.

"성경. 왜냐하면 예수가 영으로 태어났다고 하는데 세상에 에미 애비 없는 자식은 없어. 그리고 죽었다가 부활했다고 하는데 그건 과학적으로 전혀 말이 안 돼."

한 선생은 약간의 틈을 두었다가 말했다.

"사실 이건 내가 한 말이 아니야. 동묘 칼국숫집에 갔다가 목청 큰 노인네가 떠드는 걸 엿들었지."

한 선생은 술기운이 점점 오르는지 낄낄거리며 웃기 시작했다.

"그때 가게에 있던 다른 노인이 거참 드럽게 시끄럽네,라고 말해도 그 노인네는 못 알아듣더라니까. 그런데 이상한 게 혼잣말을 하는 게 아닐 텐데도 상대가 반박하거나 그런 소리는 전혀 들리지가 않았어. 그래서 돌아봤지. 보니까 아주 왜소하고 작아. 일어나는 걸 봤더니, 난쟁이야. 키가 반밖에 안 돼. 어린애처럼. 그런 사람을 앉혀놓고 예수는 없다, 부활은 불가능하다, 기적은 거짓이다, 이런 말을 씨부리는 거야. 그 목청 큰 노인네가. 덩치도 아주 좋아."

그는 가방 속에 들어있는 노트를 떠올리며 초조하게 다리를 떨었다. 지금 당장 노트를 꺼내 한 선생이 하는 말들을 적어놓거나 핸드폰의 녹음 버튼을 눌러놓고 싶었다. 이 모든 걸 기억하고 있을 자신이 없었다. 한 선생은 지나치게 말이 많았다. 동묘 칼국숫집에서 기막힌 생도넛을 파는 집으로 넘어가더니 피부가 아주 까맣고 마른 흑인 소년을 보았는데 어찌나 자길 뚫어지게 쳐다보던지 순간적으로 소름이 돋더라는 말. 그러니까 한 선생은 취했고, 취해서 아무 말이나 주워섬기고 있었다. 그가 가버려도 모를 것 같았다.

그는 자리에서 일어나보았다. 그러자 한 선생이 곧바로 고개를 돌리며 어딜 가느냐고 물었다. 그는 화장실을 가리켰다. 소변을 보고 손을 씻고 나왔더니 한 선생은 이미 떠나고 없었다.

의뢰인은 그에게 한 선생을 잘 만나고 왔느냐고 물었다. 그는 그렇다고 답했다. 이상하게도 의뢰인은 그 뒤로 한 선생에 대한 말은 한 번도 꺼내지 않았다. 그는 다시 소설을 쓰기 시작했다. 1인 1책 운동을 떠올리니 마음이 가벼워졌다. 그 역시 그 운동에 동참하고 있는 것뿐이다. 절대로 걸작이나 파격적인 작품을 쓰려는 것이 아니고 그저 그가 살아오면서 보아온 것들을 거짓말을 보태어 써내는 것일 뿐.

일생을 기리며 책 한 권 남기려 하는데 그것이 자서전이라면 그 사람은 노상만처럼 천운이 따랐던 사람일 것이다. '그때 그곳에 가지 않았더라면, 그때 그 사람을 만나지 않았더라면' 유의 천운. 그러나 그것이 시라면 인생에 대해 뭘 좀 아는 사람일 것이다. (길게 말해봤자 입만 아프지.) 그리고 그것이 소설이라면 죽음을 거부하는 사람임이 분명하다. 소설은 불멸에 대한 동경이 없고서야 쓰기 힘드니까. 사라져버릴 것이라면 도대체 그 힘든 짓을 왜 하겠는가.

그의 아내가 코웃음을 치며 말했다.

"야, 요즘엔 블로그에 일기만 써도 영원히 남는 거 몰라?"

그는 몹시 큰 충격을 받았지만 애써 태연한 척했다.

—인터뷰를 하며 이기동은 불편해 죽겠는 것을 억지로 참았다. 기자 역시 불편해 죽겠는 것을 투지로 밀고 나가면서 간신히 버티고 있는 것 같았다. 그러나 그 투지엔 반드시 정적이 뒤따랐다. 그와 기자 사이에 침묵이 끼어들 때마다 이기동은 이 인터뷰는 망한 것 같다,고 생각했다. 그는 사진 촬영을 하다가 헛구역질을 했다.

아내가 그를 불렀다.

"야, 자면서 헛소리 좀 하지 마."

—이기동이 집필 중인 소설은 자전적인 이야기였다. 한 번도 돈을 벌어온 적이 없는 남편은 공무원인 아내가 다른 남자와 불륜을 저지르고 있다고 의심한다. 이를 계속 부정하던 아내는 결국 그 남자를 집으로 초대하는데…….

……그의 아내는 주말마다 요리 학원으로 갔다. 어떤 취미를

가질까 고심하다가 요리를 택한 것이다. 그러나 그녀의 요리 실력은 조금도 늘지 않았다. 처음엔 그런 이유로 그녀를 의심했었다. 요리 학원이 아니라 다른 곳으로 가는 게 분명해. 그는 학원에 다녀온 아내의 손에 드라이플라워 한 다발이 들려 있는 것을 보았다. 그의 육감은 쓸 만한 것이었다. 아내는 요리 학원에서 그 남자를 만났다. 취미 찾기의 종착지는 결국 불륜이었던 것이다.

"헤어져. 지금이라도 헤어지면 없었던 일로 해줄 수 있어."

그는 세면대 거울을 보며 연습했다. 여러 가지 톤으로, 표정을 바꾸어가며 말했다. 하지만 어느 것도 마음에 들지가 않았다. 찬물로 세수하다가 아내가 바꿔놓은 새 비누를 유심히 들여다보았다. 장미향이 나는 꽃 모양 비누였다. 수제 비누라고 들었는데, 어쩌면 그 남자가 선물한 건지도. 그는 비누를 변기에 버린 뒤 물을 내렸다. 그러나 비누가 배수구에 끼이는 바람에 변기가 막혀버렸다. 흡착기도 소용없을 정도로 단단하게 박힌 상태였다. 그는 고무장갑을 끼고 비누를 잡아당겼다. 가장자리가 찌그러진 비누가 끌려나왔다. 고심 끝에 비누를 물에 씻었다. 표면을 어느 정도 벗겨내고 다시 제자리에 놓아두자 참사의 현장에서 살아남았다고는 볼 수 없는 말끔한 상태가 되었다. 일종의 계시일까? 혹시 우리도? 현관문이 열리는 소리가 들렸다.

"화장실 청소했어?"

그는 고무장갑을 벗어서 바닥에 내팽개치며 말했다.

"저 비누도 그 자식이 준 거야?"

아내는 대답도 없이 방으로 들어가버렸다. 그는 안방 문을 벌컥 열며 말했다.

"요리 학원 그만둬."

"주말에 집으로 초대했어."

"내 집으로?"

"우리 집이지. 당신도 만나보면 마음에 들 거야. 성격이 좋아. 웃기고."

"만나서 때려도 돼?"

"맘대로 해."

그는 아무런 대꾸도 하지 못했다. 그의 오해일까?

"걔 꿈이 뭔지 알아? 집시야, 집시. 떠돌면서 사는 게 꿈이래. 게르 같은 거 지어서 황무지에서 살아보고 싶대. 특이하지?"

"유부녀는 다들 그런 환상을 갖고 있는 줄 아나? 스킬이 후지군."

그러나 스킬은 후졌을지 몰라도 얼굴은 멀끔하게 생긴 놈이었다.

"김한신입니다. 등단작 찾아서 읽어봤는데 재밌던데요."

그는 줏대 없게도 그 말에 흔들렸다. 그럴 때가 아님에도 불구하고 그는 수줍어했다.

"아, 그러셨어요. 어느 부분이……."

김한신은 곧바로 답했다.

"새똥 맞는 장면이요."

읽은 게 분명해.

"실제로 새똥 맞아본 적 있어요?"

김한신은 파스타 면발을 포크로 감으며 물었다.

"아니요, 한 번도 없네요."

"저는 얼마 전에 처음 당해봤어요. 오이도 갈매기한테요. 거의 주먹만 하던데요."

"오이도요? 거기 안 가본 지도 오래됐네."

"누님이랑 갔었는데."

"학원이 오이도에 있었어?"

그는 아내를 돌아보며 농담조로 물었지만 그의 얼굴도 그녀의 얼굴도 똑같이 시뻘겠다.

"누님이 우울하다고 해서 일몰 보러 갔었어요. 여자친구가 갑자기 약속을 펑크내는 바람에 할 일이 없었거든요."

그는 태연한 얼굴로 말하는 김한신의 얼굴을 빤히 쳐다보았다. 여자친구가 있기 때문에 안심해도 된다는 건가? 그러나 그런 의도는 아닌 것처럼 느껴졌다. 그렇다고 일부러 지어낸 거짓말 같지도 않았다. 김한신이 돌아간 뒤 그는 화장실에서 연습한 대사를 아내에게 그대로 말했다. 아내는 뜻밖에도 그런 사이가 아니라고 반박하지 않았다.

"여자친구 있어, 걔."

"잊었나본데 너도 남편 있어."

"헤어질 생각 없대, 걔."

"너는."

"나도 없어."

"지금 뭐 하자는 건데?"

그녀는 대답하지 않았다. 그는 긴 침묵을 깨고 말했다.

"둘 중 한 명만 선택해."

"못 해."

"도대체 왜 이래? 결혼한 지 4년밖에 안 됐어."

"끝까지 갈 생각은 없으니까 그냥 내버려 둬. 걔도 여자친구 있다고 밝혔잖아."

그는 밖으로 나와 가로등 아래를 걸었다. 밤공기가 쌀쌀했다. 봄이 코앞이었음에도. 집으로 돌아가 아내에게 물었다.

"지나가는 바람이야?"

아내는 이불을 이마까지 끌어올려 덮었다.

"아마도."

그는 침묵하다가 말했다.

"그래, 알았어. 맘대로 해."

그녀는 원고를 건네주며 물었다.

"이런 얘길 도대체 왜 쓴 거야?"

"그냥 떠올랐어."

"설마 진짜로 의심하는 건 아니지? 우리 클래스에 남자는 한 명밖에 없어. 은퇴한 아저씨."

"알아. 재미없어?"

"어."

그녀는 틈을 두지 않고 말했다. 상처받은 그가 고개를 돌리자,

"다른 일 좀 해보는 게 어때? 집에만 있으니까 머리가 잘 안

돌아가나본데."

"머리가 안 돌아간다고?"

"요즘 영화도 얼마나 재밌는 게 많이 나오는데. 누가 이런 얘기길 굳이 시간 들여서 읽겠어. 불륜 얘기는 서스펜스를 곁들여야 재미있지. 셋 중 누가 죽어?"

"아니."

"그럼 죽여."

"그다음엔?"

"범인을 찾아야지."

"그다음엔?"

그녀는 황당해하는 어투로 말했다.

"범인을 찾으면 끝이지 다음이 왜 필요하냐?"

"그게 무슨 의미가 있는데?"

"너는 그럼 사람이 죽었는데 그냥 내버려두니?"

"아무도 안 죽이면 되잖아."

그녀는 신경질적으로 매니큐어 뚜껑을 닫으며 말했다.

"그럼 그걸 무슨 재미로 보냐?"

한참 뒤에 뉴스를 보다가 그녀는 중얼거리듯 말했다.

"집시가 꿈인 남자는 없어. 유부남이면 몰라도 총각이 그런 생각을 하겠니? 이미 자유로운 몸인데."

그는 아무런 반박도 할 수 없었다.

그의 꿈이 바로 집시였다. 자유로운 존재. 글을 써야 한다는 강박도 돈을 벌어와야 한다는 의무감도 부모에게 효도해야 한다는 양심도 모두 버리고 자유롭게 초원을 떠돌아다니는, 황량하고 황폐하고 버려진 존재. 그러나 자유롭고 그 자체가 자연에 가까운 존재. 그의 아내는 처음으로 비웃지 않고 그의 말을 들어주었다. 그녀는 나직한 목소리로 덧붙였다.

"나도 그래."

그는 크게 놀란 얼굴로 아내를 쳐다보았다. 만일 저 말이 진심이라면 나는 내 아내에 대해 아는 게 하나도 없는 거야. 이상하게도 설렜다. 하지만 잠깐만 그랬다. 그녀는 또다시 셋 중 한 명을 반드시 죽이라고 강요하기 시작했다.

한 시간 동안 설교를 듣고 일어선 그의 머릿속엔 누굴 죽여야 할지에 대한 계획이 세워져 있었다. 그는 마리오네트 인형처럼 아내가 원하는 글을 써내려가기 시작했다.

—그레이스의 첫 소설이 드디어 출간되었다. 커닝엄을 통해 소개받은 출판사였다. 신생이었고 규모가 작았으며 그레이스에게 약간의 돈을 요구하긴 했지만 어쨌든 그레이스는 첫 소설을 출판했다.

그녀는 케이지의 팔짱을 끼고 서점으로 갔다. 정문 옆 쇼윈도에 전시되어 있는 책들은 대부분 베스트셀러였다. 신간은 계산대 근처에 진열되어 있었다. 그녀는 자신의 책을 금세 발견했다. 좋은 위치에 놓여 있었다. (그가 미리 손을 써놨다. 그는 그녀가 낙담하는 모습을 보고 싶지 않았다.) 그녀는 감격해 그를 돌아보았다.

"이런 기분이구나. 첫 연주회를 했을 때도 이런 기분이었어?"

"벌거벗겨진 기분?"

"아니. 세상에 존재하는 기분."

"다시 태어난 기분?"

"그게 아니야."

그녀는 약간의 틈을 두었다가 답했다.

"이제 막 태어난 기분."

그레이스의 책은 거의 팔리지 않았다. 그녀는 짧게 좌절했고 금세 회복했다. 첫 작품이었으니 미숙할 만도 했다. 그러나 어디가 어떻게 미숙한지는 알 수 없었다. 평론가들은 그녀의 작품이 존재하는지도 몰랐다. 그러니 평을 들을 수도 없었다. 그녀는 남편과 커닝엄을 신뢰했기 때문에 그들의 평가를 믿기로 했다. 커닝엄은 이렇게 말했다.

"서스펜스가 아님에도 불구하고 손에서 책을 놓을 수 없었다는 점, 그게 가장 좋았어요."

"아쉬운 점은요?"

"결말이 허무한 게 조금 아쉬웠어요. 두 인물 다 비극적으로 생을 마감할 필요는 없지 않을까요? 뭐, 저는 개인적으로 해피엔딩을 좋아하니까요."

그레이스는 커닝엄을 싸늘한 눈길로 쳐다보다가 이윽고 케이지에게 물었다.

"당신은?"

"이미 말했잖아."

"좋다고만 했잖아. 구체적으로 말한 적은 한 번도 없어."

"좋았어. 정말로 좋았으니까 좋았다고 하는 거야. 어디가 좋은지 알 수 없어서 더 좋았어."

커닝엄은 다리를 떨었다. 케이지의 대답은 100점짜리 정답이었다.

"아쉬운 점은?"

"있긴 하지만 말하지 않을래. 그걸 고치면 작가의 개성이 사라지는 거니까."

그레이스는 활짝 웃었다. 커닝엄은 케이지를 빤히 쳐다보았다. 케이지의 눈빛은, 이렇게 말하는 거라고 친구, 잘 배워둬. 그러나 커닝엄은 그런 방식이 그녀에게 도움이 될 리가 없다고 생각했다. 눈치보기는 그만두어야 한다. 그녀의 작품은 솔직히 말해 별로였다. 앉은 자리에서 한 번에 다 읽은 건 도대체 주제가 뭔지 종잡을 수 없어서 오기로 읽다 보니 그렇게 된 것이다. 커닝엄이 입을 열려는 찰나 케이지가 눈짓으로 말했다. 실수야, 친구. 더 이상 아무 말도 하지 마. 이걸로 충분해.

그레이스가 곁에 누웠을 때 케이지는 천장을 올려다보고 있었다. 그는 그녀에게 사실대로 고백하고 싶었다. 그녀의 작품은 도무지 반짝이는 것이 없다고. 물론 충동적인 생각이었다. 그녀의 직업적 발전은 그들의 관계를 위험하게 만든 뒤에라야 가능할 것이다. 누군가 그레이스의 소설을 읽고 진심을 담은 평을 해줄 리도 없었다. 그녀의 책을 서점에서 발견하지 못할 테니까. 서점 주인은 깐깐한 성격이었고 신생 출판사에 유독 엄격했다.

요즘엔 아무나 책을 내지요. 뭐 언제는 안 그랬겠느냐마는, 그래도 나는 나의 안목을 믿습니다. 고객이 찾으면 가져다놓긴 하지만 글쎄요, 그 책을 찾는 고객이 있을까요? 다섯 장을 읽고 덮었지요. 딱 다섯 장. 그거면 나한테 충분해요. 케이지는 너무 섣부른 판단이라고 말했지만 서점 주인은 물러서지 않고 말했다. 이렇게 생각해봐요. 맛이 별로인 맥주를 맛이 별로라고 판단하는데 몇 모금이나 필요하죠? 딱 한 모금이면 충분해요. 많아야 두 모금. 그렇지만 나는 다섯 장이나 읽었다고요.

케이지는 그레이스의 손을 잡았다. 그들은 잘 때도 손을 잡고 잤다. 그녀의 손에선 야생 버섯 냄새가 났다. 그는 인중에 그녀의 손을 올려놓았다. 그것은 마음의 평화를 찾기 위한 잠들기 전 의식 같은 것이었다. 그녀가 반드시 진실을 알아야 할 필요는 없다. 게다가 무엇이 진실인지도 알 수 없다. 먼 훗날 누군가 그레이스의 책을 제대로 평가해줄지도 모른다. 그 일은 그의 몫이 아닌 것이다. 그는 '남편의 역할'만으로도 만족했다.

자다가 눈을 번쩍 뜬 그는 심장이 마구 요동치는 것을 느꼈다. 그녀는 그의 작업을 언제나 전적으로 응원했다. 설마 그것이 '아내의 역할'이었을까? 그는 양심의 가책을 느꼈지만 결국 다시 잠 속으로 빠져들었다.

—이기동은 등단한 지 3년 만에 장편소설을 완성했다. 아내의 조언을 받아들여 주요 등장인물 가운데 한 명을 죽였지만 범인을 밝히지는 않았다. 순문학 소설은 그래야 한다고 그가 고집

했다. 공모전에 투고했지만 연락은 오지 않았다. 그의 소설은 컴퓨터 파일 형태로만 남았고 '비행하는 남자.hwp'는 얼핏 보든 자세히 보든 전혀 소설처럼 보이지 않았다.

자서전을 완성하자 고료가 입금되었다. 의뢰인은 아무래도 이건 자기가 원하던 이야기가 아니라고 평했지만 결국 출판은 했다. 몇 부나 팔렸는지는 알 수 없었다.

장모는 사위의 인사를 받아주지 않았다. 삼계탕을 먹으러 오라고 해놓고는 닭을 씻다가 화가 나서 머리를 싸매고 드러누웠다. 결국 텅 비어 있는 닭의 배 안에 찹쌀과 인삼과 대추를 넣고 푹 삶아서 상에 올린 사람은 그였다. 그의 아내는 퇴근 후 친정집으로 와서 어머니에게 시비를 걸었다. 오라고 해놓고 아프다고 누워 있는 꼴이 보기 싫다고 했다.

"편찮으신 분한테 왜 그래. 와서 삼계탕이나 먹어. 어머님도 어서 드세요."

"입맛 없어. 너희들이나 먹어."

"그럴 거면 왜 오라고 했어?"

그는 아내의 입속에 닭다리를 찔러넣었다.

"어서 먹고 가자."

그가 속삭이듯 말했음에도 장모는 그의 말을 들었고, 침대에서 벌떡 일어나며 말했다.

"자네는 당최 일할 생각은 없나?"

그는 어떻게 대답해야 할지 몰라 삼계탕 국물만 떠먹었다. 생각이 바뀌었는지 그의 장모가 식탁으로 걸어오더니 자리에 앉왔다.

"어서들 먹어."

장모는 마치 자기가 만든 요리인 것처럼 말했다.

"잘 먹겠습니다."

그는 국물 한 방울 남기지 않고 그릇을 싹 비웠고 집으로 가는 길에 소화제를 사 먹어야 할 거라고 확신했다. 장모가 가슴 언저리를 두드리며 말했다.

"먹은 것도 없는데 소화가 안 되네."

그는 무겁게 입을 열었다.

"일 구하고 있으니까 걱정하지 마세요."

장모는 반색하며 말했다.

"대필인가 뭔가 그런 거 말고 제대로 된 일을 구해. 정규직으로."

그는 그건 불가능하죠,라고 답하려 했지만 목소리가 나오지 않았다.

포기해야 할 때를 아는 자의 뒷모습이 아름답다고 말해준 자의 뒷모습은 과연 아름다웠을까? 그는 포기했다. 등단한 지 햇수로 5년이 되었을 때 이기동은 어머니의 김밥집 주방에서 손님에게 내어갈 라면을 끓이고 있었다.

맞은편 가게 간판을 볼 때마다 그는 어깨가 절로 움츠러들었다. '도장 열쇠 시계'. 주인아저씨의 대표 기술 세 가지. 주인아저씨의 자부심 세 가지. 세 가지씩이나 되다니 정말이지 대단하

다. 그는 만일 간판을 달면 무엇을 써야 할지 생각해보았다. '소설…….'

어쩌다가 이렇게 되었을까.

이 모든 건 아버지 때문이야.

그는 생라면을 씹어 먹으며 생각했다.

─이기동의 손안에 떨어진 것은 지폐가 아니라《금강경》이었다. 그는 손님을 올려다보았다. 도인처럼 길게 수염을 기르고 승복 같은 것을 입고 있는 할아버지가 말했다.

"돈이 없어. 그러니까 이거 받고 김밥 한 줄만 줘."

그는 홀린 듯이 김밥 한 줄을 내밀었다.

만일 그때 그 할아버지를 만나지 않았더라면.

그것에 관해 생각할 때마다 그는 아찔했다. 존 케이지를 알게 된 삶, 존 케이지를 모르고 사는 삶 모두가 그랬다. 어느 한쪽이 더 낫다고 말할 수가 없었다.

모든 치명적인 것은 그런 법이다.

8

ㅡ존 케이지는 총보 대신 파트보를 나누어주며 새로운 연주법을 제시했다.

"애써 조화를 이루려고 할 필요는 없습니다. 자기 것만 연주하세요."

단원들은 그의 의도를 조금도 이해하지 못했다. 누군가 불만스럽게 중얼거렸다.

"그럼 이 곡을 완성하는 건 누굽니까?"

존 케이지는 씩 웃으며 대꾸했다.

"당신들 모두입니다, 당연히."

"포디즘의 유행은 지나지 않았나요?"

단원들 모두 웃었다. 존 케이지도 웃었다.

"그런 의미가 아닙니다. 각자 자신의 소리에 깊이 빠져드는 상태를 뜻하는 겁니다. 몰아의 경지에 다다를 때까지요. 자동차는 각 부품들이 어우러지지 않으면 절대로 굴러가지 않습니다. 딱 맞아떨어져야 합니다. 그러나 우리의 음악은 그렇지 않습니다. 뜻밖의 것이 뜻밖의 자리에 나타나더라도 우리는 그것을 즐겁게 받아들이는 법을 배우게 될 겁니다. 우리는 화음, 조화, 단합, 총체를 지양하고 불협화, 부조화, 분열, 우연을 지향합니다."

단원 중 한 명이 손을 들며 물었다.

"혹시 의도적으로 소음을 만드는 건가요?"

케이지는 단호한 목소리로 말했다.

"아닙니다. 명백히 달라요. 저는 소음을 소리로 받아들이는 법에 대해 말하고 있는 겁니다. 처음부터 소음이란 존재하지 않음에도 우리는 소음이 존재한다고 생각합니다."

누군가 크게 재채기를 했다. 연이어 의자 끄는 소리.

"조금 전의 그 소리가 방해되었습니까?"

대다수의 단원들이 고개를 끄덕였다. 그러나 케이지는 고개를 저었다.

"아니죠. 아닙니다. 그렇게 곤두서 있을 필요가 없습니다. 재채기도 의자 끄는 소리도 음악이 될 수 있으니까요."

일부러 그런 것인지 누군가 크게 방귀를 뀌었다. 그 소리에 모두가 웃었다. 케이지는 놓치지 않고 말했다.

"좋습니다. 그것도 음악이 될 수 있죠."

단원들은 수군거리기 시작했다. 그들은 케이지가 무엇을 하려고 하는지 거의 이해하지 못했지만 연주가 시작되었을 때 각자 자신의 연주에만 몰두하기는 했다. 동료들이 연주하는 소리를 귓등으로 들으려 노력하며 그들은 파트보를 유심히 들여다보았다. 그러나 도무지 이해가 되지 않았다. 한 손에 활을 든 채로 멍하게 앉아 있거나 물을 마시러 자리를 뜨는 사람도 있었다. 문 여닫는 소리가 요란했다. 케이지는 연단에 서서 단원들을 뿌듯한 표정으로 바라보았다.

그레이스는 맨 뒷자리에 앉아 있었다. 케이지가 원하는 것이 무엇인지 진정으로 알아챈 사람이 단 한 명이라도 있을까? 그러나 별수 없다. 케이지는 이 엉뚱한 일을 청중들에게 태연하게 보여줄 테니까. 그녀는 귓가를 스치는 불협화음, 소음에 가까운 온갖 악기들의 소리를 들으며 지그시 눈을 감았다. 전개를 예측할 수 없는 음악이 도처에서 발생하고 있었다.

'발생하는 것을 사랑했다.'

로마의 철학자 황제는 말했다. 존 케이지 역시 이 말에 크게 공감할 것이다.

─이기동은 홀에 나갈 제육덮밥을 만들다가 문자메시지를 받았다. 점심시간이 지나고 나서야 비로소 확인해보니, 오랫동안 연락이 끊겼던 일등이었다.

'잘 지내냐? 나는 고시 포기했다. 어제 포기했어.'

그는 '어제 포기했어'라는 문장을 유심히 들여다보았다.

그는 언제 글쓰기를 포기했나? 반년 정도 된 것 같다. 그의 어머니는 김밥집을 확장했는데 혼자서 넓어진 홀을 책임지기엔 무릎이 시원치 않았다. 그는 양파 껍질을 벗기는 법부터 배웠다. 그럼에도 제육덮밥을 만들기까지 일주일밖에 걸리지 않았다. 요리에 꽤 소질이 있었다. 어쩌면 소설보다 더 나은 솜씨 같기도 했다. 그가 쓴 소설은 아무 짝에도 쓸모가 없었지만 제육덮밥은 배고픈 손님이 접시 바닥을 닥닥 긁어가며 맛있게 먹어주었다.

"설거지는?"

그의 어머니가 장부를 들여다보다가 물었다. 그는 일등에게 급히 답장을 보내고 잔뜩 밀려 있는 설거지를 해치웠다. 답장은 금방 왔다.

'일단 만나서 얘기해.'

어제 고시를 포기했다는 말은 사실인 것 같았다. 일등은 여전히 삭발한 머리였다. 눈썹은 있었지만 끄트머리에 피어싱을 하고 왔다.

"어제 뚫었다. 이것부터 하러 갔어."

"진짜 어제 포기했어?"

"어."

그러나 그의 눈에 일등은 오래전부터 모든 걸 포기하고 살았던 사람처럼 보였다. 눈빛이 달랐다. 무심하고 텅 비어 있고 초점이 맞지 않는 것 같고. 그의 얼굴을 똑바로 쳐다보지 않았다. 늘 귓바퀴 근처나 이마 혹은 어깨만 봤다. 그는 뒤늦게 결혼 소식을 알렸다. 오래전 노량진에서 함께 어울려 놀았던 장수생이 나의 아내라니. 새삼스럽게 믿기지가 않았다. 일등은 뜻밖에도 눈썹만 치켜세웠을 뿐 놀라지도 않았고 별다른 말도 하지 않았다. 결혼 생활이 어떤지도 묻지 않았다.

"나도 여자친구 있어."

"어디서 만났는데?"

"식당에서."

일등은 그 이상은 말하지 않았다. 캐물어도 제대로 대답해주지 않았다. 그도 금세 흥미를 잃었다.

"책은?"

그는 무슨 의미인지 모르겠다는 표정을 지었다.

"책은 냈어?"

"나도 포기했어, 반년 전에."

일등은 이번엔 놀란 표정이었다.

"왜?"

"청탁도 안 들어오고, 장편공모전도 떨어졌고. 결혼도 했는데 돈을 벌어야지."

일등은 피어싱을 만지작거리며 말했다.

"우리 나이가 꿈을 포기하기에 딱 좋은 나이이긴 하지."

"벌써 삼십대 중반이잖아."

"내 여자친구는 스물한 살이야."

일등이 별안간 말했다. 그는 침묵했다.

"다음에 같이 보자. 집으로 놀러갈게. 누님은 여전하지?"

"변했어."

일등은 어떻게 변했는지 묻지 않았다. 그도 말하지 않았다. 한참 뒤에 일등이 말했다.

"여자들은 결혼하면 변한다고 들었어."

"사실이야."

그는 딱히 부연 설명을 하지 않았다.

"나는 결혼 안 하려고."

그는 고개를 끄덕였다.

"요즘엔 안 한다는 사람도 많더라."

"너는 왜 했냐?"

"그땐 인생이 잘 풀릴 줄 알았지."

"아니었어?"

"전혀."

"나도. 수능이 내 한계였나봐. 뭐, 상관없어. 이젠 하고 싶은 것만 하면서 살려고."

그 말에 그는 반감을 느꼈다. 우리 나이에 하고 싶은 것만 하고 산다는 게 가당키나 한 소린가?

"뭘 하고 싶은데?"

"일단 아르바이트. 너희 가게 사람 안 구하냐?"

"우리 엄마 몰라? 나도 겨우 취직했어."

"그럼 편의점이나 만화방으로 가야겠네."

그는 누가 삭발한 삼십대 중반의 실패한 고시생을 아르바이트생으로 써줄까 싶었지만 아무 말도 하지 않았다. 대학생도 일자리를 못 구해서 난리라는데. 게다가 고학력자인 일등의 이력서를 보면 더더욱 뽑지 않으려 할 것이다.

213

"부모님은?"

일등은 탁자 모서리만 쳐다보다가 한참 뒤에 말했다.

"집 나왔어. 지금 고시원에서 살아. 아버지 얼굴은 못 본 지 1년 넘었고 어머니는 지난달에 봤어. 이제 와서 회사에 취직하라더라. 그게 가능하겠냐?"

"그래도 너는 서울대 나왔잖아."

"학원 강사 같은 건 가능하겠지. 논술 강사나 뭐, 사탐 강사, 국어 강사. 문과 쪽 아무거나."

"과외도 괜찮겠네."

"그렇겠지."

"그런데 왜 편의점 아르바이트를 하려고?"

"아무 생각도 안 하고 싶어서. 그냥 조용히 살고 싶어. 입 달고, 식물처럼."

일등은 돌연 의자에서 벌떡 일어나더니 주위를 두리번거렸다. 프랜차이즈 커피숍은 대학생들로 꽉 차 있었다.

"여기 왜 이렇게 조용하냐? 다들 공부만 하네?"

"우리 때보다 더 힘들대잖아."

"다들 우리 말 엿듣고 있는 거 같지 않냐?"

일등은 자리에 앉더니 괜히 의자 밑을 살폈다. 그가 물었다.

"왜 그래?"

"벌레."

"이런 데 무슨 벌레가 있어."

일등은 계속 발밑을 살폈다.

"바퀴벌레야. 엄청 커."

그 말에 옆자리의 여학생이 불안한 듯 발밑을 살폈다.

"어! 저기 있다!"

여학생이 벌떡 일어났다. 그러나 바퀴벌레는 보이지 않았다. 여학생은 짜증스러운 한숨을 내쉬다가 노트북을 들고 다른 자리로 옮겼다. 일등이 말했다.

"야, 소용없는 일이 정말 많아. 거의 다 소용없어. 아무리 열심히 공부해도 안 될 놈은 안 되는 거야."

그는 아무런 말도 하지 않았다. 일등이 연이어 말했다.

"누님은 처음부터 될 사람이었나봐. 결국 됐잖아. 그런데 우리는 아니야. 너도 그렇고 나도 그렇고 이게 원점은 아니잖아. 훨씬 바닥이지. 너는 식당에서 일하고 나는 학원 강사나 하겠지. 야, 중학교 때 기억나냐?"

그는 일부러 기억이 안 난다고 답했다.

"난 자주 기억나. 그땐 어른이 되면 진짜 멋지게 살 줄 알았는데. 이십대까지는 그런 생각을 유지하고 살았는데 이젠 불가능. 야, 사람이 언제 늙는지 아냐?"

"몰라."

"희망이 없다는 걸 알 때. 그 즉시 늙는다."

일등이 처음으로 그의 눈을 똑바로 쳐다보았다. 그는 시선을 피했다. 일등의 얼굴은 늙었다. 폭삭 갔다. 그의 얼굴 역시 그럴 것이다.

그는 뭔가가 그들 곁을 막 스쳐지나가는 것을 느꼈다. 기차처럼 생긴 뭔가. 시절? 아마도 스스로를 젊다고 생각했던 한 토막의 시간체일 것이다. 그 시간체가 그들 곁으로 되돌아왔다가 다시 빠져나갔다. 시간은 그러고 보면 절대로 선형이 아닌 것이다. 그가 알고 있던 시간은 시간이 아니었고, 미처 몰랐던 시간이 시간인 것이다.

그는 《금강경》을 떠올리며 생각했다.

"너 《금강경》 읽어봤어?"

일등은 황당해하는 얼굴로 되물었다.

"뭐 임마?"

—수강생은 선불교를 선뜻 받아들이지 못하는 부류와 존 케이지처럼 적극적으로 받아들이는 부류로 나뉘었다. 선불교의 중심 사상인 '공'을 잘못 이해한 학생들도 속출했다. 어차피 모든 게 공으로 돌아간다면 노력해서 무엇 하겠는가. 그들은 회의적으로 변했고 냉소적인 태도를 취했다. 케이지는 그들에게 '공'은 그런 의미가 아니라고 말하며 교수에게 도움을 요청했다. 그들은 대학 식당에서 함께 식사를 하는 중이었다.

교수는 뜻밖에도 그의 요청을 듣지 못한 것처럼 행동했다. 일곱 명의 수강생이 자신을 쳐다보고 있는 와중에도 포크로 양상추를 찍어 먹느라 바빴다. 참다못해 케이지가 말했다.

"제 말을 들으셨습니까? 설명 좀 부탁드립니다."

"설명이 불가합니다."

교수는 대번에 잘라 말했다. 케이지는 강의 시간에 했던 말을 다시 반복해달라고 요청했다.

"중요하지 않습니다. 선불교의 핵심은 그 어떤 것도 정해진 모양새가 없다는 것입니다. 정해진 뜻도 없습니다. 모든 것은 서로 연결되어 있고 그 관계 속에서 위치와 의미가 바뀝니다. 모든 것은 변합니다."

"그것 또한 고정된 사상 아닌가요?"

붉은 머리의 수강생이 도전적인 어조로 물었다. 하지만 교수를 자극하기엔 역부족이었다. 교수는 도무지 목소리를 높이거나 인상을 쓰는 법이 없었다.

"그럴 수도 있습니다. 맞습니다. 저 또한 아직 수양이 부족합니다. 제가 여러분에게 전달하려는 지식은 고정된 것이니 차라리 모두 잊는 게 나을지도 모릅니다. 하지만 여러분이 선불교에 대해 알고자 하는 마음만은 그대로 간직했으면 좋겠습니다. 언제든 때가 되면 여러분은 눈을 뜨게 될 겁니다."

"도대체 어떻게요?"

붉은 머리는 또다시 불만스러운 어투로 물었지만 교수는 샐러드를 마저 먹기만 할 뿐 아무런 말이 없었다. 수강생들은 의구심 가득한 얼굴로 뿔뿔이 흩어졌다. 케이지는 커피 한 잔을 가져와 교수의 맞은편에 앉았다. 교수는 끓인 물을 얻어와 차를 우려내고 있었다.

"그런 식으로 말씀하시면 학생들은 절대로 수긍하지 않을 겁니다."

"그렇더라도 어쩔 수 없습니다. 모든 것에 열려 있는 자세가 바로 선불교이니까요."

"그렇게 아무것도 정의내릴 수 없다면 혼란스럽지 않을까요?"

"정의를 내리기 때문에 혼란스러워지는 겁니다."

─이기동은 《다르마 행려》를 찾아냈다. 《금강경》을 읽고 선불교를 쉽게 이해할 수 있는 책이 있을까 알아보다가 마침 소설이기도 한 그 책을 찾아냈다. 소설이라면 졸지 않고 읽을 자신이 있었다. 《금강경》은 너무 기이한 책이라 졸리지 않았다. 수보리는 참으로 호기심도 많고 학구열이 강한 제자였다. 그는 수보리만큼은 아니지만 그가 살고 있는 세상이 어떤 곳인지 무척이나 알고 싶었다. 제육덮밥과 순두부찌개와 오므라이스와 왕돈가스만 만들며 삼십대를 보내고 싶지 않았다. 두 평짜리 주방이 그의 세계의 전부라는 것을 믿고 싶지 않았다. 그는 성실히 일했지만 아직 시작도 못한 일이 늘 어깨에 매달려 있는 것 같았다. 피로와는 달랐다. 피로보다 더한 것이었다.

"그래서 알아냈냐?"

일등이 물었다. 삭발한 머리가 유난히 반짝거렸다. 일등은 만화방에 일자리를 구했다. 알고 보니 예전부터 단골이었던 가게라고 했다.

"졸리지는 않아. 너도 읽어볼래?"

"됐어. 핵심만 말해. 그래서 뭐라는데?"

"오렌지를 예로 들어볼게. 오렌지를 처음 본 사람에게 오렌지는 오렌지가 아니야. 처음엔 이게 선불교 사상의 핵심인 줄 알았어. 오렌지에게 오렌지라는 이름을 붙여주었을 뿐 오렌지는 오렌지가 아니다. 그런데 이게 아니었어. 오렌지를 먹고 있는 사람을 보고, 오렌지가 사람을 먹는 것인가 사람이 오렌지를 먹는 것인가, 이게 선불교 사상에 더 가까워. 무슨 말인지 알겠냐?"

일등은 인상을 찡그렸다.

"오렌지가 사람을 먹으면 그게 오렌지냐? 괴물이지."

그는 으스대며 《다르마 행려》를 던져주고 나왔다.

일주일 뒤 다시 만화방으로 갔다. 일등은 라면을 먹고 있었다. 그를 보자마자 일등이 말했다.

"야, 이 라면이 나를 먹고 있게, 내가 이 라면을 먹고 있게? 라면은 텅 비어 있고 나도 텅 비어 있으니까 우리는 서로를 먹는다. 그러면 나는 라면이 되고 얘는 내가 되지."

그의 아내는 말했다.

"라면은 라면이고 오렌지는 오렌지야. 오렌지가 사람을 먹어도 오렌지고, 라면이 사람을 먹어도 라면이야. 그 어떤 미친 짓을 하더라도 오렌지는 오렌지라고. '미친' 오렌지로 바뀔 뿐이지."

그는 아내에게도 그 책을 던져주었다. 그녀는 하루 만에 다 읽고 이렇게 말했다.

"이렇게 살면 피곤하다. 이게 내 결론이야."

그는 곧바로 대꾸했다.

"그렇게 빨리 읽으니까 엉망으로 깨달은 거야."

그녀는 그를 노려보았다.

"네 깨달음은 더 엉망진창이거든? 내일 절에 가서 물어볼래?"

그들은 정말로 절에 갔다. 계단을 오르느라 죽는 줄 알았다. 스님 한 분이 그들이 올 것을 미리 알고 있었던 것처럼 수십 개의 원불이 봉안된 입구 근처에 서 계셨다. 그들은 서로 옆구리를 찌르다가 결국 아무것도 묻지 못하고 돌아왔다. 그는 집으로 돌아오는 길에 결론을 내렸다.

"내가 틀렸을 수도 있어. 그런데 부처님의 진정한 뜻을 어느 누가 알겠어?"

아내는 뜻밖에도 정답,이라고 말했다.

—일등의 여자친구는 정말로 존재했다. 이기동은 일등보다 덩치도 키도 훨씬 큰 여자를 보고 내심 놀랐지만 겉으론 내색하지 않았다. 아내 역시 그런 눈치였다. 그녀의 이름은 김하영. 176센티미터의 장신이었다. 그들 중 가장 컸다.

아내는 김하영을 마음에 들어 했다. 말수가 적고 부끄러움을 많이 타는 성격이었다. 처음엔 그런 줄 알았다. 하지만 술이 들어가자 베란다에서 줄담배를 피우고 오더니 큰 소리로 트림을 하고 바닥에 흘린 음식물을 주워먹기도 했다. 일등은 여자친구 자랑을 늘어놓았다.

"얘는 가식이 없어. 정말 솔직한 성격이야."

김하영은 일등의 멱살을 붙잡고 마구 흔들었다. 일등이 간지럼을 태우자 그제야 놓아주었는데 뭐가 그렇게 웃긴지 계속 웃었다. 그의 아내는 김하영이 더한 주사를 부리기 전에 재우는 게

낮겠다 싶었는지 침대로 데리고 가 눕혔다. 김하영은 세 시간 동안 한 번도 깨지 않고 내처 잤다. 그동안 일등은 그들 부부와 소파에 앉아 영화를 보았다. 〈팩토텀〉이라는 영화였다. 그가 골랐지만 무슨 내용인지 모르고 틀었다. 그의 아내는 하품을 계속하다가 졸음을 쫓겠다며 진하게 내린 커피를 가져왔다. 그러나 효과가 없었다. 아내는 일등을 바닥으로 밀어내고 소파에 길게 누워 잠들어버렸다. 여자들이 모두 잠든 뒤 그와 일등은 속삭이며 대화했다. 일등이 모니터를 가리키며 말했다.

"저렇게 막 살아도 책을 내네. 너는 너무 성실하게 사는 거 아니냐?"

그는 쓴웃음만 짓다가 말했다.

"뭘 모르네. 저렇게 살아서 책을 낸 게 아니야. 은행원으로 살았어도 결국 출판사에서 연락이 왔을걸. 원래부터 실력이 있었던 거지."

"아니야."

일등은 한 번 더 강조해 말했다.

"아니야. 저렇게 엉망진창으로 살아서 인생의 의미를 깨달은 게 분명해. 도박이 최곤가봐. 너도 도박을 해봐. 아니면 저렇게 끝내주게 막장인 여자를 만나보든지."

그는 잠든 아내를 슬쩍 돌아보며 말했다.

"사람마다 다 자기 경험치가 정해져 있나봐. 공무원 아내랑 살면서 김밥집 주방에서 일하는 게 내 경험치의 한계야."

"아니지. 그건 네가 정한 거지."

일등은 확신을 갖고 말했다.

"내가 작가였다면 너처럼 안 살아. 여행도 다니고 그래라. 글이 나오겠냐? 하루 종일 주방에서 일하는데."

그러나 그들은 그가 왜 그렇게 살고 있는지 너무나도 잘 알았기에 결국 입을 다물고 말았다. 그는 남편이고, 되도록 생계를 책임지는 가장이어야만 하며 아내에게 무시당하지 않기 위해 매사에 노력해야 했다. 무능한 남편이라는 말을 듣고 사는 것보다 더 끔찍한 일도 없다. 그가 말했다.

"너 그거 아냐? 남편이라는 건 존재가 아니라 자리야. 그 자리에서 밀려나면 반려견보다도 더 못한 취급을 받지. 현실에선 절대로 존재가 본질을 앞서지 않아. 사르트르는 평범한 결혼생활을 안 해봐서 몰랐을 거야."

일등은 고개를 저으며 엉뚱한 말을 했다.

"네가 이렇게 사는 건 다 구조적인 문제 때문이야. 청탁제도 때문이지. 투고제로 바꾸면 누구나 다 글을 발표할 수 있잖아. 신인이든 무명이든 뭐든지 간에. 아예 등단제도도 없애버리면 어떨까? 그게 더 낫지 않겠냐? 무슨 자격증도 아니고."

그는 그런 말을 들을 때마다 아우슈비츠를 떠올렸다. 검시관은 손가락을 구부리고 곧게 펴는 것만으로 누가 석탄을 캘지 누가 인체 실험에 동원될지를 결정했다. 그는 '소설실'로 보내졌다. 가스실보다 약간 더 나은 정도다.

"어쨌거나 이젠 소설 안 써. 투고제로 바꾸면 연륜 있는 작가들이랑 경쟁이 안 될 거다. 오히려 청탁제가 신인도 글을 발표할 수 있는 기회를 주는 제도인지도 몰라."

"순진하긴. 판매 부수를 올려주는 작가한테만 청탁하는 게 당연한 거 아니겠냐? 정말 소설 안 쓸 거야?"

그는 고개를 저었다. 일등이 말했다.

"그럼 내가 써볼까?"

"네가?"

"내가 살아온 세월을 그대로 쓴다면 아마 모두 공감할걸."

"웃기지 마. 서울대 들어간 놈한테 누가 공감을 하냐?"

일등은 아무런 반박도 하지 않았다.

김하영이 안방에서 비척거리며 걸어나왔다. 술이 다 깼는지 조용한 성격으로 돌아갔다. 그의 아내가 꿀물을 타서 건네자 부끄러워하면서도 쭉 들이켰다. 일등은 자고 가도 되냐고 물었고 그의 아내는 그만 꺼지라고 답했다. 그들이 떠난 뒤 아내가 말했다.

"쟤들 곧 헤어질 것 같아."

"왜?"

그는 전혀 그런 기미를 보지 못했다.

"여자애가 좀 혼란스러워 보이지 않아?"

아내의 예언은 빗나갔다. 그들은 몇 달 뒤 부부가 되었다. 결혼식은 생략했다. 그는 결혼 선물로 아기침대를 골랐다. 김하영은 순산했고, 일등은 혼인신고를 한 지 일곱 달 만에 아버지가 되었다. 논술 학원 강사로 일하던 그는 아이가 태어난 뒤 인기 강사로 등극했다. 악착같이 수업에 임했고 전투태세로 사회생활을 해나갔다. 버텼다. 잘 버텨냈다. 학부모들과의 입시상담에서도 높은 점수를 받았다. 여전히 삭발한 머리를 하고 있었는데 거울을 볼 때마다 마음을 다잡기가 수월해서라고 했다. 일등이 말했다.

"다른 건 몰라도 나는 실패해도 괜찮다고 말해주는 부모가 될 거다. 다른 건 다 남들처럼 해도 실패엔 관대할 거야."

"그래, 그래라."

그러나 그는 속으론 이렇게 생각했다. 아버지가 서울대를 나왔으니 시우도 참 부담스럽겠구나.

그는 문득 내가 아버지보다 잘한 게 무얼까, 하는 생각이 들었다.

정착. 그건 아버지보다 잘했지. 결혼생활에 충실한 것. 그건 아버지보다 잘했지. 인생을 묵묵히 받아들이는 것. (그것이 좆같더라도.) 그건 아버지보다 잘했지.

그러나 나는 이따위 것들이나 잘하려고 태어났는가.

양파 껍질을 밟고 미끄러지는 바람에 손목과 다리를 동시에 다쳤다. 5일간의 여름휴가가 승인되었다. 아내는 여행을 가자고 말했지만 그는 거절했다. 아무 데도 가고 싶지 않았다. 아내는 혼자 떠났다. 그는 에어컨을 틀어놓고 그 밑에 드러누워 있다가 전기세가 걱정되어 껐다. 찜통인데 어디로 가야 하나.

도서관까지 다리를 절뚝이며 걸어갔다. 다 늙어빠진 노인이 된 기분이었다. 문득 살아서 무얼 할까 싶었다. 얼른 늙어 죽고 싶었다. 횡단보도에 서서 도무지 바뀌지 않는 신호기를 노려보다가 깨달았다. 아무것도 해낸 게 없어. 아무것도.

나의 삶은 백지처럼 하얗고, 아무것도.

나의 삶은 황무지처럼 냄새가 없고, 아무것도.

나의 삶은 아무것도 아닌, 아무도 아닌 삶.

도피가 필요했다. 그러나 어디로? 그는 서가로 들어서며 생각했다. 여기가 좋겠군. 이러니까 다들 나를 이해하지 못하는 거야. 그는 가장 구석진 자리에 쭈그려 앉았다. 등 뒤에도 눈앞에도 머리 위에도 온통 책들. 등단작이 실린 신춘문예 소설집이 저 위에 꽂혀 있는 것을 발견했다. 그걸 보니 이곳이 꼭 그의 무덤 같았다.

"아저씨 좀 비켜주세요."

그는 엉덩이를 움직여 옆으로 조금 비켜 앉았다.

"비켜달라구요."

당돌한 녀석. 중학생 정도로밖에 보이지 않는데, 도대체 뭘 꺼내려고 이 난리를 치는 걸까. 중학생은 《중학생이라면 꼭 읽어야 할 고전소설》을 꺼내 들더니 짜증스럽게 책장을 넘겼다.

"읽기 싫으면 억지로 읽지 마."

"네?"

"억지로 읽지는 말라고."

"아, 네에."

중학생은 그를 쳐다보지도 않았다. 이러니 다들 책을 저주하는 거다. 어른이 돼서도 수학문제를 푸는 사람을 보았는가. 그는 혀를 차며 고개를 저었다. 학교에서 소설을 가르치면 안 돼. 오히려 못 읽게 해야 해. 그러면 다들 읽으려고 안달이 날 거야. 술이나 담배처럼. 그는 혼자 빙긋이 웃다가 엉덩이를 털고 일어났다. 소설읽기가 금지된 세상의 이야기는 어떨까. 저 중학생이 주인공이고, 뭐 어때. 재미로 쓰는 거지. 아무도 내가 뭘 쓰는지 모르고 관심도 없으니까 아무거나 써도 돼. 심지어 재미를 느껴도 돼. 촌스러운 문장이나 지루한 문장을 지울 필요도 없고 손 가는 대로. 남의 눈 의식하지 않고. 자유롭게. 이제 해방시켜줄 때도 되었지. 5년씩이나 가둬뒀으니.

내친김에 그는 매점까지 엘리베이터를 타고 내려가 연습장과 볼펜을 사 왔다. 그리고 열람실 의자에 앉아 첫 번째 문장을 적어내려갔다. 아무런 심사 없이. 볼펜이 저 혼자 미끄러져 달려갔다. 그는 받아 적기만 하면 되었다.

집으로 돌아오는 길엔 더 이상 자신이 아무것도 아니라는 사실로 괴로워하지 않았다. 그딴 건 상관도 없었다. 오로지 다음에 이어질 내용에 대한 고민뿐. 그래서 그 중학생은 어떻게 되었나? 소설을 찾아 떠났나? 도중에 여학생을 만났나? 그게 첫사랑이었나? 그래서 함께 소설을 찾았나? 미성년자 출입 금지 구역에서 소년은 무얼 깨달았나?

그는 보행신호가 바뀐 줄도 모르고 멍청한 얼굴로 그러나 천국에 사는 바보처럼 해맑은 얼굴로 횡단보도 앞에 멀뚱히 서서 웃었다.

─존 케이지는 제자 크리스찬 울프로부터 한 권의 책을 건네

226

받았다. 그것은 중국 주나라 때 만들어진 것으로 울프의 아버지가 번역해서 출판한 책이었다. 길흉을 점치는 책이라는 말에 처음엔 가볍게 첫 장을 펼쳤지만 결론적으로 그 책은 그의 인생을 바꿔놓았다.

"주역을 바탕으로 작곡을 해보려고. 어렵지 않아. 원리만 정해놓고 따르면 되니까. 모든 결과는 우연을 바탕으로 하는 거야. 동전 던지기로."

그레이스는 깜짝 놀란 얼굴로 물었다.

"뭐라고? 지금 뭐라고 했어?"

"동전 던지기로 나온 결과를 바탕으로 작곡을 하겠다고 했어."

"오, 여보. 꼭 그렇게 하고 싶다면 말리지 않겠지만 사람들에겐 사실대로 알리지 않는 편이 좋을 거 같아."

─이기동은 1년 만에 다시 소설을 쓰기 시작했다. 아무에게도 보여주지 않겠다는 조건을 스스로에게 내걸었다. 그러지 않으면 도저히 쓸 수 없을 것 같았다. 말하자면 그는 실패한 소설가였다.

아내는 그가 어떤 상태인지 몰랐다. 두 사람은 오래전 노량진 수험 생활을 함께하며 동지애를 돈독하게 쌓아올렸지만 지금은 세상에서 가장 알 수 없는 사람이 서로였다. 이런 상황에서 그녀가 다른 남자를 만났다고 비난할 수 있을까?

그는 비난할 수 있다. 왜냐하면 이 세상의 거의 모든 기혼 남녀들이 배우자에 대한 전적인 이해와 공감 없이도 서로를 잘만 견디고 있는 것처럼 보이고 무엇보다 그가 그렇게 하고 있기 때문이다.

어쩌면 그의 소설이 촉매제가 되었는지도 모른다. 그는 그 당시 아무것도 모르고 썼지만, 아내가 향초를 만드는 공방을 드나들며 누군가를 만났다는 사실을 직감적으로 알아챘는지도 모른다. 그러나 그는 아내를 감시한다거나 캐묻는 행동은 하지 않았다. 아내를 믿었던 게 아니라 자격지심 때문이었다. 비록 그가 어머니의 김밥집에 자리를 잡았고 월급을 받아오는 가장이 되긴 했지만 두 사람은 그즈음 대화를 나누는 일이 드물었다. 그는 집으로 돌아오면 곧바로 쓰러져 자거나 부엌 곁방으로 가서 글을 썼다. 그의 아내는 거실 소파에 누워 잠들기 전까지 티브이만 보거나 핸드폰을 만지작거리며 메신저 채팅만 했다. 가끔 웃기도 했다. 그는 왜 웃는지 묻지 않았다. 그런 것을 묻는 것은 함께 웃으려는 의도이고 그에게는 그런 의도가 없었다. 그녀는 뭍에, 그는 섬에 사는 사람이었다.

"결혼해도 사랑이 유지될 거란 환상을 아직도 갖고 있는 거 아니냐?"

일등이 그에게 말했다.

"나는 애가 생기고 나니까 의무감 외에 다른 감정은 전혀 못 느끼겠다. 사랑하는지 물으면 그렇다고 답하긴 해. 그런데 사랑이 뭔지는 모르겠어."

일등은 정말로 그게 뭔지 모르는 것처럼 굴었다. 그는 일등을 노려보았다. 경멸의 눈빛으로. 그가 그렇게 할 수 있는 까닭은 일등이 조금 전에 털어놓은 고백 때문이었다. 일등은 고등학교를 갓 졸업한 여자애를 '사랑'하고 있었다. 바람이나 충동이 아니라고 했다. 심지어 지금의 아내에겐 느껴본 적 없는 감정이라고 말하기까지 했다.

"아까는 그 여자애를 사랑한다면서 이젠 모르겠냐?"

일등은 한심하다는 눈빛으로 그를 쳐다보며 말했다.

"와이프를 사랑하는 거랑 와이프가 아닌 여자를 사랑하는 건 완전히 다른 문제라는 걸 모르겠냐? 너는 엄마를 사랑하는 거랑 다른 여자를 사랑하는 게 같은 사랑이야?"

"그렇다면 더 문제지. 너는 와이프에게 가족애조차 못 느낀다는 거잖아."

"솔직히 말하면 그래. 와이프는 엄마가 될 수 없어. 죽었다 깨어나도 그건 안 돼. 이혼하면 남남인데 지금은 그냥 내 아내로 사는 것뿐이라고. 그런데 엄마는 아니야. 엄마는 절연해도 엄마잖아."

"도대체 왜 결혼한 거냐?"

"몰라서 물어? 애 때문이잖아."

"애는 사랑하고?"

"당연하지. 우린 아버지와 딸이잖아. 절대로 남이 될 수 없는 사이야."

"네가 이런 생각하는 거 네 와이프는 전혀 모르지?"

"걔는 나한테 관심도 없어. 애한테만 빠져 있지."

일등은 연이어 말했다.

"정리할 거야. 오래 만날 생각 없어."

그는 짧지만 머리카락이 촘촘하게 자라난 일등의 머리통을 물끄러미 쳐다보았다. 셔츠 단추를 밀쳐내며 튀어나올 듯한 뱃살도. 불가리 결혼반지, 구찌 벨트, 에르메스 넥타이도. 일등은 달변가로 변신했다. 학생들의 마음을 잘 헤아렸고 늘 허풍을 떨었다. 거짓말만 늘어놓기 시작했더니 모든 일이 잘 풀리더라고 말하기도 했다. 돌아보니 노량진 시절의 모습을 그대로 간직하고 있는 사람은 그뿐인 것 같았다.

오랜만에 마주앉아 저녁을 먹은 아내는 그에게 말했다.

"너도 변했어. 다들 자기가 변한 줄은 모르고 남만 욕하지."

"내가 어디가 변했다는 건데?"

아내는 면발을 감고 있던 젓가락을 팽개치듯 내려놓으며 말했다.

"야, 너는 우리 셋 중에 허세가 제일 심해. 몰라?"

그는 부정했다.

"자기 자신을 객관적으로 파악하는 것도 능력이야. 그런데 너는 그런 능력이 없나봐."

"소설 때문에 그런 말을 하는 거야?"

그는 목에 가시가 걸린 사람처럼 인상을 쓰며 물었다. 아내는 아무런 말도 하지 않았다.

─이기동의 어머니는 아들을 볼 때마다 한숨을 내쉬었다. 쉰

나물을 한 움큼 입속에 넣고 우적거리는 사람처럼 요상한 표정을 지으면서. 그녀는 아들이 결국 김밥집 주방장 자리에 착지한 것을 믿을 수가 없었다. 그 동그란 것은 열기구 풍선이 아니라 낙하산이었다. 그녀의 아들은 아래로, 아래로 내려오는 중이었다. 등단 후부터 지금에 이르기까지, 더 이상 내려갈 곳이 없을 정도로 말이다. 그녀는 아들의 등짝을 가끔씩 세게 내리쳤는데 그 이유를 모르는 그는 깜짝 놀란 얼굴로 어머니를 돌아보았다. 그러면 그녀는 아들의 등을 쓰다듬으며 서글프게 웃었다. 이제 더 이상 아들을 괴롭히는 짓은 하지 않았다. 한때 그녀는 가정통신문 빈칸에 아들의 장래희망을 '의사'라고 적기도 했었다. 크고 반듯하게 의사,라고 쓰면서 그녀는 마치 그 꿈이 이루어진 것처럼 뿌듯해했었다. 가운 대신 앞치마를 두르고, 펜 대신 칼을 쥐고, 아들의 얼굴은 점점 제 아비를 닮아갔다. 그녀는 아들이 늙고 있다는 것을 눈치챘다. 그런 것을 알아채는 것만큼 슬픈 일도 없다. 하지만 받아들여야 했고 그녀는 그렇게 했다. 더 이상 기대를 갖지 않았다. 시간이 그들 모자의 얼굴 위로 공평하게 흐른다는 것을 이젠 인정했다. 아들은 자라나는 새싹도 될 성싶은 푸릇한 묘목도 아니었다. 다 컸다. 커버렸다. 반올림을 하면 마흔이다. 그녀는 의자에서 일어나 김밥을 말았다. 손님들은 여전히 그녀의 김밥을 찾아왔다. 그거면 족하지. 그런데 내 아들은 누가 찾아와줄꼬. 그녀가 인생에 관해 아는 것이 한 가지 있다면 누군가 끊임없이 찾아와주지 않으면 생계가 상당히 곤란해지고 만다는 사실이었다. 그녀는 아들을 주방에 두기가 싫었다. 마음이 잘 맞고 솜씨도 좋은 재중동포 아주머니를 한 명 알고 있었다. 물론 급여도 훨씬 낮았다. 그녀의 아들이 세상 물정을 모르고 산다는 명백한 증거는 받아가는 월급만 봐도 알 수 있었다. 하지만 그녀는 아무 소리도 안 했다. 사돈 얼굴을 볼 때마다 창피하지 않으려면 그래야 했다.

─먼 곳으로 떠나고 싶다는 생각으로 이기동은 지하철을 탔다. 마침내 도착한 곳은 북한산 등산로 입구였다. 그는 고작 여기까지밖에 못 온 자신에게 몹시 실망했다.

등산을 하지 않고 반대 방향으로 걷기 시작했다. 횡단보도를 건너 언덕을 오르니 왕실묘역길이 나왔다. 연산군묘가 있는 곳이었다. 도중에 맞닥뜨린 봉분이 헐리고 상석이 들린 무연고묘를 연산군묘로 착각했다. 그러나 아니었다. 진짜 연산군묘는 가족묘였고 잘 정비되어 있었으며 철책을 둘러놓았다. 문인석의 개수를 세어보고 다시 걸음을 옮겼다. 정의공주묘. 뒤쪽 삼각산의 자태가 우람했다. 문인석의 개수를 세어보고 다시 걸음을 옮겼다.

김수영문학관으로 들어갔다. 그와 너무나도 다른 삶을 살았다. 연표를 보니 그랬다. 그는 머릿속으로 자신의 연표를 만들어보았다. 초라하고 조금의 흥미도 느낄 수 없고 무엇보다 내보이기 부끄러웠다. 무얼 했나? 도대체 나는.

글쓰기 네 시간, 독서 네 시간, 밥벌이 네 시간. 밥벌이는 번역이고. 그는 김수영의 단아한 글씨체를 오랫동안 들여다보았다.

현재 그의 삶은, 주방일 열세 시간, 글쓰기 두 시간, 책 읽기 한 시간.

자석을 붙인 목재 조각에 단어가 하나씩 쓰여 있었다. 단어를 골라 화이트보드에 배열하면 한 줄의 문장이 탄생했다. 무작위로 고르는 재미가 있었다. 그는 고심 끝에 문장을 만들었다.

'밤이 시끄럽게 일어났다.'

—스타인웨이앤드선스사의 창립 100주년을 앞두고 그들의 피아노에 역사적인 사건이 일어난다. 이 연주에 주목해야 하는 이유는 여러 가지가 있었지만 무엇보다도 스타인웨이사의 피아노만이 낼 수 있는 소리가 전혀 울려퍼지지 않았다는 것이다. 헨리의 후손들은 혼란스러워했다. 그들은 스타인웨이사의 피아노를 연주한 거장들의 이름을 집안의 가보로 물려주는 석판에 새겨놓았는데, 1952년 8월 29일에 연주한 피아니스트의 이름을 석판에 새기는 문제를 두고 의견이 분분했다.

"여기에 그 사람의 이름을 올려선 안 돼."

"이건 연주라고 볼 수가 없어."

"그게 무슨 무식한 소리예요. 스타인웨이 가문에 먹칠할 만한 선입견은 얼른 버려요. 이건 명백히 연주되었어요. 그것도 아주 창의적인 방식으로요."

"저도 연주되었다고 생각해요. 무대에 우리 피아노가 떡하니 놓여 있었잖아요. 피아니스트가 그 앞에 앉아 있었고요. 세 개의 악장이 모두 연주되었다고요. 이건 아주 역사적인 일이에요."

"참나, 그러니까 세 개의 악장이든 삼십 개의 악장이든 피아노 소리를 들었냐고요. 연주되는 소리를 들은 사람 어디 한번 손을 들어보시죠."

그들은 결국 이름을 새기는 문제를 보류해두기로 결정했다. 이 모든 사건을 일으킨 장본인인 존 케이지는 언론에 자신의 창작 의도를 알리느라 분주했다. 다른 예술가였다면 이런 일을 결코 즐길 수 없었을 테지만 그는 워낙 이런 방식의 인터뷰에 익숙해져 있었고 청중들의 곱지 않은 시선 속에서 살아왔던 터라 평온한 표정과 태도를 유지할 수 있었다. 기자가 물었다.

"이것은 피아노 연주가 아니라 일종의 몸짓 아닐까요? 차라리 예술적인 제스처로 보자는 의견도 있는데 어떻게 생각하시나요?"

"아닙니다. 명백히 피아노 연주회였고 튜더는 나의 곡 〈4분 33초〉를 성공적으로 연주했습니다. 물론 청중들의 참여도 훌륭했지요."

"그것을 참여라고 볼 수가 있을까요? 그들은 혼란스러워했고 서로에게 무슨 일이 벌어지고 있는 건지 물었습니다. 기침을 하고 재채기를 하고 다리를 떨었죠. 울음을 터뜨린 아이도 있었고요. 그 아이의 이름은 앤이고 이제 열한 살이 되었습니다. 연주회가 끝나고 로비로 쏟아져나오는 청중 속에 섞여서 훌쩍이고 있었죠. 제가 다가가 왜 울고 있는지 물었더니 앤이 뭐라고 했는지 아십니까? 앤은 무서웠다고 대답했습니다. 피아니스트가 심장마비를 일으킨 게 아닐까 걱정했다는군요. 그러나 뚜껑을 여닫는 행동을 하길래 안심했다고 합니다. 하지만 피아니스트는 계속 아무런 연주도 하지 않았죠. 앤은 피아니스트가 악보를 잃어버렸을 뿐만 아니라 암보했던 것 또한 깡그리 잊어버렸다고 생각했습니다. 앤은 공포에 질렸죠. 그 애는 다음 주로 예정된 학예회에서 쇼팽의 곡을 연주하기로 되어 있거든요. 앤은 신동이라고 불리는 아이입니다. 그 아이를 위해 티켓을 구매한 부모는 분노로 상기된 얼굴로 이렇게 말했습니다. 사기꾼이 판치는 세상이라는 건 이미 알았지만 우리 애까지 그걸 똑똑히 알게 되었습니다. 도대체 미국이란 나라는 앞으로 어떻게 되려는 걸까요?라고요."

케이지는 그저 미소만 지었다. 그는 기자의 말에 반박할 필요성을 느끼지 못했다. 눈앞의 기자 말고도 여덟 명의 기자가 그와의 인터뷰를 기다리고 있었다.

"그들의 마음을 이해하지 못하는 건 아닙니다. 그러나 더 나은 세상이 되려면 저와 같은 실험음악가의 존재가 꼭 필요하다고 생각합니다."

"시간이 다돼서요."

케이지의 뒤에 조용히 앉아 있던 그레이스가 기자에게 알렸다. 그녀의 눈빛은 적개심으로 활활 타오르고 있었다. 기자는 그녀에게 시간을 좀 더 연장해달라고 요청했다. 케이지가 대답다운 대답을 한 가지도 하지 않았기 때문에 이대론 일간지에 실을 수 있는 것이 전무하다고 했다. 그녀는 마침내 이성을 잃고 말했다.

"존이 어떻게 대답하든지 간에 당신은 존을 깎아내리고 우스꽝스러운 인간으로 만들어놓을 거잖아요. 안 그래요? 난 당신 같은 사람들을 잘 알아요."

기자는 벌게진 얼굴로 입을 열려다가 포기하고 자리에서 일어났다.

집으로 돌아오며 케이지는 연주회장을 가득 채우던 소리를 떠올렸다. 침묵과 잡음. 이게 무슨 일인지 조용히 묻는 소리. 나중엔 목청을 돋우어 누군가에게, 아마도 무대 위의 연주자에게 묻는 소리. 지금 뭐 하는 겁니까? 왜 연주를 안 하는 거죠? 연이어 기침 소리. 침묵과 박수. 허공을 가로지르는 비난의 휘파람 소리. 분노로 이글거리는 몸짓이 일으키는 소리. 발을 굴리며 밖으로 나가려는 소리. 박수. 기침 소리와 웅성거리는 소리……

―이기동은 침묵과 소음 속에서 글을 썼다. 버스정류장. 이미 막차는 끊겼고 두 시간 넘게 걸어야 집으로 돌아갈 수 있었다. 그러나 그는 멈출 수 없었다. 정류장에서 밤을 새우고 첫차를 타고 돌아가는 일이 있더라도 말이다. 그의 아내는 어디서 잔 거냐며 그를 몰아세우지 않을 것이다. 그녀는 지난달부터 일주일에 한 번꼴로 외박을 하고 있다. 그에겐 야근 때문이라고 했지만 성실한 변명은 덧붙이지 않았다. 그도 묻지 않았다. 되돌리기엔 한참이나 늦었다.

그는 도로를 달려가는 차량 소리와 빈번하게 찾아오는 정적 속에서 노트북을 무릎에 올려놓고 소설을 썼다. 소설이라 부를 수 없는 소설이지만 마음속으론 소설이라고 인정했다. 아무리 그 자신의 이야기를 그대로 담고 있더라도. 취한 행인이 걸음을 멈추고 그의 곁으로 걸어오더니 이미 한참 전에 끊긴 버스의 안내 표지판을 들여다보았다. 행인은 그에게 물었다.

"원자력병원으로 가려면 어디로 가야 합니까?"

그는 원자력병원이 어디에 있는지 알았지만 고개를 저으며 모른다고 답했다. 그러는 와중에도 그의 손가락은 멈추지 않았고 시선은 노트북 화면에 고정되어 있었다. 행인은 알아들을 수 없는 말을 몇 마디 구시렁대다가 그의 곁에 털썩 앉더니 말했다.

"장례식장에 가야 하는데 내가 술이 취해서 힘든데, 나 좀 거기에 데려다주시오."

그는 글쓰기를 멈추고 행인의 얼굴을 돌아보았다. 어두워서 그랬는지 아니면 그가 아버지에 대한 글을 쓰고 있어서였는지 행인의 얼굴은 그의 아버지와 무척 닮아 보였다.

"버스 끊겼어요."

"어? 왜?"

행인은 놀란 얼굴로 고개를 내밀고 도로를 살폈다.

"막차 이미 끊겼다고요. 택시 타세요."

"택시는 아까부터 한 대도 없어."

행인의 말대로 택시는 단 한 대도 보이지 않았다.

"걸어가도 돼요. 이쪽으로 쭉 내려가세요."

"먼가?"

"멀어요."

"그럼 안 되지. 나 좀 데려다줘."

행인은 지갑을 꺼냈다. 그러나 돈이 한 푼도 없었는지 가만히 들여다보기만 하더니 도로 안주머니에 넣었다.

"누가 돌아가셨는데요?"

"응? 아, 우리 조카."

"젊은 사람이 죽었네요."

"차에 치였어. 오토바이 타고 가다가."

"걸어서 가세요. 이쪽으로 쭉 내려가면 병원 불빛이 보이거든요."

행인은 그가 가리킨 방향을 떼꾼한 눈으로 쳐다보다가 문득 그의 노트북을 내려다보더니 말했다.

"이게 뭔가? 응? 뭐야?"

"노트북인데요."

"그치? 우리 조카 입학 선물로 내가 사줬지. 삼성인가? 엘지?"

그는 대답하지 않았다.

"그놈이 몇 달 쓰지도 못하고 죽었는데 다시 달라고 하면 안 되겠지?"

"받아서 뭐 하시게요?"

"맞아. 할 것도 없어."

행인은 벤치에서 일어나더니 자신이 가야 할 방향을 한참 동안 노려보다가 이윽고 떠났다. 그는 멍한 얼굴로 노트북 화면을 들여다보았다. 그가 키보드를 두드리고 있는 동안에도 도처에서 죽음이 발생한다. 사건이 발생한다. 진짜 죽음과 진짜 사건이. 문득 글 쓰는 행위가 무의미하게 느껴졌다. 하지만 그런 감정은 오래가지 않았다. 지나온 것이다, 허무주의는. 아무것도 하지 않는 것이나 무엇이든 해보는 것이나 이젠 비슷하게 느껴졌다.

그는 다시 키보드를 두드리기 시작했다. 소설의 법칙에 대한 그의 믿음은 한결같았는데 소실점을 향해 가듯 하나로 모이지 않는다면 결코 결말에 도달할 수 없고, 그것은 손을 내려놓는다고 해결할 수 있는 문제가 아니라는 것이다. 끝을 내는 것은 손을 멈추는 행위가 아니라 이야기의 움직임이 자연스럽게 멈추는 것이다. 나이 든 동물이 조용한 죽음을 맞이하듯이. 저항이나 소란 없이, 그렇게.

─그레이스는 침묵했다. 그녀의 첫 번째 소설은 고작 열다섯 부 팔렸다. 전국적인 판매 수치가 그랬다. 처음엔 믿지 않았다. 숫자 하나가 탈락한 것일지도 모른다고 생각했다. 출판사는 그녀의 두 번째 소설 계약을 차일피일 미루기만 했다. 첫 작품을 낼 때까지만 해도 그들은 함께 그녀의 커리어를 충실히 쌓아나가자고 약속했었다. 하지만 이젠 그녀의 전화조차 피했다.

그녀는 낙담했지만 포기할 생각은 없었다. 그녀는 두 번째 소설을 빠른 속도로 써내려가기 시작했다. 일단 완성만 되면 출판할 곳을 찾을 수 있을지도 모른다. 그러나 쓰지 않으면 아무 일도 일어나지 않는다.

그녀는 소설 속에서 존 케이지가 되었고, 한국에 사는 소설가 L이 되었다. 그들은 언젠가 만나야 했지만 그럴 기미가 아직까

지도 보이지 않았다. 그녀는 고심했다. 대체 어떻게 이들을 만나
게 한단 말인가. 존 케이지가 한국으로 가거나, L이 미국으로 와
야 하는데. 그녀는 결국 L을 미국으로 오게 만들었다. 그러나 뉴
욕에 도착하자마자 L의 지성은 빠른 속도로 사라졌다. L은 어
리둥절한 얼굴로 타임스퀘어 한복판에 서서 그를 스쳐지나가
는 사람들을 바라보았다. 도대체 L이 뉴욕에서 할 수 있는 일이
뭘까. 그녀의 의심대로 L은 할 줄 아는 것이라곤 소설 쓰기밖에
없었고 그것은 타국에선 아무런 소용도 없는 일이었다. L은 결
국 노숙자로 전락한다. 동전을 구걸하면서 길바닥에 박스를 깔
고 자는 뉴욕의 거지가 된다. 수염은 지저분하게 자라났고 정수
리와 뒷목에선 지독한 냄새가 났다. L은 점점 국적을 알 수 없는
몰골이 되어갔다. 돈이 모이면 술을 사다가 마셨고 배가 고프면
쓰레기통을 뒤졌다. 그레이스는 결국 노트에 얼굴을 묻고 울음
을 터뜨렸다.

존 케이지는 그녀가 오열하는 소리를 듣고 달려왔지만 무슨 일
인지 알아낼 수가 없었다. 한참 만에 울음을 그친 그녀가 말했다.

"도대체 내가 뭘 쓰려는 건지 모르겠어. 더 끔찍한 건 이제 곧
결말이 나올 거란 사실이야."

"그럼 늦추면 되잖아. 다시 써도 되고."

그는 전혀 문제될 게 없다는 밝은 어투로 말했다.

"당신은 소설을 몰라. 쓴다고 되는 일이 아니야. 그저 종이가
쌓이기만 한다고 다 소설이 되는 건 아니라고."

"그건 그래. 하지만 그레이스, 그건 작가라면 누구나 겪는 일

240

이야. 종이가 쌓일수록 이상하게도 안도감보다는 불안감이 커지지. 그걸 극복할 줄 알아야 해."

"말이야 쉽지. 아무래도 처음부터 다시 써야겠어."

"그렇게 하고 싶으면 그렇게 해도 돼. 하지만 이제까지 쓴 게 아깝지 않아? 어떤 내용이지?"

그녀는 고집스럽게 입을 다물고 있다가 마침내 모든 것을 털어놓았다. 케이지는 자신이 주인공으로 등장한다는 사실에도 전혀 놀라지 않았다.

"그런데 둘이 아직 만나지도 못했다고?"

"맞아. 그게 문제야."

"그건 쉬워, 그레이스. 작품을 통해 만나게 하면 돼. 한국의 소설가가 나의 연주회에 대해 알게 된다든지 아니면 내가 쓴 책을 읽게 된다든지."

"당신은 책을 쓴 적이 없잖아."

"그렇긴 하지만 소설이니까 얼마든지 지어낼 수 있잖아."

"그럴까? 그럼 당신이 쓴 책을 읽는 걸로 할까?"

"직업이 소설가라면서. 그게 자연스럽지 않을까?"

"그런데 당신은 어떤 책을 썼는데?"

그는 고심했다. 만일 그가 책을 쓴다면 어떤 내용을 담게 될까. 소설은 아닐 것이다. 그는 오래전에 그 꿈을 포기했다. 음악에 관한 생각들? 에세이 형식으로. 그녀가 말했다.

"그런데 왜 소설가가 음악가가 쓴 책을 읽게 된 거지?"

그는 고개를 저으며 말했다.

"그거야 소설가의 마음이지 내가 어찌 알겠어. 당신이라면 어떻게든 만들어볼 수 있지 않아?"

그레이스는 고심하다가 말했다.

"그런 일은 언제나 우연히 일어나. 그것뿐이야. 당신이 늘 강조하는 것처럼 우연성에 관한 일이지. 우리 모두는 연결되어 있는데 그 모든 게 우연성에 근거해서야. 원래부터 정해진 일 따위는 없고, 운명은 언제나 선택을 뒤따르게 되어 있어. 그래, L은 우연히 당신의 책을 보게 되는 거야. 도서관 서가를 걷다가. 책 이름은 뭐지?"

그는 곧바로 답했다.

"침묵. 언제나 내가 빠져드는 주제."

—그는 도서관 서가를 거닐다가 《사일런스》를 발견했다. 두툼한 양장본의 검은색 책이었다. 미국의 전위적 음악가 존 케이지가 쓴 책이었는데 그는 존 케이지에 대해 전혀 몰랐고 이름을 들어본 적도 없었다. 페이지를 빠른 속도로 넘기다가 멈추었다. 왼쪽에서 오른쪽으로, 위에서 아래로 한 줄씩 차례대로 읽는 방식이 아니었다. 그의 눈길은 각기 다른 글씨체 사이에서 비슷한 형태를 찾아 움직였고 토막 난 문장을 연결하느라 바빴다. 비로소 하나의 연결된 문장이 되었는데, 마치 시 같아서 음미가 필요했다. 그러느라 팔이 아플 때까지 책을 들고 서 있었다. 아령 대용으로 써도 될 정도로 무겁고 두툼한 책이었다. 그는 책을 다시 서가에 꽂아놓았다. 그러나 되돌아와 다시 펼쳐 들었다. 이 난해

하기 그지없는 책을 이해하고 싶다는 욕구가 치솟았다. 도대체 이 음악가는 왜 이런 이상한 방식으로 글을 쓴 거지? 금세 지나가고 마는 휴일을 오로지 도서관에서만 보내던 그즈음의 그는 그렇게 존 케이지를 만났다.

—성공이 빨랐던 만큼 추락도 빨랐다. 일등이 아내 몰래 만나고 있던 여자가 일등의 만행을 학원 게시판에 까발렸다. 그녀는 일등이 유부남이라는 것을 알고 구애를 거절했지만 계속 매달리는 바람에 그와 사귀었고 제주도로 함께 여행을 갔으며 임신 사실을 알리자 버림받았다고 폭로했다. 이기동은 게시판에 올라온 글을 읽었다. 그가 가게 바닥을 쓸고 있을 때 일등이 초췌한 얼굴로 나타났다.

"사실이야?"

"걔 양다리였어. 나 말고 고등학교 동창이랑도 사귀고 있었다고. 나한테 돈을 달라길래 거절했더니 저렇게 나오잖아. 알고 보니 고등학생 때도 비슷한 일이 있었대. 같은 고등학교 졸업한 학생이 말해줬어."

그는 주먹을 움켜쥐었지만 내뻗지는 못했다. 한 번도 사람을 때려본 적이 없었다. 게다가 정말로 일등의 아이가 아닐지도 모른다. 그러나 그는 직감적으로 여자의 말이 진실일 거라 생각했다. 일등이 임신 사실을 듣자마자 했다는 말, 나는 내 아이를 낳은 여자는 도무지 여자로 보이지가 않아,라는 말을 읽고 나선 확신이 섰던 것이다. 일등을 때려야 할 시기가 인생에 단 한 번뿐이라면 바로 지금일 것이다.

주먹은 일직선으로 뻗어나갔다. 만화책에서 보았던 것처럼. 그러나 주먹과 부딪힌 광대뼈가 되쏘아 보내는 통증은 놀라울 정도로 고통스러웠다. 그는 주먹을 허벅지 사이에 끼우고 허리를 숙인 채 숨을 골랐다. 손등 뼈부터 손목에 이르기까지 전체가 저리고 아팠다. 일등은 바닥에 나뒹굴지도, 휘청거리며 쓰러지지도 않았다. 그저 그를 노려보기만 했다.

"새끼야, 미쳤어? 갑자기 왜 때리고 지랄이야?"

일등의 광대는 곧 부풀어오르기 시작했다. 그는 냉동실에서 얼음을 꺼내 행주로 감싼 뒤 일등에게 던졌다.

"사과하고 정리해. 모른 척하지 말고 네가 할 수 있는 거 다 해. 그때 친구로 대해줄 테니까."

"사과하면 위로금을 줘야 한다니까? 녹음이라도 하면 어쩔 건데?"

그는 일등의 얼굴을 쏘아보았다. 그의 주먹도 부풀어올랐고 쉼 없이 욱신거렸다.

"너 나 말고는 친구 한 명도 없잖아."

"너 안 만나도 사는 덴 지장 없거든."

"알았어."

그는 틈을 두었다가 말했다.

"나가. 다신 오지 마."

일등은 행주를 탁자에 내팽개쳤다.

"도대체 왜 그래? 왜 내 편이 아닌 건데?"

"내가 묻고 싶은 말이다. 도대체 왜 그러냐? 왜 그렇게 악질이야? 외제차 몰고 명품으로 치장하면 성공한 인생인 줄 아는 거냐?"

"너야말로 왜 그렇게 덜떨어지게 구는 건데? 책은 언제 낼 거냐? 소설은 포기했어?"

그는 말문이 막혔다.

"여기서 왜 소설 얘기가 나와!"

일등이 자리를 박차고 일어나며 말했다.

"나도 너 친구로서 마음에 안 드는 게 있다고. 그래도 내가 어디 그런 말 하는 거 봤냐? 그런데 너는 나한테 왜 이러는데? 네가 잘 안 풀리는 게 나 때문이야? 내가 잘나가니까 질투하냐?"

그는 말문이 막혔다. 이 새끼가 나를, 고작 그 정도로 생각했구나. 고작 그 정도의 인간으로만. 그는 일등을 밖으로 내쫓고 문을 잠갔다. 그도 퇴근해야 했지만 어쩐지 아내의 얼굴을 보고 싶지가 않았다.

다들 변했어. 나만 빼고.

그러나 자신 없는 말이었다. 진실인지도 알 수 없었다. 어쩌면 그만 빼고 모두가 자기 몫 잘 챙기고 앞가림 잘하고, 인생의 재미를 잘도 찾아다니는 어른이 되었는지도 모른다.

그는 밖으로 나와 문을 잠갔다. 일등이 문 앞에 쪼그리고 앉아 무릎에 얼굴을 파묻고 있었다. 고개도 들지 않고 일등이 말했다.

"소설 얘기 한 거 미안하다. 진심 아니야. 널 응원했어."

그는 가라앉은 목소리로 말했다.

"응원 같은 거 필요 없으니까 제발, 인간답게 좀 살아."

일등은 아무런 반박도 하지 않았다.

그는 집으로 돌아와 아내에게 일등과 다투었던 일을 털어놓았다. 아내는 거실 소파에 앉아 팔짱을 끼고 심각한 표정으로 듣다가 별안간 말했다.

"내가 다른 남자 만나는 거 알고 있었어?"

"……어."

"그런데 왜 화를 안 내? 너 폴리아모리야?"

"그게 뭔데."

"동시에 여러 사람 사랑하는 거."

"아니. 너는 그거야?"

"그런 줄 알았는데 아니었어. 정리하려고."

그는 아무런 대꾸도 하지 않았다. 하루가 도무지 끝나지 않는다는 생각뿐. 다행히 내일은 쉬는 날이었다.

"내일 노량진 안 갈래?"

그녀의 말에 그는 놀란 표정을 지었다.

"거긴 왜?"

"컵밥 먹으러. 오늘 티브이에 나왔어. 노량진 컵밥 거리."

"그래, 가보지 뭐."

"거기 있을 땐 확실히 좋았잖아. 안 그래?"

"그때가 그리워?"

그녀는 곧바로 아니라고 답했다.

"그냥 그때의 내가 궁금해졌어. 그뿐이야."

"왜 갑자기 그런 생각을 했는데?"

"뭔가 비어 있는 거 같아서. 계속 그래."

"결혼하고 나서도 계속 그랬어?"

"어."

나쁘지 않았다. 이미 늦었고, 다 놓쳤다고 생각했는데 기회가 오다니. 그는 조심스레 말했다.

"노량진 말고 다른 데 가자."

"어디?"

"경주. 가봤어?"

"어릴 때 수학여행으로."

"가서 하룻밤 자고 오자."

그날 밤 그들은 오랜만에 대화를 나누다가 잠들었다. 그들이 기억하는 경주는, 수학여행, 불국사, 석굴암, 유스호스텔 그리고 하이라이스의 연속.

"하이라이스를 그때부터 싫어하게 됐지."

"나도."

그들은 혀를 차다가 간격 없이 잠들었다.

—이기동은 아내와 교대로 운전하며 경주로 향했다. 휴게소에 들러서 핫바와 쥐포를 사 먹고 90년대 발라드를 연달아 들으며 콧노래를 흥얼거렸다. 다시 신혼으로 돌아간 기분이었다. 아내도 그럴까? 그는 운전 중인 아내의 옆얼굴을 쳐다보았다. 보

이지 않던 잔주름이 보였다. 벌써 나이가 이렇게 됐구나. 등단한 지 6년이 지났고, 이제 몇 달 뒤면 7년째로 접어든다는 사실을 문득 깨달았다. 10년이 금방이네. 지금쯤이면 어느 정도 경지에 올라 있을 것이라 예상했었는데. 그러나 현실에선 도리어 퇴보한 게 아닐까 싶을 정도로 그는 제멋대로 글을 쓰고 있었다. 일주일 중 하루는 온종일 도서관에 틀어박혀 글을 수정하고 서가를 거닐다가 눈에 들어오는 책을 무작위로 읽었다. 신기하게도 꼭 읽어야 할 고전소설을 읽는 것보다 더 많은 영감을 얻을 수 있었다. 존 케이지도 그렇게 만났다.

그의 아내는 존 케이지의 삶에 관심을 보였다. 처음엔 그런 이상한 음악가가 어디 있냐면서 비웃음을 감추지 않았지만 나중엔 〈4분 33초〉라는 작품이 유명하다는 사실을 알고는 어쩌다가 그런 희한한 음악가가 되었는지 무척 궁금해했다. 그 역시 아는 게 많지는 않았지만 《사일런스》를 바탕으로 알게 된 존 케이지의 삶에 대해 말해주었다.

"핵심은 선불교야. 그는 선불교를 음악으로 실천한 거야."

"선불교 얘기가 여기서 왜 또 나와?"

아내는 운전대를 탁탁 두드리며 말했다. 그녀는 요즘 들어 자신의 의견을 강하게 피력해야 할 상황이 아닐 때에도 탁자나 벽 따위의 눈앞에 보이는 사물을 두드리는 버릇이 있었다.

"그러니까 신기하다는 거야. 《금강경》을 주고 간 할아버지를 만난 뒤에 《길 위에서》를 읽었거든. 그런데 이젠 존 케이지라는 거지."

"그 사람을 이해할 수 있어?"

"어느 정도는. 누군가를 완벽히 이해하는 건 불가능하니까."

"그건 식상한 말이지. 이해하려는 노력을 하기 싫으니까 변명하는 거야."

그는 잠깐 동안 그 말이 자기를 향한 화살이었을까 생각했다. 그러나 그녀 역시 그를 이해하려는 노력은 거의 안 하는 것 같았다.

"노력 중이야. 존 케이지가 살았던 인생 속에 내가 고민하는 문제의 답이 있는 거 같아. 직감적으로 알겠어."

"너는 작가라서 어쩔 수가 없나봐. 맨날 책 속에서 해결책을 찾으려 들잖아. 실제로 만날 수 있는 사람도 아닌데. 아니지. 실제로 만날 수 있더라도 약속 장소에 안 나갈 거지? 너라면 그럴 거 같아."

"왜 안 나가?"

"안 나가. 나는 너를 알아."

경주로 들어서자마자 차분하고 고요한 기운이 그들을 감쌌다. 아마도 도로 양옆이 온통 논밭이고 시야를 가로막는 아파트 단지가 없어서 그런 듯했다. 복잡할 것 없는 단순한 풍경이 마음을 사로잡았다. 여기 살면 글이 잘 써지겠는데. 그는 으레 한적한 지방에 갔을 때마다 했던 생각을 또다시 떠올렸다. 여기서 작은 카페를 하면서 관광객한테 커피를 팔고 남는 시간엔 글을 쓰는 거지. 이런 데선 늦게까지 영업할 필요가 없을 테고, 손님도 그리 많지 않을 테니까 글 쓰고 책 읽을 시간은 충분할 거야. 그러다 가끔 취향이 비슷한 손님을 만나면 문학에 관한 대화를 나누면서 소중한 인연을 만들어가고, 이 손님은 해마다 내 가게에 들르는 단골이 되는 거지. 가끔은 지역 사회를 위한 봉사활동도 하면서 인근 주민들에게 자서전 쓰기, 수필 쓰기, 단편소설 쓰기 강의도 하고. 그렇게 지역 사회의 인재로 자리잡는 거지. 꼭 필요한 사람으로. 서울에선 내가 꼭 필요하지 않으니까. 나보다 훨씬 더 대단한 사람들이 너무나 많아서 내 존재 따위는 눈에 띄지도 않으니까. 무엇보다 서울은 너무 시끄럽고 지저분해.

그는 늘 메고 다니는 크로스백에서 메모장을 꺼내 풍경에 대한 감상을 빠르게 적어내려갔다. 그러는 동안 그의 아내는 주상절리를 보기 위해 포항 인근까지 차를 몰았다. 국도를 달려가다 폐업한 주유소가 나타났고, 비쩍 마른 개 한 마리가 쇠줄에 매여 있었다. 그녀는 소리를 지르며 급정거했다. 그는 깜짝 놀라 소리쳤다.

"왜 그래?"

"저 개, 일부러 굶어 죽으라고 저기 둔 거 같지 않아?"

그는 뒤를 돌아보았다. 얼룩덜룩한 점박이 개가 그들의 차를 쳐다보고 있었다.

"목줄 있잖아. 주인 있는 개야."

"그래도 너무 말랐어. 죽으라고 여기 버린 게 분명해."

그녀는 망설임 없이 차에서 내렸다. 그도 내렸다. 그녀는 뒷좌석으로 상반신을 밀어넣고 휴게소에서 구입한 간식이 잔뜩 든 봉지를 뒤적거렸다. 천하장사 소시지. 그녀는 그것을 들고 점박이 개에게 다가갔다. 인근엔 건물이 한 채도 없었고 주유소 뒤편은 울창한 숲이었다. 차량도 드물게 지나가는 국도변이었다. 점박이개는 슬금슬금 눈치를 살피며 뒤로 물러서다가 그들을 향해 이빨을 드러냈다.

"배가 안 고픈가봐."

"아니야. 우리가 무서워서 그런 거야."

그녀는 점박이 개의 마음을 잘 아는 것처럼 말했다. 그러나 그녀가 소시지를 내밀어도 개는 가까이 다가오지 않았다. 잔뜩 경계하는 눈빛. 낮은 으르렁거림. 쇠사슬이 바닥에 끌리며 섬뜩한 소리가 났다. 그녀는 더욱 가까이 다가갔다.

"물 수도 있어. 가까이 가지 마. 그냥 던져."

"괜찮아. 안 물어."

점박이 개는 그들의 눈치를 살피다가 결국 그녀가 내민 소시지를 받아먹었다. 몸통과 다리에 지방이라곤 1그램도 붙어 있지 않았다. 그녀가 말했다.

"데리고 갈까?"

"얘를? 어디서 키우게? 우린 마당도 없잖아."

"거실에서."

"답답해서 안 돼. 그리고 쇠사슬에 묶여 있잖아. 데려가면 주인이 신고할지도 몰라."

"너무 말랐어."

그녀는 떨어지지 않는 발걸음을 억지로 옮겨서 차에 올라탔다. 그가 운전대를 잡았다. 그녀는 시무룩한 얼굴로 앉아 있다가

차가 출발하자 긴 한숨을 내쉬었다. 그가 운전하는 동안 그녀는 코를 훌쩍이며 울었다. 그는 처음으로 아내가 우울증에 걸린 건지도 모른다는 생각이 들었다. 도대체 왜? 그녀는 꿈을 이루었고 안정적인 직장에서 잘만 일하고 있었다. 정시에 퇴근해 집에서 저녁을 배달시켜 먹고 거실 소파에 누워 뉴스와 드라마와 예능 프로를 연달아 보다가 잠자리에 드는 삶 속에 우울증이 발붙일 데가 어디 있다고? 그는 곁눈질로 아내를 쳐다보았다.

"쟤는 저기서 죽을 거야. 굶어 죽을 거라고."

"그냥 살이 안 찌는 개일 수도 있잖아."

"어쩜 그렇게 냉정해? 작가 맞아?"

"작가라고 다 동정심 넘치고 착한 줄 아냐? 아니야. 다들 자기 성격대로 살아."

"저 개 곧 죽을 거 같아."

"그런 상황이 아닐 수도 있어. 우리 오해일 수도 있다고."

주상절리마을에 도착해 차에서 내렸다. 그녀의 눈가는 화장이 번져 어두웠다. 산책로를 따라 걸으며 바다와 주상절리를 내려다보았다. 주상절리는 예상했던 것보다 훨씬 더 거대했다. 5천만 년 전에 분출한 용암이 거대한 기둥 같은 몸통을 고스란히 드러내고 있었다. 인간의 손에선 창조될 수 없는 스케일의 돌기둥이 수직으로, 엿가락처럼 뻗어나간 광경이었다.

"5천만 년 전의 용암을 볼 수 있다는 게 섬뜩하네. 그러고 보면 인간은 참 미미한 존재야."

그녀는 그를 흘겨보며 말했다.

"뻔한 감상이네. 설마 글도 그렇게 쓰는 건 아니지?"

"왜 그렇게 공격적이야? 개 때문에 그래?"

그녀는 아무런 대답도 하지 않았다.

"데려와?"

그녀가 눈을 반짝이며 그를 돌아보았다.

"키울 데도 없는데 정말로 그러고 싶어?"

"그냥 두면 굶어 죽을 거야."

"신고하면 되잖아. 동물학대로."

"그러기엔 애매해."

아내는 애매한 상황이라는 것을 인정하면서도 개를 데려오고 싶어 했다. 그는 이건 아니라는 생각을 분명하게 하면서도 다시 차에 올라탔고, 국도변 주유소로 되돌아갔다. 개는 그 자리에 있었다. 그들을 알아보는지 이젠 으르렁거리거나 뒷걸음을 치지는 않았지만 그렇다고 꼬리를 흔들며 따르지도 않았다.

"절단기가 있어야 해."

그의 말에 그녀는 아무런 대꾸 없이 성큼성큼 걸어가더니 개의 목줄에 걸린 고리를 쉽게 빼냈다. 그는 재빨리 말했다.

"봐, 목줄이 녹슬지도 않았잖아. 주인이 매일 데리고 오는 거라고. 여길 지키라고."

"카메라 없는지나 살펴."

그는 구시렁대면서도 그렇게 했다. 카메라는 한 대도 없었다. 지나가는 차도 없었다. 개는 선뜻 뒷좌석에 올라탔다. 신기하게도 그가 안전벨트를 매고 차를 출발시키자 개의 얼굴이 눈에 띠

게 편안한 표정으로 바뀌었다. 그녀가 개의 머리를 쓰다듬으며 말했다.

"우릴 기다렸나봐."

"너무 충동적이었어. 주인이 신고할지도 몰라."

"신고하라지 뭐. 이 몰골을 본 사람들은 다 동물학대라고 생각할걸? 너무 말랐어."

개는 아무런 소리도 내지 않았다. 그럼으로써 그들의 선택이 옳았다는 것을 알려주고 있는 것 같았다.

그는 서울로 돌아가지 않고 경주에 정착하는 상상을 했다. 상상만 했을 뿐인데도 마음이 설레고 심장이 기분 좋게 떨렸다. 그는 콧노래를 불렀다. 개는 눈을 감고 뒷좌석에 얌전히 엎드려 있었다. 마치 그들과 함께 서울에서부터 차를 타고 온 것처럼. 경주는 자신의 연고지가 아니라는 듯 아무런 관심도 없는 표정으로. 그는 그 못생긴 개에게 감탄했다. 얼룩덜룩한 짙은 갈색 무늬 때문에 얼핏 하이에나로 보이는 녀석에게. 녀석은 기회를 잡을 줄 아는 놈이었다.

"이름을 뭐라고 할까?"

그녀의 물음에 그가 곧바로 답했다.

"경주."

─그녀는 경주를 보자마자 말했다.

"이렇게 못생긴 개는 태어나서 첨 봤다."

소파 위에 올라앉아 있던 경주는 꼬리를 탁탁 쳤다. 그녀는 며느리에게 아이는 언제 가질 생각이냐고, 결혼한 그날부터 참고 참았던 질문을 던지려는 순간에 등장한 개, 경주를 반기지 않았다. 그녀가 생각하기에 아들과 며느리는 아이를 낳을 생각이 전혀 없어 보였다. 게다가 못생기고 말라빠진 개를 입양하질 않나.

"시끄럽다고 항의하는 사람은 없니?"

그녀의 말에 며느리가 냉큼 답했다.

"얘는 한 번도 짖은 적이 없어요. 산책시키러 나가도 조용히 걷기만 한다니까요."

"나도 짖는 소릴 여태껏 못 들어봤어."

아들의 말에 그녀는 인상을 찡그렸다. 신춘문예로 등단한 아들은 그녀의 바람과 달리 유명인사가 되지 못했다. 서점에 가면 가장 잘 보이는 코너에 아들의 책이 전시될 줄 알았으나, 옘병. 그녀는 아들에겐 말하지 않았지만 보름에 한 번씩 서점에 들러서 한국소설 코너를 둘러보고 오는 취미가 생겼다. 등단한 해부터 그랬으니 벌써 햇수로 7년째다. 이젠 지칠 때도 되었건만 그녀의 발걸음은 익숙한 행로를 그대로 따랐다. 그녀는 어느덧 아들보다도 더 한국소설에 빠삭했는데, 한두 페이지만 읽어볼 뿐이지만 유명 작가와 싹수 노란 신인 및 유망주를 구별해내는 안목이 생겨버렸다. (7년 동안이나 분석을 게을리 하지 않았으니 그럴 만도.) 그녀가 한두 페이지 읽고, 옳다거니! 했던 작가들은 평대에서도 가장 잘 보이는 위치를 오랫동안 차지했다. 이젠 제목만 보아도 팔릴 책인지 아닌지 알 수 있을 정도였다. 그녀는 이 모든 활동을 비밀리에 했고 아들은 그녀의 취미가 여전히 콩나물

키우기와 고스톱뿐인 줄 알고 있었다. 그녀는 경주를 빤히 쳐다보다가 한숨을 내쉬었다.

"밥을 잘 안 주니? 왜 이렇게 비쩍 말랐어?"

"신기하게도 살이 안 쪄요, 어머니. 먹은 게 살로 안 가나봐요."

"얘 입이 얼마나 짧은데. 소고기만 좋아한다니까."

그녀는 그렇게 말하는 아들의 천진한 얼굴을 쳐다보았다. 그래도 한 가지 다행한 것이 있다면 김밥집 주방에서 일하면서도 아들은 자신의 처지를 크게 비관하는 것 같지는 않다는 점이다. 아들의 얼굴은 전혀 어둡지 않았다. 한때는 그랬던 적도 있지만 이젠 주방에서 콧노래가 들려올 때가 많았다. 일을 즐기기 시작한 것이다. 제육볶음에 들어가는 양파를 제대로 볶지 않아서 늘 물기가 흥건한 요리가 나왔는데 이젠 제법 볶음답게 맛깔스러운 색감과 적당한 기름기를 유지했다. 무엇보다 예전엔 맛이 들쑥날쑥했는데 이젠 거의 언제나 비슷했다.

"개한테 소고기를 먹이니? 돈이 썩었다."

"딱 한 번 줘봤어요."

"너희 애는 언제 낳을 거니?"

며느리의 표정이 확 굳었다. 아들은 아무런 생각도 없는 얼굴이었다.

"나이도 있고, 공무원은 육아휴직도 주니까 낳아도 괜찮잖아."

그녀는 강권이 아닌 부드러운 조언으로 들리게끔 노력했지만 그녀의 말투는 며느리의 얼굴처럼 딱딱하게 굳어갔다. 지난주 동묘 칼국숫집에서 만난 사돈은 그녀에게 언제 손주를 볼 수 있는 거냐고 먼저 선수 쳐 물었는데 그녀는 그저 웃기만 했었다. 때 되면 낳겠지요. 그녀는 제법 여유롭게 대처했다. 누가 봤더라면 그녀가 딸 가진 어머니인 줄 알았을 것이다.

"엄마, 나 무정자증이야. 정자가 거의 없대."

그녀는 아들의 얼굴을 빤히 쳐다보았다. 지금 얘가 무슨 말을 하는 거야.

"몇 달 전에 검사받았어. 스무 개 미만이래. 그 정도면 거의 없다고 봐야 한대. 그러니까 그런 말 다신 하지 마."

며느리의 얼굴이 순식간에 붉게 달아오르더니 눈가에 물기가 올라왔다. 그녀는 아들이 이상한 농담을 던진 줄 알았으나 며느리의 표정을 보고 설마 진짠가, 내 아들이 정자가 거의 없다고? 엠병. 지금까지 만 김밥이 몇 줄인데. 남은 김밥 재료를 먹었으니 영양소가 딱히 부족하지도 않았을 건데. 초여름과 초겨울마다 곰탕을 몇 시간이나 끓였는데. 어릴 때부터 삐콤씨도 억지로 챙겨 먹였는데. 이게 무슨 소린가. 그녀는 퀭한 두 눈을 꿈뻑거렸다.

"우리끼리 살아도 괜찮아. 지금 이대로도 좋아."

며느리는 눈물을 참지 못하겠는지 방으로 들어가버렸다.

그녀는 집으로 어떻게 돌아왔는지 기억나지 않았다. 안방으로 들어가 이불을 꺼내 그 위에 드러누웠다. 립스틱도 안 지우고 코트도 벗지 않았다. 이게 대체 어찌된 일일까. 사돈 얼굴을 어떻게 볼까. 칼국숫집에서 나한테 그런 말을 했던 게 그럼 내가 알고 있는지 아닌지 떠보려고 한 소리였단 말인가.

—"연습했어?"

아내가 그에게 물었다. 그녀는 방금 전 잠옷으로 갈아입고 그의 옆에 앉았다. 경주는 앞발에 턱을 괴고 엎드린 채 그가 틀어놓은 뉴스를 물끄러미 올려다보았다. 그는 경주를 훔쳐온 뒤로 그들이 찍힌 감시카메라 영상이 나오며 '개도둑 부부'를 공개 수배하는 건 아닐까 자주 생각했다.

"어머님한테 왜 그런 말을 한 거야?"

"낳을 생각 없잖아. 아니야?"

"왜 그렇게 생각했는데?"

"안 하니까."

"성욕이 없는 것뿐이야. 당신이 싫은 게 아니라."

"나도야. 나도 똑같아."

"그래도 한 명쯤은 낳아야 하지 않을까?"

"당신이 그렇게 생각하면 반대는 안 할게. 하지만 아이를 낳고 나서도 계속 배달음식을 시켜 먹을 순 없잖아. 안 그럴 수 있겠어?"

"아니. 자신 없어."

그녀는 곧바로 대답하더니 소파 아래로 내려가 경주의 목을 끌어안았다. 경주는 입맛을 다시면서 꼬리를 탁탁 쳤다.

"얘 성대에 문제 있는 거 아닐까? 왜 한 번도 안 짖지?"

"병원에 데리고 가보지 뭐."

그는 아내의 동그란 뒤통수를 쳐다보며 말했다. 짧게 커트한 머리가 문득 낯설었다. 언제나 긴 생머리만 고집했었는데. 언제부턴가 옷차림도 신경 쓰지 않는 눈치였다. 연애는 확실히 접은 것 같다. 아니, 불륜이라고 해야 하나. 그는 어쩌면 자신이야말로 아내가 말했던 폴리아모리, 비독점적다자간연애가 가능한 사람인지도 모르겠다는 생각이 들었다. 아니지. 너는 아내를 예전만큼 사랑하지 않는 것뿐이잖아.

　"너는 거짓말을 못 할 거라고 생각했었거든. 표정 하나 안 바뀌고 잘만 하더라."

　그는 처음으로 아내의 불륜이 궁금했다. 그가 관심을 보이지 않자 저절로 사그라져버린 아내의 타이밍 잘못된 사랑이.

　"그런데 어떻게 만났어?"

　"술 마시다가."

　"술집에서?"

　"포장마차 옆 테이블."

　"상투적인데."

　"드라마에서나 그렇지 현실에선 짜릿해."

　"누가 먼저 말 걸었는데?"

　"그쪽."

　"뭐라고 했는데?"

　"그 닭똥집 안 먹을 거면 자기 달라고."

　"설마 그 말에 매력을 느꼈어?"

　"의외로. 내가 먹다 남긴 걸 달라잖아. 가식이 없어도 너무 없는 남자다, 뭐 이렇게 된 거지. 게다가 나보다 어렸어. 너보다도 어려."

"어린놈이 부끄러움을 모르네. 고생을 많이 했나."

"알고 보니 그랬더라."

"동정심이었어?"

"잘생겼어. 키도 크고."

"결국 외모?"

"어. 그러니까 끝났지."

그는 수긍해버렸고, 아내와 한결 가까워진 기분이 들었다. 만약에 그 역시 불륜 상대가 있었다면 선뜻 고백하고 싶을 정도로.

"자세히 얘기해줄까? 소설로 쓸래?"

"아니. 그런 내용은 안 쓸래."

"그래, 쓰지 마. 식상하잖아."

아내가 갑자기 옆에 붙어 앉더니 그의 머리를 쓰다듬었다.

"너는 어쩜 이렇게 착하니? 대단해. 나라면 죽이고 싶었을 거야."

"착한 게 아니라 그만큼 안 사랑하는 건 아닐까?"

아내는 그게 무슨 대단히 웃긴 농담이라도 되는 것처럼 허리를 꺾고 웃었다.

9

—존 케이지는 전쟁터에 나간 적이 없다. 그의 아버지는 발명가였고, 잠수함 개발에 실패한 뒤로도 다른 무기를 연구했다. 그는 아버지를 도와 연구 자료를 찾느라 도서관을 들락거렸다. 그렇게 아버지의 보조 연구원으로 일하며 참전을 피할 수 있었지만 만일 그가 전쟁터에 나갔다면 음악이 아닌 소설을 택했을지도 모른다. 그의 친구인 존 스타인벡처럼. 그러나 지금의 케이지가 이룬 그 모든 일들, 소리가 변형된 악기와 침묵의 음악 같은 실험음악의 발전은 존재하지 않을지도 모른다.

이기동은 여기까지 쓰고 손가락을 멈추었다. 그는 존 케이지의 삶을 짤막한 문단으로 나누어 쓰고 있었다. 그런 형식을 택할 수밖에 없는 이유가 있었다. 장편소설을 쓰기 위해선 많은 시간이 필요하지만 그는 하루의 대부분을 주방에서 보내야만 했다.

짤막하게라도 시간이 날 때마다 노트북을 선반에 올려놓고 선 채로 키보드를 두드렸다. 그 소리는 그가 칼로 도마를 두드리는 소리보다 빠르고 경쾌했으며 생동감 넘쳤다.

—그는 실물보다 화면발이 더 나은 남자였다. 넓은 어깨, 균형 잡힌 이목구비, 은은한 미소. 다리미를 들고 쇼를 시청하던 주부들은 넋을 놓고 쳐다보았다. 그녀들은 이렇게 생각했다.

오, 미치지만 않았더라도 참 괜찮은 남자인데.

존 케이지는 청중들의 폭소에도 아랑곳하지 않고 자신의 음악을 연주했다. 그는 진지하게 보려 해도 도무지 진지하게 볼 수 없는 알록달록한 생선 인형을 피아노 현 위에 올려놓는 것으로 연주를 시작했다. (마치 이것은 '장난'이라는 신호처럼.) 타악기 배경음이 깔리면서 그는 본격적으로 분주히 움직이기 시작했다. 폭죽을 터뜨리고, 압력솥의 김을 조금 빼고, 욕조 물을 옮기고, 욕조에 꽃병을 내려두고, 꽃에 물을 주고, 잔에 얼음을 넣고, 그 잔에 술을 붓고, 탁자 위의 가전제품을 한 대씩 때리고, 피아노 건반을 한꺼번에 눌렀다가 소리 나게 뚜껑을 밀어젖히고, 믹서에 얼음을 붓고, 고무로 된 오리 인형의 배를 간간이 눌러주었다. 청중은 그가 폭죽을 터뜨렸을 때 처음으로 웃기 시작했고, 피아노 건반을 꽝 소리 나게 눌렀을 때 그리고 욕조 물을 냄비 뚜껑으로 때려서 일부러 큰 소리가 나게 했을 때 매우 크게 웃었다. 마지막에 이르러 그는 탁자 위의 가전제품들을 하나씩 바닥으로 밀어 넘어뜨렸고 피아노 건반을 더욱 세게 내리치더니 압력솥의 김을 막는 것으로 공연을 끝냈다. 청중들은 이미 숨이 넘어가기 직전이었다.

—이기동은 제법 이름이 알려진 독립서점 리스트를 뽑아서 그곳에만 입고 문의를 했고, 답장은 한 통도 받지 못했다. 이미 많은 작가들이 그의 앞에 길게 줄 서 있다는 사실을 그만 모르고 있었다. 그는 좌절했고, 가방 속에 B5크기의 챕북으로 제작한 소설《당신의 4분 33초》20부를 넣은 채로 한없이 방황하다가 한적한 골목의 어느 건물 지하에 있는 작은 책방을 발견했다. 그는 출입문 앞에서 30분을 망설인 끝에 마침내 계단을 내려갔다. 그러나 책방 문은 닫혀 있었고 매우 작은 포스트잇이 나붙어 있었다.
'그동안 감사했습니다. 안녕히 계세요.'

일등은 코웃음을 쳤다.
"요즘 같은 세상에 누가 책방을 해?"
그는 문 닫은 지하 서점을 인수했다. 정확히 말하자면, 텅 빈 지하실을 2년간 계약한 것이지만. 서점을 운영하던 사장은 자취를 감추었다. 인도인지 티베트인지 히말라야인지 여하튼 어딘가로 떠났는데 입고된 책들을 돌려주지 않고 가버려서 작가들의 울분이 말도 못했다고 부동산중개업자가 말했다.
"나더러 그 책을 찾아달라고 하는데 내가 무슨 수로 찾습니까? 예? 배송비도 없어서 책을 들고 잠적한 사람을 내가 무슨 수로 찾아요."

이기동은 씁쓸한 표정만 지었다. 인도인지 티베트인지 히말라야인지에 남의 책을 들고 가다니. 좋게 생각해서 그렇다는 거다. 실상은, 어딘가에 버려졌겠지. 이민을 간 것 같다고 했으니 더더욱 그런 생각이 들 수밖에 없었다. 부동산중개업자는 그에게 이곳에서 책방을 열면 돌려받지 못한 책을 찾으러 작가들이 뛰어올 것이라고 말했다. 중개업자는 '작가들'이라는 단어를 한참이나 생각하다가 떠올렸는데 그 단어를 발음하면서도 영 못 미더운 눈치였다. 대체 '작가'란 놈들은 무얼 하는 작자들이지? 중개업자는 그가 소설을 쓴다는 사실을 알면서도 그런 말을 물었다. 그는 쓴웃음을 짓다가 아무런 대꾸도 하지 않았다. 굳이 대답할 필요가 없는 질문이라고 생각했기 때문인데 눈치 없는 중개업자는 재차 물었다.

"쓸 게 있어요? 예? 나는 그게 진짜 궁금하다니까. 뭘 쓰는지 모르겠어."

"그냥 이런 얘길 다 써요."

"무슨 얘기요? 지금 나하고 하는 이런 얘기요?"

"예. 이런 걸 다 씁니다."

"일기 같은 겁니까?"

그는 자세히 설명해줄 의지가 샘솟지 않아 건성으로 고개를 끄덕였다.

"아아, 일기. 우리 아버지도 일기를 엄청나게 오랫동안 썼어요. 스무 권은 넘지 싶어요. 양지다이어리 두툼한 거 있잖아요?

264

그 노트 알아요? 그걸로 스무 권은 넘게 썼는데 죽기 전에 다 태우라고 유언을 남겼어요. 그걸 내가 어쩼겠어요?"

"태우셨어요?"

"책꽂이에 꽂아놨어요. 그게 양장본 커버라서 태우면 냄새가 지독해요. 아파트 사는데 어디서 그걸 태우겠어요. 가끔 술 마시고 읽는데 재미있어요. 웬만한 소설보다 나아요. 내 얘기도 많이 나오거든요."

"어릴 적 사장님 얘기요?"

"예. 나이 들어서도요. 이 일 시작할 때 얘기도 있더라고요. 적성에 맞지도 않는 일을 선택했다고."

"적성에 잘 맞아 보이시는데요."

"하다 보니까 그렇게 된 거예요. 원래 이런 성격 아니었어요. 그런데 이게 또 장점이 됐나봐요. 물건을 두고 과장을 안 하니까 사람들이 와요. 밥은 먹고 살아요. 권리금 없는 가게 찾으러 오면 딱 그것만 보여주고 다른 건 안 권해요. 뭐 하러 그래요? 조금 전에도 권리금 없는 가게 없느냐고 왔는데 딱 한 개 보여줬어요. 다른 건 보여주지도 않았어요. 그래도 장사를 하려면 권리 있고 없고를 떠나서 유동이 좀 있어야 해요. 여긴 유동이 너무 없어요. 책방이든 점집이든 뭘 해도 안 될 자리라니까. 이 위층 사진관도 월세도 못 내고 있는데 권리 받겠다고 버티고 있고, 요 앞에 슈퍼도 권리가 삼천이라니까요. 역 앞에 대형마트 생긴 뒤론 거긴 아무도 안 가는데."

이기동은 그저 듣기만 했다. 중개업자의 긴 설교가 끝난 뒤 그는 서슴없이 계약서에 도장을 찍었다. 중개업자는 한숨을 내쉬며 말했다.

"이왕 계약한 거 잘 팔아봐요."

그는 알겠습니다,라고 답했다. 그리고 나서야 자신이 이제부터 책을 팔아야 하는 처지에 놓였다는 사실에 깜짝 놀랐다.

첫 손님은 그의 아내였다. 그녀는 매장을 슥 둘러보더니 별다른 고민도 없이 책을 집어들었다. 전직 셰프였던 작가가 체코를 여행하고 돌아와 엮은 사진집이었다. 짧은 에세이도 실려 있지만 30분이면 다 읽을 수 있는 사진집을 그녀는 1만 5000원에 구입했다. 그의 책에는 눈길도 주지 않았다. 그는 내심 서운했다. 그녀는 《당신의 4분 33초》를 한 줄도 읽지 않았다. 설마 내가 쓴 책이란 걸 모르나? 그녀는 그 책을 스쳐지나갔다. 한순간도 눈길이 머물지 않았다.

서점에 있는 내내 그녀는 그에게 말을 걸지 않았다. 손님이 아무도 없었지만 그랬다. 그는 아내가 떠난 뒤 텅 빈 공간을 둘러보다가 어머니의 김밥집 주방을 떠올렸다. 그리웠던 건 아니다. 오히려 기묘한 느낌에 가까웠다. 온갖 기름과 양념이 튀어오르고, 고함과 함성이 오가고, 늘 바닥이 축축하게 젖어 있던 그곳을 떠나, 지금은 굴속처럼 서늘하고 텅 비고 조용한 지하 서점에 홀로 남았다.

개점 첫날 손님은 아내뿐이었다. 그는 가벽 뒤에 마련해둔 접이식 침대에 누워 팔다리를 주욱 펴고 기지개를 켰다. 결국 한 권도 팔지 못했다. 아내는 손님으로 볼 수가 없기에. 내일도 그럴지도 모른다. 모레도 그럴지도 모른다. 일주일 내내 그럴지도 모른다. 한 달 내내 그럴지도 모른다. 그러다가 첫 달 월세를 못 내고, 둘째 달 월세를 못 내고, 셋째 달 월세 역시.

그는 침대에서 벌떡 일어났다. 영업시간이 끝난 뒤였지만 다급히 눈가를 문지르고 문을 열어주었다. 일등이 맥주병이 잔뜩 든 비닐봉지를 들어올리며 문 앞에 서 있었다. 일등은 확신을 담은 어투로 물었다.

"한 권도 못 팔았지?"

—존 케이지의 자유분방한 음악정신은 전염병처럼 퍼져나갔다. 때는 1963년. 플럭서스 선언문이 발표되었고, 플럭서스 챔피언 콘테스트에서 조지 마키우나스는 〈Danger Music〉을 지휘했다. 존 케이지는 플럭서스 운동에 있어서 핵심인물이라 부를 만하다. 그러나 당시의 그는 그런 생각에 몰두하지 않았다. 그는 길바닥에 바이올린을 질질 끌고 가는 백남준을 보며 생각했다.

그래, 저것 또한 음악이다.

—〈변주곡Ⅶ〉에서 존 케이지는 이제까지의 모든 공연 가운데 가장 규모가 큰 공연을 기획했다. 그는 뉴욕타임스 기자실과 호텔, 레스토랑, 발전소, 유기견 보호소, 머스 커닝엄의 스튜디오에 연락했다. 그가 원한 것은 전화선 그리고 자성 픽업장치를 통

해 그곳의 소리들을 공연장 스피커로 끌어오는 것이었다. 다들 흔쾌히 허락해주었다. 그러나 그는 뉴욕 전역의 소리를 수집하는 것만으론 부족하다고 느꼈다. 그리하여 무대 작업대 위엔 토스터, 선풍기, 분쇄기 등이 설치되었다.

사람들은 왜 이 모든 소리를 음악으로 생각하지 않는 것인가. 그들은 왜 소리에 등급을 두어 소음과 음악으로 나누는가. 기성 세대의 굳건한 지지를 받고 있는 클래식음악, 모두가 열광하는 영국의 록밴드. 엘비스 프레슬리. 엘비스 프레슬리. 그는 고개를 강하게 저었다. (그놈이 문제의 근원이야.) 물론 그들은 그들 나름 대로 확고한 예술 활동을 펼치고 있다. 다만 자신과는 완전히 다른 종자라는 것을 인정하지 않을 수 없었다. 하지만 이 모든 생각들은 무대에 오르는 순간 사라졌다. 그도 무대 아래에선 무엇이 손가락질을 당하거나 무시를 받는지, 무엇이 대중에게서 열광을 이끌어내는지 잘 알았다. 하지만 안다고 해서 바뀔 수 있는 것은 아니다. 그는 존 케이지이고, 죽기 전까진 존 케이지 안에서 빠져나올 수가 없다. 빠져나가고 싶지도 않아. 그는 토스터와 믹서를 차례대로 밀어 넘어뜨렸다. 주부들이 탄성을 터뜨렸다. 세상에나, 저렇게 쌩쌩하게 작동하는 것을 망가뜨리다니. 동시에 그녀들은 알 수 없는 희열감을 느꼈다. 그래, 부숴버려!

케이지와 함께 퍼포먼스를 펼치고 있던 동료가 케이지의 어깨를 툭 치며 바지 밑단을 가리켰다. 불이 붙었다. 뜨거운 조명 때문에 불이 붙은 것이다. 케이지는 조금도 놀라지 않으며 말했다.

"그래, 불이 붙었어. 그래서 뭐?"

케이지는 그저 미소만 지었고 동료는 재킷을 휘둘러 불을 껐다. 케이지는 아무 일도 없었던 것처럼 다시 공연에 몰두했다.

—그러지 않으려 했지만 이기동은 자꾸만 손님들의 얼굴을 훔쳐보았다. 하루에 두세 명 정도의 손님이 왔다. 많을 땐. 그는 그때마다 카운터에 앉았다가, 일어섰다가, 괜스레 책장을 정리하는 척하며 안절부절하지 못했고 손님들은 그를 불편한 눈초리로 쳐다보았다. 두 달 사이 7킬로그램 가까이 살이 빠졌다. 월세 송금의 압박과 조깅의 동시 효과 때문이었다. 달리 할 일이 없었던 그는 손님이 없는 오전과 저녁 시간대에 자주 조깅을 하러 나갔고 군살이 빠른 속도로 빠지기 시작했다. 주방에서 일할 때, 남은 식재료를 모두 냄비에 던져넣고 끓여먹었던 잡탕은 생각보다 칼로리가 높아서 그의 아랫배에 두툼한 지방을 만들어놓았다. 이젠 그 지방들이 모두 사라졌다. 살이 빠지면서 그의 얼굴은 폭삭 늙어버렸다. 연상인 그의 아내보다, 친구인 일등보다 열 살은 더 많아 보였다. 그의 아내는 달마다 한 번씩 찾아와 월세의 절반을 주고 돌아갔다. 나머지 절반을 그는 자신의 통장에서 끌어내 건물주의 계좌로 밀어넣었다. 돈은 그 내막과 사연은 숨긴 채 참으로 간단하고 빠르게 이동했다. 건물주는 한 번도 얼굴을 내비치지 않았다. 그가 서점을 한다고 말했을 때 잠깐 동안 침묵을 지켰고 그의 얼굴을 물끄러미 쳐다보더니 쓴웃음만 지었다. 이전 세입자에 대해 물으니 자신은 아무것도 모른다고 말했다. 중개업자의 말과 달리 책을 돌려받기 위해 찾아온 작

가들은 없었다. 그들은 이제 모두 다른 일에 열중하고 있는 건지도 모른다. 독립서점의 유행이 지나가고 있었다. 적어도 그는 그렇게 느꼈다. 4~5년 전보다 열 배나 폭증했기 때문인지도 모르고, 이젠 사람들의 관심이 다른 곳으로 옮겨갔기 때문인지도 모른다.

석 달이 지난 어느 날, 그는 처음으로 손님과 길게 대화를 나누었다. 그녀는 그보다 나이가 훨씬 어렸고 소설가 지망생이라고 밝혔다. 그녀가 들고 온 소설은 SF동화에 가까웠는데 호시 신이치 스타일이라는 것을 명백히 드러내고 있었다. 굳이 감추려 하지 않았다는 뜻이다. 그녀의 목표는 매우 단순했다.

"저는 호시 신이치처럼 초단편소설을 천 편 쓰는 게 목표예요. 그때까진 다른 글은 쓰지 않으려고요."

"요즘엔 사람들이 책을 읽지 않으니까 그렇게 짧은 소설을 쓰는 것도 좋은 생각 같네요. 잘 팔릴 수도 있어요."

그는 최대한 그녀를 격려해주고 싶어서 그렇게 말했지만 그녀는 고개를 저으며 반박했다.

"이젠 책 같은 건 아무도 읽지 않는다는 거 알아요. 사지도 않고요. 하지만 어딘가에 저와 비슷한 사람이 있다면, 그 사람은 제 소설을 읽고 동지를 찾은 것처럼 기쁠지도 모르잖아요. 저 역시 동지를 찾다가 없어서 여기까지 왔으니까."

그는 감격한 눈빛으로 고개를 끄덕였다. 그의 귀에는 꼭 그가 그녀의 동지라는 것처럼 들렸다. 그녀는 그 말을 하면서 얼굴을 붉히지도 않았고 그의 시선을 피하지도 않았다. 그녀는 그에게

이성적으로 아무런 관심이 없었다. (작은아버지뻘로 보였다.) 그
도 이러한 사실을 인지하고 있었기에 편안한 마음으로 그들을
대할 수 있었다. 손님의 90퍼센트가 젊은 여성이었다. 그녀들은
그의 나이를 실제 나이보다 열다섯 살은 더 올려 봤고 그때마다
그는 부인하지 않았다. 그녀들은 그에게 자신들의 문학적 고민,
인생 고민을 털어놓았다. 그러다가도 갑자기 그에게 도대체 어
떻게 월세를 내고 있는 것이냐며 함께 매상을 높일 궁리를 해주
었다.

"커피를 파세요."

"마카롱을 구워서 파는 건 어때요? 마카롱은 다들 좋아하거든
요."

그는 마카롱을 한 번도 먹어본 적이 없었다. 그 말에 다들 놀
란 표정을 지었다. 어떻게 그럴 수가! 그는 서점을 하는 것이었
지, 문화상품이 주루룩 놓여 있는 빵집이나 카페를 하는 것이 아
니었다. 그는 그토록 고집스러웠다. 손님들은 그의 고집을 이해
해주었다. 그들은 자신들의 소중한 저작물에 빵 부스러기가 묻
는 것을 싫어했다. 서점에선 커피나 빵 냄새가 아니라 책 냄새
가 나야 하는 법이라고 말하면서. 그러나 그의 고집은 오래가지
않았다. 결국 그는 커피를 팔기 시작했고, 개점 1년 후부턴 맥주
도 팔았다. 아무도 그의 변절을 나무라지 않았다. 소수의 단골들
은 커피보다 맥주를 더 많이 마셨다. 그는 카운터 자리를 지키고
앉아 맹물만 홀짝였다. 수염을 덥수룩하게 길러서 더욱 나이 들
어 보이는 그의 얼굴에선 이제 더 이상 '청춘' 비스무리한 분위

기는 조금도 찾아볼 수 없었다. 그는 굴속 같은 그의 서점과 한 몸이 되어가고 있었다. 그곳에 비치된 책들은, 손님보다 사장의 얼굴을 더 많이 보는 그 책들은 그의 몸속 내장이나 다름없었다. 그는 책을 팔지 못해 자책했고, 자신의 책만 입고하고 다른 작가의 책은 사지 않고 돌아가는 작가들을 미워했으며, 뒤늦게 시작한 SNS가 체질에 맞지 않아 상당히 심한 스트레스를 받았다. 그는 댓글 한 줄을 쓰면서도 맞춤법, 띄어쓰기를 철저히 지켰고 그가 남긴 글들은 굉장히 딱딱하고 사무적으로 느껴졌다. 그곳엔 서점 주인이 발산할 법도 한 고상한 품위나 인생에 대한 진솔한 성찰 같은 것은 없었다. 그는 그런 말들은 일기장에만 썼고 모두가 볼 수 있는 곳엔 드러내지 않았다. 밋밋하고 개성이 없다. 취기가 오른 어느 손님이 그의 가게에 대해 이렇게 평했다. 그녀는 집으로 돌아가다가 계단에 구토를 했고 그 사실을 알리기 위해 비틀거리며 계단을 내려와 그를 큰 목소리로 불렀다. 그는 뒷수습을 마친 뒤 자신의 자리로 돌아와 벽을 보며 큰 소리로 화를 냈다.

―1968년이 왔다. 존 케이지는 지켜보았다. 그 자신이 혁명의 주체가 되어 깃발이나 펜대를 휘두르진 않았다. 그는 이미 오래전부터 그렇게 살고 있었기에 새로이 무장(혹은 등장)할 필요가 없었다. 그는 이미 오래전에 책도 냈고 그 책에서 자기가 하고 싶은 말을 거의 다 했다.

─이기동은 숨을 죽이고 남자의 손길에 시선을 고정했다. 그는 이기동이 쓴 책을 집어들더니 페이지를 휘리릭 넘겨보았다. 그러다가 다시 첫 장을 펼치고는 본격적으로 읽기 시작했다. 이기동은 카운터를 정리하는 척하며 그를 살폈다. 그는 미동도 하지 않고 책만 집중해 읽었다. 이기동은 온몸이 가렵고 속이 울렁거리고 머리까지 아팠다. 그의 책에 관심을 보인 첫 번째 손님이 나타났다. 그러나 남자는 10분 뒤엔 그 책을 내려놓았고 아무런 책도 구매하지 않고 돌아갔다.

부동산 계약 기간은 아직 5개월이나 더 남아 있었다. 이기동은 마음의 준비를 시작했다. 일등은 어느 날 그의 서점을 찾아와 말했다.

"너 같은 사람들을 모아보는 건 어때?"

"무슨 소리야?"

"너처럼 등단하고 나서 잘 안 풀린 사람도 있을 거고, 등단은 못 했지만 자신이 작가라고 생각하는 사람도 있을 거고, 공모전에 숱하게 낙선한 사람도 있을 거 아니야. 그런 사람들의 작품을 다 모아보는 건 어떠냐?"

"그걸 왜 모아?"

"장편 하나에 들이는 공이 좀 크냐? 그런데 그대로 다 묻히고 말잖아. 당선 못 되면."

"당연한 거지, 그건."

"당연한 게 아니지."

일등은 맥주잔을 쾅 소리 나게 내려놓으며 말했다.

"당연하다고 생각하면 안 되지. 이제부터 그런 사람들을 위한 공간이 되어보라고. 네가. 여기가."

아무도 오지 않을 가능성이 크다. 그러나 해보지 않고선 알 수 없다. 무엇보다 해보지 않고선 후회할 수도 없다. 이기동은 그즈음 일을 저질러보고 후회하는 것에 맛을 들이고 있었다. 그것이 인생의 보편적인 얼굴처럼 느껴지기까지 했다.

다음날 이기동은 SNS 계정과 블로그에 글을 올렸다. 요지는 장편소설 공모전에 출품한 낙선작들을 모아서 전시하고자 하오니 뜻이 있는 분들은 함께해달라는 거였다. 낙선작을 읽고 왜 떨어졌는지 논하는 자리가 아니라 그저 공개될 기회를 부여하는 것이오니, 조용히 읽고 은밀히 고개를 끄덕여달라는 부연의 말도 덧붙였다. 반나절 동안 아무런 반응도 돌아오지 않았다. 그러나 저녁 무렵 댓글이 한 개씩 달리기 시작하더니 열흘 동안 일곱 개의 댓글이 달렸다.

이기동은 여섯 권의 책을 위한 자리를 마련해놓았다. 총 여섯 명의 사람들이 낙선작을 공개하고 싶다고 알려왔다. 판매가 아닌 전시가 목적이었으나 판매를 원하는 사람도 한 명 있었다. 정가는 3000원이었다. 200자 원고지로 1200매 가까운 분량이었고 인쇄·제본값도 그보단 많이 들었을 텐데 상대는 3000원이면 충분하다고 했다. 이기동은 수수료를 받지 않겠다고 말했다.

가장 먼저 나타난 사람은 정가 3000원이었다. 그는 놀랍게도 이기동의 책을 유심히 들여다보았던 남자였다. 이기동은 알은

체를 하려다가 참았다. 처음 본 손님인 것처럼 행동했다. 그러면서도 자기가 왜 그렇게 행동하는지는 알 수 없었다. 남자 역시 처음 온 것처럼 행동했다. 얼굴을 보니, 그 역시 자기가 왜 그렇게 행동하고 있는지 알 수 없어 하는 얼굴이었다. 이기동은 그의 책을 맨 첫 번째 자리에 내려놓았다. 남자는 자리를 옮겨달라고 하지 않았다. 그저 평대 위에 놓인 자신의 책을 물끄러미 내려다보았을 뿐이다. 남자가 물었다.

"혹시 올해 공모전에 작품 보냈어요?"

"아니요. 못 보냈어요."

"저는 해마다 고쳐서 내는데 해마다 낙선이네요."

"해마다 같은 작품을요?"

"쓰는 데 10년이나 걸렸거든요. 쉽게 포기할 수가 없어서요. 저희 부모님 얘깁니다."

이기동은 그의 책을 꼭 읽어봐야겠다고 생각했다.

두 번째 손님이 도착했다. 서른다섯의 회사원이었다. 그녀는 자신의 책이 놓일 자리를 직접 정했다. 맨 끄트머리였다. 여자는 맥주를 주문하더니 멀찍이 떨어진 자리에 앉아 조금씩 홀짝였다. 그녀의 시선은 자신의 책에 고정되어 있었다. 누군가 그 책을 만지려 하면, 그녀의 눈길에 감전될 수도 있을 정도로 강렬한 눈빛이었다. 어쩌면 원한을 담은 내용일지도 모르겠어. 이기동은 그녀가 돌아가면 그 책을 꼭 읽어보리라 다짐했다.

세 번째 손님이 도착했다. 멸치처럼 비쩍 마른 오십대 남자였다. 머리칼에 비듬이 잔뜩 들러붙어 있었다. 남자는 이기동에게 책을 토스하듯 건네더니 책이 놓일 자리는 쳐다보지도 않고 다른 판매용 책들을 들여다보았다. 남자는 에스프레소를 주문하더니 구석자리에 앉아 수첩을 꺼냈다. 남자는 이기동에게 말을 걸지도, 아직 그곳을 지키고 있는 다른 사람들을 쳐다보지도 않았다. 그저 모나미 볼펜을 꺼내 수첩에 무언가를 열렬히 기록했다. 그 남자의 등장으로 인해 불편한 침묵이 네 사람 사이에 끼어들었다. 이기동은 남자에게 말을 걸고 싶었지만 그러지 못했다. 남자가 가져온 책은 심지어 제본도 되어 있지 않은 상태였다. 첫 장을 얼핏 보니 오탈자를 빨간 펜으로 고친 흔적이 그대로 남아 있었다. 완성본이 아니라 집에 남아 있던 수정본을 그대로 들고 온 눈치였다.

네 번째 손님이 도착했다. 그가 마지막 손님이었다. 다른 두 명은 갑자기 일이 생겼다며 사과의 문자를 보내왔다. 이기동은 그들에게 빈손으로 와도 된다고 알렸고, 그들은 아무런 답장도 하지 않았다. 네 번째 손님은 남자 대학생이었다. 다행히 대학생은 말이 많은 성격이었다. 이기동에게 묻지도 않은 말을 계속했다. 800매나 되는 소설을 2주 만에 썼다고 큰 목소리로 말했다. 다른 이들이 자신을 어떻게 볼지 전혀 신경 쓰지 않는 눈치였다. 그는 세상이 알아보는 둔재가 되느니, 알아보지 못한 천재가 되고 싶다고 말하며 자신의 작품은 매우 전복적인 형식이어서 읽는 데 어려움이 있을 거라고 덧붙였다. 이기동은 그가 가고 난 뒤에 그 책의 첫 장을 들춰보았다가 현기증을 느꼈다. 띄어쓰기가 전혀 되어 있지 않았다. 물론 의도한 것이겠지만 밥 딜런이 아닌 이상 이런 글은 쓰면 안 되는 거 아닌가?

이기동은 그들이 모두 돌아가고 난 뒤 낙선작들을 들춰보며 생각했다. 첫 장부터 지루하구나. 내 소설도 이럴까. 이건 읽을 만한데. 서른다섯의 여자가 들고 온 책은 흥미진진했다. 그들 모두 서점을 떠나면서 차마 발길이 떨어지지 않는다는 표정을 지었다. 아니나 다를까, 오십대 남자가 다음날 아침 7시에 문을 마구 두드려 이기동을 깨웠다. 전날 그들에게 서점에서 숙식을 해결하고 있다고 말한 게 화근이었다. 남자는 다짜고짜 서점 안으로 들어오더니 이기동의 얼굴은 쳐다보지도 않고 평대 위에 놓인 자신의 소설을 집어들어 품에 안았다. 안도하는 표정이 얼핏 스쳤다.

"미안합니다. 이건 다시 가져가야겠습니다. 어제 한숨도 못 잤습니다. 이걸 본 사람은 아직 없지요?"

"네. 11시에 오픈이라서요."

"다행이네요. 가져갈게요. 미안합니다. 누군가 이걸 도용할 수도 있다는 생각을 미처 못 했습니다. 충분히 있을 수 있는 일이잖아요. 그에 대한 대책을 생각해놓으셨습니까?"

이기동은 아무런 대답도 하지 못했다. 누군가, 어쩌면, 그럴지도 모른다. 그러나 그런 생각을 하면 이런 전시 자체가 불가능해진다. 자가출판 플랫폼을 이용해 번호를 부여받는다면 괜찮을 테지만 누가 낙선작을 박제하고 싶어 할까.

남자가 떠난 뒤 이기동은 오후 내내 손님을 기다리다가 지쳐서, 심심하기도 해서 평대 위에 놓여 있는 세 개의 낙선작에 메모를 달았다. '집필 기간만 10년. 다시 개작해 내년에도 도전해 보겠다는 당찬 포부를 밝힌 작가!' '회사 생활 틈틈이 쓴 소설. 상사를 죽이고 싶을 때마다 소설을 쓰며 스트레스를 풀었다는 작가. 그러므로 이 소설은 필연적으로 여러 사람이 죽어나가는 미스터리 추리물이 될 수밖에!' '2주 만에 완성한 소설. 퇴고는 소설의 생동감을 죽이는 짓이라고 주장하는 작가의 생각에 동의하는 분 있으신가요?' 이기동은 마지막 메모를 구겨서 버렸다. '2주 만에 완성한 소설. 형식의 파괴가 없다면 그것은 새로운 소설이 아니다.'

"그 가게 계속할 거야?"

그는 아내의 물음에 아무런 대꾸도 하지 않았다. 그는 꾸준히 낙선작을 모으고 있었다. 이제 그의 가게에 놓인 책들의 절반은 낙선작이었고, 거의 다 판매용이 아니었다. 그러나 손님은 전보다 약간 늘었다. 그들은 낙선작을 들춰보다가 커피를 사 마시고 돌아갔다. 그는 가게 계약 기간을 연장할 것인지 말 것인지를 두고 고심하는 중이었다. 그의 소설 역시 그 가게에 있었다. 사가는 사람은 아무도 없었지만. 들춰보는 사람조차 손에 꼽을 정도였지만. 그는 가게를 접는 것이 자신의 소설과 가여운 낙선작들을 매장하는 비정한 행동 같아서 어찌해야 좋을지 알면서도 알 수 없어 하는 것처럼 행동했다.

그는 부끄러웠다. 여기까지 걸어온 자신의 삶이. 아무도 쳐다보지 않는 한 권의 책으로 요약되어 그의 눈앞에 놓여 있는 삶이.

그러나 가끔은 행복했다. 그에게 낙선작을 맡기고 돌아서는 사람들의 뒷모습을 볼 때마다. 모든 책은, 그게 잘 쓰였든 아니었든지 간에 판단은 보류하고 어딘가에서 반드시 공개되어야 한다. 누군가 읽어볼 수 있는 기회를 가져야만 한다. 인생은 조금도 공평한 것 같지 않지만 그는 그러한 인생을 정면으로 반박하는 공간을 만들고 싶었다. 그러므로 가게는 유지되어야 했다. 그는 커피 값을 300원 올렸다. 맥주 값은 500원 올렸다. 그리고 값을 올린 이유를 써놓았다. 솔직하게. 이 공간이 사라지는 것을 원치 않아 선택할 수밖에 없는 조치였노라고. 몇몇 손님들은 원래부터 너무 쌌다고, 원래 이 정도는 받아야 한다고 그를 강하게 옹호해주었다.

낙선작을 전시해놓은 작가들의 방문은 극과 극으로 나뉘었는데, 일주일에 한 번씩은 출석 도장을 찍거나 아예 코빼기도 내비치지 않거나 했다. 이기동은 모든 낙선작에게 공평한 기회를 주기 위해 일주일에 한 번씩 자리를 바꿨다. 자리에 불만을 품거나, 로테이션 방식을 바꿔달라고 항의하는 사람은 없었다. 그들은 처음엔 주저하며 다른 이들의 작품을 읽었다. 마치 옆집 이웃이 애지중지하며 키웠으나 결국 차에 치여 죽고 만 개의 사체를 품에 안아든 것처럼, 슬픔 어린 표정과 정중한 손길로 대했다. 그들은 작게 한숨을 내쉬거나 미동도 없이 작품에 빠져들거나 빠르게 페이지를 넘기거나 마지막 장을 덮고 멍한 얼굴로 허공을 쳐다보거나 했다. 그가 예상했던 일은 일어나지 않았다. 당선작과 낙선작을 비교하며 우위를 가리는 일. 누구도 그런 일엔 관심이 없었다. 이미 지나가버린 일이고, 이제 와서 그것을 논한다면 상당히 치졸해 보일 거라는 계산이 깔린 행동이었는지는 모르겠지만 그들은 한 번도 당선작에 대한 말을 입 밖으로 내지 않았다. 대신 낙선작 표지에 포스트잇 메모를 붙여놓았다. '후반부로 갈수록 몰입도가 떨어져요. 후반부만 고치면 아주 좋은 소설이 될 것 같아요. 애독자 올림.' '89페이지에 맞춤법 틀린 게 있네요. 그리고 첫 번째 챕터가 가독성이 많이 떨어져요. 나머지 장들에 비해서. 위치를 바꿔보는 게 어떠신지. 시간 순서대로 하면 그게 맞기도 하고요. 오지라퍼 올림.' '와, 시간 가는 줄 모르고 읽었어요. 인물들이 너무 많이 죽어나간다는 게 흠이긴 하지만. 장르소설 공모전에 보내보세요. 최종심까지는 무조건 갈 듯합니다. 무명작가 올림.' '읽는 도중에 책을 덮었어요. 슬퍼서 더이상 못 읽겠어요. 너무 슬퍼요. 이렇게까지 슬픈 전개로 끌고 가시는 이유가 무엇인지? 드라마 대본으로 고쳐서 드라마 공모전에 내보면 어떨까요. 얼마 전에 종영한 노희경 작가의 드라마랑 비슷하네요. 그 드라마 보고 많이 울었거든요. 눈물샘폭발녀 올림.'

이기동은 서점을 재계약했다. 건물주는 약간 놀라는 눈치였다. 중개업자는 그에게 대놓고 물었다.

"아니, 책이 팔려요?"

―이기동의 별명은 낙지였다. '낙선작들의 아버지'를 줄인 말이다.

그의 서점엔 낙선작이 점점 더 많이 전시되기 시작했다. 낙선 작을 들춰보는 사람은 낙선한 자들뿐이었다. 그는 만족했다. 낙 지보다 더 멋진 별명을 가질 수는 없을 거라고 생각하며.

그의 아내는 이혼을 원했다. 둘 다 아무런 감정도 남아 있지 않은 상태였기에 담담한 기분으로 절차를 밟았다. 그녀는 이혼 후에도 가게에 종종 들렀다. 그들은 얼마 지나지 않아 자신들의 결정이 매우 현명했음을 깨달았다. 그녀는 그에게 이혼 선물로 경주를 주었다. 그러나 경주는 지하 서점을 싫어했다. 틈만 나면 지상으로 탈출하려 했다. 그는 어쩔 수 없이 같은 건물 1층으로 자리를 옮겼다. 가게 면적은 3분의 1로 줄어들었고, 그는 어머니 의 집으로 들어갔다. 경주는 서점 출입문 앞에 붙어 앉아 지나가 는 사람들을 쳐다보았다. 경주를 보기 위해 가게에 들르는 단골 들이 생겨났다.

그는 오후 늦게 서점 문을 열었고 오전부터 점심시간까지 어 머니의 김밥집 주방에서 일했다. 그의 어머니는 더 이상 그의 인 생에 기대하는 것이 없어 보였다. 술이 늘었고, 말수가 줄었다. 모자의 표정은 더할 나위 없이 평온했다.

—그는 존 케이지의 〈4분 33초〉를 완벽하게 연주할 수 있다. 침묵 속에서, 태연하게, 경주와 함께 산책하는 조용한 밤처럼. 경주의 발걸음 소리와 그의 발걸음 소리가 밤의 중력 속으로 사 라지는 순간처럼. 가로등 모퉁이를 돌아 그가 손을 흔들면 경주 는 꼬리를 흔들었다. 그는 가로등이 꺼지는 순간을 기다렸다.

─아무런 소리도 들리지 않았을지라도 피아노 뚜껑이 닫히면 관객 가운데 몇몇이 박수를 보낼 것이다. 분명히 그러하리라고는 장담할 수 없지만 어쨌거나 그는 연주를 하였고, 연주를 마쳤으니.

'황산벌청년문학상'은 '황산벌청년문학상'이었다. 올해 투고작도 예년과 다르지 않았다. 아니, 예년에 비해 오히려 더 현재라는 문명적, 실존적 위기 속에서 우리 안에 존재하는 이상적 공동체, 곧 푸코가 말한 헤테로토피아를 지켜내고 현실화하려는 결단이 넘쳐났다. 드디어 본격적으로 '황산벌청년문학상'이라는 이름에 걸맞은 작품들이 몰려들고 있는 모양새라고나 할까. 이제 '황산벌청년문학상'은 이름답게 임박한 인류의 파국적 상황을 가장 앞서서 읽어내고 그 질풍노도로부터 인류의 지켜낼 수 있는 '일말의 희망'을 제시하는 작품들이 한자리에 모여 각축을 벌이는 문학판 내의 최고의 경연장, 그리고 더 나아가 미래 한국문학의 명실상부한 산실이라 자리매김할 수 있을 듯하다.

이렇게 한국문학을 앞서서 이끌어가고 있는 황산벌청년문학상 여섯 번째 경연의 최종 무대에 오른 작품은 모두 세 작품이었다. 강진아 씨의《격》, 현햇님 씨의《입주민 사용 설명서》, 이서수 씨의《당신의 4분 33초》. 세 편 모두 문제의식이 팽팽했고 전에 볼 수 없었던 개성적인 목소리를 지니고 있었다. 밀도 높은 세 작품을 한꺼번에 만나는 모처럼의 호사를 만끽할 수 있었다.

먼저 강진아 씨의《격》은 극적인 역동성 혹은 역동적인 극적 구성이 돋보이는 소설이었다. 이미 충분히 많은 것을 가진 주인공이 더 많은 것을, 그것도 독점적으로 소유하려다 추락하는 이야기가 흥미진진할 뿐만 아니라 그 몰락을 멈추려 안간힘을 쓰는 과정에서 서서히 드러나는 주인공의 자기성(selfhood)이 섬뜩하다. 여기, 얄팍한 성공에 만족하며 그 사회적 페르소나에 어울리는 가면을 쓰고 살아가는 주인공이 있다. 그러던 그에게 실존적 위기가 닥친다. 항상 지금보다 더 높은 오르기를 원하는 그는 자신에게 닥친 시련을 견디고 승하시키려 하기보다는 모면하고자 한다. 그래서 시작된 악마와의 거래. 전락의 어느 단계쯤에서라도 자신의 실수를 반성하고 용서와 이해를 구하면 그 끝없는 추락에서 벗어날 수도 있겠건만, 그는 결코 자신이 소유한 어느 것도 포기하지 않는다. 아니 더 극단적인 거래를 통해 잃은 것을 만회하는 것은 물론 심지어 더 높은 자리로 오르려는 무모한 집착을 이어나간다. 결국 그는 회복할 수 없는 파멸의 상태. 외형적으로 보자면《격》은 주인공이 몰락하면서 타락하는 이야기처럼 보이지만 실제로는 이미—타락한 존재의 몰락 이야기이다. 이러한 겹의 구조를 통해《격》은 만인이 만인과 투쟁하는 타락한 시대에 오로지 그 모든 싸움에서 이기고자 악마와의 어떤 거래에도 망설이질 않는 현존재들의 타락한 현존형식을 충격적으로 재현한다. 흔치 않은 솜씨라 아니할 수 없다. 하지만 아쉬운 대목도 많았다. 크게 두 가지. 하나는 많은 장면에서 기시감이 느껴졌다는 것이고, 다른 하나는 주인공을 포함 인물의 내면풍경이 지나치게 단순하게 처리되었다는 점. 그 결과 소설 곳곳에서 익숙한 장면과 익숙한 행동이 자주 반복되고 있다는 느낌을 지우기 힘들었다.

본심 무대에 오른 두 번째 작품인 현햇님 씨의 《입주민 사용설명서》는 입말의 힘이 대단한 소설이었다. 그간 한국소설에서 거의 볼 수 없었던 아파트 건설 현장을 끌어들인 점도 단연 이채로웠지만 그 현장에 대한 핍진한 묘사는 그야말로 생동감이 넘쳤다. 거기에 아파트 층수를 쌓아가는 과정과 작중 화자의 연대기를 씨줄과 날줄로 교차시켜가며 이야기를 엮어가는 솜씨도 고개를 끄덕일 만했다. 한마디로 오랜만에 만나는 잘 빚어진 풍속소설이었고, 이문구, 서정인, 한창훈 등으로 이어지는 입말 소설의 계보를 이을 만한 잠재성도 충분히 엿보였다. 하지만 거친 문장이 많았다. 특히 초반부의 충분히 정제되지 않은 문장은 작품 속으로 들어서는 데 작지 않은 걸림돌이 되었다. 그것보다, 입말과 현장감에 대한 지나친 집착 탓일까, 수시로 반복되는 건설 현장의 남근 중심적 여성혐오의 말들은 영 마주하기가 불편했다. 삶의 현장을 있는 그대로 재현하려는 서기관적 태도 때문일 것이나 나름의 역사철학에 근거한 비판적 거리 두기는 필요해 보였다.

　모든 심사위원들의 흔쾌한 동의 속에 제6회 황산벌청년문학상 수상작으로 결정된 이서수 씨의 《당신의 4분 33초》는 이접적 종합(the disjunctive synthesis)의 형식을 취하고 있는 소설이다. 《당신의 4분 33초》는 시대는 물론 사회적 환경, 그리고 실존 형식도 전혀 다른 존 케이지와 이기동이라는 이질적인 두 사람의 이야기를 매우 집요하게, 그리고 철저하게 자의적으로 병존 혹은 병치시킨다. 《당신의 4분 33초》는 기존의 모든 도덕과 관습 그리고 보편성에 대해 그 누구보다도 철저하게 비판하고 냉소했을 뿐만 아니라 그것을 끊임없이 균열시키고 해체하고자 했던, 그리고 그를 위해 상징질서 너머의 그야말로 우연적이고 찰나적인 진리의 불빛에 맹목적이었던, 그래서 예술사에서 가장 기괴한 돌연변이이고 탈-존적인 존재로 일컬어지는 존 케이지의 실존 형식에 심지어 주변 사람들마저도 그 존재를 인정해 주지 않는 이 시대의 소설가 이기동의 생존 형식을 끈질기게 비교하고 대조하고 유추시키거니와, 끝내 이 두 이질적인 존재들에게서 동질성을 이끌어낸다. 이렇게 구성된 《당신의 4분 33초》를 우리는 은유적 글쓰기, 그러니까 유사한 것이라곤 거의 없어 보이는 두 존재들의 차이를 지우고 결국 그들의 실존 형식(혹은 탈-존 형식)을 같은 것으로 만들어서 익숙한 것을 낯설게 그리고 낯선 것을 익숙하게 만든 은유적 소설이라고 부를 수도 있겠다. 하여간《당신의 4분 33초》는 세상의 냉대에도 불구하고 자신의 비루한 역사를 고스란히 끌어안는 소설을 온몸으로 밀고 나가는 이기동으로 하여금 존 케이지를 욕망의 매개자로 삼게 함으로써, 지금까지 우리 식의 표현을 따르자면 우리 시대의 루저 이기동을 존 케이지적 존재라고 명명함으로써, 모든 것을 계산가능성으로 환산하는 이 시대에 각각의 존재들은 어떤 윤리를 지녀야 하는지를 자연스럽고 흥미롭게 제시한다. 동시에 우리 시대의 소설이 나아가야 할 바를 설득력 있게 암시하기도 한다. 한마디로《당신의 4분 33초》는 현대인의 실존 형식과 탈-존의 가능성, 그리고 동시에 우리 시대 소설의 나아갈 길이라는 묵직한 주제를 끝까지 흐트러짐 없이 밀고 나간 묵직한 작품이라 할 수 있다.

하지만 주제가 묵직하다고 해서 소설 전체가 진지하고 엄숙할 것이라고 미리 경계할 필요는 없다. 문제의식은 묵직하지만 문체는 나는 듯 경쾌하고 인물 또한 희-비극적인 존재들로 양가적인 존재들이다. 해서《당신의 4분 33초》는 묵직하되 가볍고 비극적이되 낙관적이며 장면장면이 생동감 넘친다. 등장인물의 사소한 특성에 섬세한 관찰과 인상적인 묘사, 그리고 절묘한 에피소드들을 통해 거의 모든 캐릭터들을 살아 있는 인물로 만들어내는 능력이 돋보였고, 이런 흥미로운 캐릭터들에 위트와 냉소가 넘치는 문체가 결합되면서《당신의 4분 33초》는 이전 한국 소설에서는 볼 수 없었던 독특한 분위기를 만들어낸다. 아주 오랜 연마의 결과로 보인다.

물론 약간의 흠도 눈에 띄었다. 작품의 시작부터 끝까지 유지되는 존 케이지와 기동의 거의 기계적인 유비는 때로는 글을 읽는 긴장감과 몰입도를 떨어뜨릴 때가 있었다. 하지만 우리 시대의 루저에게서 우리 시대의 진정한 탈-존 혹은 전위의 가능성을 찾으면서도 그 본질적인 문제를 이토록 가벼우면서도 무겁게, 무거우면서도 가볍게 다루어내는《당신의 4분 33초》의 능수능란함은 이미 충분히 값진 것이며 앞으로 한국문학을 한 단계 비약시킬 한국문학의 중요한 자산이 되기에 충분한 것으로 보인다. 모든 투고자와 당선자의 정진을 기대해본다.

제6회 황산벌청년문학상 심사위원

소설가 박범신·김인숙·이기호, 문학평론가 류보선(대표 집필)

이기동은 나의 분신이나 다름없다. 나는 2014년에 신춘문예에 당선되었지만 청탁이 들어오지 않아 괴로워했으며 소설을 포기한 적도 있었다. 언제 책이 나오느냐고 묻는 사람을 속으로 미워했으며, 절대로 그 말은 묻지 않는 사람을 보며 그 인내심에 감탄하곤 했다.

이 소설을 쓸 때 많은 도움을 받은 《사일런스: 존 케이지의 강연과 글》에서 존 케이지는 이렇게 말한다.

"곡 하나를 쓴다고 이루어지는 것은 아무것도 없다."

어쩌면 장편소설 하나를 쓴다고 달라지는 것은 없을지도 모른다. 나는 여전히 절망과 희망 사이를 오갈 것이며, 도대체 왜 소리도 나지 않는 연주를 계속하고 있느냐는 질문을 종종 받을 것이다. 그렇더라도 이젠 안다. 우리 인생에서 대다수의 음악은 침묵 속에서 연주된다는 것을. 귀를 기울여보면 소리가 아주 없진 않다는 것을. 그러므로 나는 언제나 소설로 돌아갈 것이다.

이 소설에 나오는 존 케이지의 생애는 실제와 다른 점이 많다. 존 케이지의 아내 그레이스는 허구의 인물이고, 존 케이지의 아버지는 장난감을 만들지 않았다. 대부분의 에피소드가 상상력을 기반으로 한 것이지만 위에 언급한 책이 없었더라면 결코 시도해볼 생각조차 하지 못했을 것이다. (번역자에게 감사드린다. 이 난해한 책을 번역하며 그가 겪었을 고뇌와 고독이 생생하게 그려지기에.)

존 케이지가 음악적 영역 밖에서 음악을 찾았듯 이기동 역시 문학적 영역 밖에서 문학을 찾게 하고 싶었다. 이 소설의 서두에서 이기동은 존 케이지가 되기로 결심했다고 말하지만, 사실 그는 존 케이지가 된 것이 아니라 존 케이지의 〈4분 33초〉가 된 것이나 다름없다.

수많은 이기동들이 어딘가에서 살아가고 있으리라고 확신할 수 있다. 그들 모두 무음의 연주곡 〈4분 33초〉를 쉬지 않고 연주하고 있을 것이다. 나 역시 그랬다. 아무도 내 연주를 듣지 못할 거라 생각했지만, 놀랍게도 이 소설을 선택해주신 네 분의 선생님들이 나의 연주를 들으셨다. 그러므로 나는 쉬지 않고 연주를 계속하라고 당부할 수밖에 없다. 누군가 당신의 연주를 반드시 듣는다. 당신의 귀에도 들리지 않는 그 연주를 말이다. 이 책은 그런 당신을 위해 쓰였다.

2020년 여름
이서수

| 참고자료 |

헤르만 헤세, 《수레바퀴 아래서》, 김이섭 옮김, 민음사, 2001

앙드레 브르통, 《나자》, 오생근 옮김, 민음사, 2008

존 케이지, 《사일런스: 존 케이지의 강연과 글》, 나현영 옮김, 오픈하우스, 2014

전선자·김진호·조정환, 《플럭서스 예술혁명》, 갈무리, 2011

리처드 코스텔라네츠, 《케이지와의 대화》, 이화여자대학교출판문화원, 1996

에두아르 르베, 《자화상》, 정영문 옮김, 은행나무, 2015

잭 케루악, 《다르마 행려》, 김목인 옮김, 시공사, 2015

국립현대미술관, 〈예술과 기술의 실험 (E. A.T): 또 다른 시작〉, 2018.5.26.~9.16

서동일, 〈핑크 팰리스〉, 2005

제6회 황산벌청년문학상 수상작

당신의 4분 33초

1판 1쇄 발행 2020년 7월 7일
1판 4쇄 발행 2022년 1월 7일

지은이 · 이서수
펴낸이 · 주연선

(주)은행나무
04035 서울특별시 마포구 양화로11길 54
전화 · 02)3143-0651~3 | 팩스 · 02)3143-0654
신고번호 · 제 1997—000168호.(1997. 12. 12)
www.ehbook.co.kr
ehbook@ehbook.co.kr

ISBN 979-11-90492-80-5 (03810)